KB123007

난장굿사

난장복사

2

이원호 소설

동아일보사

차례

1장
악귀출현(惡鬼出現)

　의주 행재소 주변에는 까마귀가 많아서 쫓아도 자꾸 날아든다. 임금이 계신 곳이라 궁인들이 소리쳐 쫓지 못하고 손이나 휘저으니 앉은 자리에서 움찔거리지도 않는다. 그날 저녁 무렵, 인빈이 처소에서 평안도순찰사 전기윤을 맞는다. 전기윤이 문지방 밖에 앉자 인빈이 옆에 앉은 여 상궁에게 말했다.

　"외인 출입을 막아라."

　"예에."

　대답한 여 상궁이 자리에서 일어나 전기윤 뒤쪽의 미닫이문을 열고 밖을 내다보았다. 그러더니 문을 반쯤 열고는 아예 문지방에 앉아 뒤쪽 마루를 감시했다. 그때 전기윤이 나지막이 말했다.

"조금 전에 전하를 팔도도순찰사八道都巡察使 대감과 도원수都元帥 대감과 함께 뵈었습니다."

인빈의 시선을 받은 전기윤이 말을 이었다.

"전하께서 두 분 대감의 말씀을 들으시고 결정하셨소이다."

"어떻게 말이오?"

"선전관 박성국을 행재소로 부른 다음 죄를 묻는다고 하셨습니다."

"그놈이 순순히 올까?"

"그래서 한 대감이 선전관에게 강원도순찰사 직임을 겸직하도록 하고 전략을 상의하겠다면서 부르는 방책을 내놓았습니다."

"옳지."

"곧 전하의 교지를 지닌 선전관이 이천으로 떠날 것입니다."

"박 아무개만 없으면 이천은 빈집이나 마찬가지가 될 것이야."

인빈이 혼잣소리처럼 말했지만 전기윤이 머리를 끄덕이며 대답했다.

"이천 분조로 꼬이던 서인 무리가 벼락을 맞게 될 것입니다."

"동인들도 흔들리고 있었소."

눈을 가늘게 뜬 인빈이 입꼬리를 올리며 웃었다.

"간신배 같은 무리…."

‡

사로잡힌 향도는 말복과 안면이 있는 사내였다. 충주 관아에서 노비였던 자로 이름은 한성주라 했다. 제법 성까지 갖춘 것은 제 아비가 역모에 연루되어 식구가 종으로 전락한 탓이었다. 그가 지난번 임우재가 보낸 심막손을 문초하던 성황당의 제실로 끌려와 있다. 어깨와 옆구리에 칼을 맞았지만 중상은 아니다. 말복이 다가서자 눈을 치켜떴는데 눈빛이 강하다. 말복이 던지듯이 말했다.

"불고 살아 나가라. 네까짓 놈 목숨 값이야 버려지보다 나을 것 없다."

그러고는 피식 웃기까지 했다.

"세상을 뒤집어서 역적 자손이 재상이 된다는 둥, 부모 한을 푼다는 둥 하면서 날뛰어봐야 하루살이 춤에 불과하다는 걸 이젠 겪어봐서 알 것이다."

"죽여라. 이놈아."

한성주가 나지막이 말했을 때 뒤에 서 있던 박성국이 불쑥 물었다.

"한가韓라…, 혹시 네 부친이 함경도 경성에서 도사都事를 지낸 한기복이 아니냐?"

순간 한성주가 눈을 부릅떴지만 입을 열지는 않는다. 한 걸음 다가선 박성국이 말을 잇는다.

"일곱 해 전, 내가 부관이 되어 첫 임지로 나간 경성에서 도사 하나가 역모에 휘말려 죽고 가족이 관노가 되어 뿔뿔이 흩어졌다는 말을 들은 적 있다. 혹 네가 그 가족 아니더냐?"

"그렇소."

한성주의 치켜뜬 눈에는 핏발이 서 있다.

"나리는 북방에 계셨소?"

이제 한성주는 존댓말을 쓴다. 그러자 박성국이 슬쩍 머리를 끄덕였다.

"그렇다. 나는 육진에서 여섯 해를 보냈으니 안 간 곳이 없다."

"무능한 임금이 충신을 역적으로 몰아 죽였소. 내, 그놈. 이공을 내 손으로 죽이는 것이 소원이오."

박성국이 입맛을 다셨다. 이공은 임금 선조의 이름이다.

"이놈이 죽으려고 작정했구나."

"이공이는 임금 자격이 없소. 그런 놈을 받드는 조선 백성이 불쌍하고 한심하오."

"이놈이!"

말복이 들고 있던 칼을 치켜들었지만 한성주는 꿈쩍하지 않는다. 그때 박성국이 말했다.

"임금하고 세자 저하는 다른 분이시다. 넌 내 집에서 몸을 보전하거라. 그동안 말복이하고 이야기도 좀 하고."

한성주가 여전히 눈을 부릅뜨고 있지만 입을 열지는 않는다. 박성국의 말이 이어졌다.

"아비의 한을 갚으려면 무장으로 나가는 게 옳다. 나 또한 지금….."

심호흡을 한 박성국이 얼굴을 일그러뜨리며 웃었다.

"세자를 모시고 임금 일당과 싸우는 형편이니 네 처지와 비슷하다."

그러고는 박성국이 머리를 말복에게 돌렸다.

"네가 이놈을 맡아라."

‡

의주에서 선전관 이택도가 온 것은 9월 말이다. 이때는 명의 유
격장군 심유경이 평양에서 고니시 유키나가와 회담을 했지만 성
과가 없었고, 함경도의 가토 기요마사는 경성에서 북청, 함흥을 거
쳐 안변으로 남하한 상황이다. 가토군 주력이 이천 분조와 가까워
지면서 긴장감이 더욱 고조되었을 때 선전관이 온 것이다.

"어명이오."

청에 선 이택도가 소리쳐 말했으므로 광해는 신하들과 함께 무
릎을 꿇었다. 주위는 조용했고 마당에 늘어선 군사들도 숨을 죽이
고 있다. 이택도는 사십대 후반의 무반으로 정사품이다. 선전관이
되기 전에 전라병마우후全羅兵馬虞侯를 지냈다. 이택도가 어명으로
적힌 밀지를 펴고 읽는다.

"세자의 선전관 박성국을 강원도순찰사에 봉한다. 그러나 선전
관을 겸직하므로 차후 종이품에 승급할 것이다."

광해 뒤쪽에 엎드려 있던 박성국은 등에 땀방울이 돋는 느낌을
받는다. 임금이 칼끝으로 자신을 겨누고 있는 것만 같다. 그때 광
해가 머리를 숙이며 말했다.

"성은이 망극하나이다."

청 안은 숨소리도 들리지 않는다. 박성국은 이제 순찰사가 되었
다. 순찰사는 도정道政뿐만 아니라 병마권, 즉 군사권도 장악한 지

방의 절대권자다. 다시 이택도의 목소리가 청을 울렸다.

"따라서 순찰사 박성국은 방어전략 회의에 참석하도록 닷새 안에 의주 행재소에 출두해 팔도도순찰사 및 의정부의 지휘를 받으라."

이제는 박성국이 대답할 차례였으므로 청 안은 다시 조용해졌다.

"예. 신 박성국이 명을 받잡습니다."

박성국이 말하자 이택도는 밀지를 접더니 광해를 향해 허리를 굽혔다. 어명의 전달이 끝난 것이다. 그제야 청 바닥에서 일어선 광해가 의자에 앉았고 이제는 이택도가 두 손을 모으고 섰다. 신하들도 모두 일어나 좌우로 벌려 섰다.

"그래, 수고했네."

광해가 이택도를 치하했다. 얼굴에는 웃음기가 떠올라 있다. 선전관 박성국이 승진해 순찰사직을 겸임하게 된 것이 매우 흡족한 것이다.

"전하께서 이곳 분조까지 굽어보고 계셨구나. 이런 경사가 없다."

광해가 주위를 둘러보며 말하자 우의정 유홍이 나섰다.

"참으로 경사스럽습니다. 모두 세자 저하의 음덕陰德이오."

그러자 이조참판吏曹參判 윤시욱, 순영중군巡營中軍 최동훈까지 제각기 한마디씩 덕담을 보태느라고 청 안이 떠들썩해졌다. 광해의 지시로 청에서 옆쪽 대전으로 사신과 분조의 신하들은 자리를 옮겼다. 사신은 의주의 정세를 분조의 세자와 신하들에게 전해주는 것이 이제 관례가 되었다. 먼저 세자가 물었다.

"명군은 언제 남진해 올 것인가?"

"올해 말이나 될 것 같습니다."

이택도가 두 손으로 방바닥을 짚고 대답한다. 이제는 임금의 사신이 아니다. 정사품 선전관이다. 이택도가 말을 잇는다.

"이여송이 아직 산해관에서 군사를 모으고 있는데 여러 가지 조건을 내놓고 까다롭게 합니다."

"어허, 어떻게 말인가?"

"명군의 군량은 모두 조선이 대라고 합니다. 또, 강을 건너는 부교와 마차도 준비하라고 했습니다."

"우리가 종이 되었구나."

쓴웃음을 지은 광해가 주위를 돌아보았지만 아무도 대답하지 않는다. 이여송은 도독都督이 되어 동정군의 총대장이었는데 본래 조선인이다. 이여송의 할아비가 죄를 짓고 명으로 도망친 후에 명인 明人이 되었기 때문이다. 이여송은 동생 이여백, 이여매를 비롯해 친척 여덟 명을 장수로 삼았으니 조선 원정을 할아비의 한을 풀어 주는 기회로 생각하는지도 모른다. 그때 다시 광해가 묻는다.

"지난 8월에 명의 심유경과 고니시가 평양성에서 회담한 내막을 듣자."

"예에."

자세를 고쳐 앉은 이택도가 말을 이었다.

"심유경이 왜군이 점령한 조선 영토를 반환하고 생포한 두 왕자와 신하들을 돌려보내면 조공을 받아들이겠다고 했답니다. 그러지 않으면 백만 대군으로 토벌하겠다고 했답니다."

그 말을 들은 광해 이하 대신들은 입을 다문 채 시선만 주었다.

감탄도 하지 않고 그렇다고 분개한 표정도 아니다. 굳이 말하자면 엉뚱한 소리를 듣는 것 같은 모습들이다. 그만큼 현실과 떨어진 말이었기 때문이다. 그때 이택도의 목소리가 대전을 울렸다.

"그러자 고니시가 이렇게 대답했다고 합니다. 두 왕자와 신하들은 가토가 데리고 있어서 내가 어쩔 수가 없다. 평양성은 명에 양도할 수 있지만 대동강 이남은 내가 소유한다."

서로 엉뚱한 말만 주고받았으니 회담은 결렬될 수밖에 없었다. 심유경은 왜군의 실력과 의도를 모르는 데다 고니시 또한 명군에게 양보할 생각이 전혀 없는 것이다.

"절통切痛하구나."

마침내 광해가 외면한 채 말을 잇는다.

"결국 이 전란은 조선 백성이 목숨을 걸고 치러야 할 업보다. 명의 동향을 묻는 내가 혀를 깨물고 싶구나."

✝

"나리."

뒤에서 부르는 소리에 박성국이 몸을 돌렸다. 막 대전에서 나온 참이다. 별장 차동신이 다가오고 있는데 뒤에 군관 하나가 따른다. 다가선 차동신이 긴장한 얼굴로 말했다.

"나리. 이자가 선전관을 따라왔는데 나리께 드릴 말씀이 있다고 합니다."

그러자 군관이 머리를 숙여 군례를 하고나서 말했다.

"여 상궁이 나리께 직접 전해드리라고 했습니다."

군관은 서른이 넘어 보였는데 눈빛이 강하고 다부진 표정이었다. 한동안 군관을 바라보던 박성국이 발을 떼며 말했다.

"따라오너라."

박성국이 군관을 데려간 곳은 중문 밖 담장 밑이다. 이곳은 행랑채 끝 쪽이어서 인적이 드물고 차동신이 등을 보이고 경비를 섰다. 둘이 마주 보고 섰을 때 군관이 말했다.

"나리. 소인은 여 상궁과 동향 사람으로 궁 밖 심부름을 해온 복돌이라고 합니다. 이번에 선전관이 분조로 갈 적에 소인이 여 상궁의 전갈을 전하려고 장교 한 놈과 번을 바꿔 왔습니다."

"그러냐? 무슨 전갈이냐?"

박성국이 나지막이 묻자 장교가 목소리를 낮췄다.

"이번에 나리를 순찰사로 봉한 것은 나리를 의주로 끌어들여 처형하려는 전하의 계략이라고 했습니다."

시선만 주는 박성국을 향해 장교는 말을 이었다.

"인빈과 팔도도순찰사 한응인, 그리고 평안도순찰사 전기윤, 병사 임우재까지 작당한 음모라고 했습니다."

"그러냐?"

쓴웃음을 지은 박성국이 장교에게 물었다.

"여 상궁이 방책은 말해주지 않더냐?"

"전장으로 급히 떠나는 것이 가장 낫다고 했습니다. 그리고 그 동안에 음모를 저지하라는 것입니다."

"제갈량이 환생했구나."

다시 웃은 박성국이 머리를 돌려 차동신을 보았다. 세 발짝쯤 옆에서 이쪽에 등을 보이며 서 있었지만 차동신은 다 들었을 터였다.

"별장, 들었느냐?"

몸을 돌린 차동신의 얼굴이 굳어 있다. 들었다는 표시다.

"예. 들었습니다. 나리."

"복돌이한테 수고비를 줘라. 그렇지. 끝쇠한테 데려가서 자초지종을 말하고 금자 열 냥을 주라고 해라."

"예. 나리."

"나리."

놀란 복돌이 눈을 둥그렇게 떴지만 박성국이 어서 가라는 듯 손을 저었다.

"가서 수고비 받아 가거라. 앞으로 자주 볼 일이 있을 것 같아 그런다."

‡

"이럴 수는 없다."

광해가 눈을 치켜뜨고 말했지만 말끝이 떨렸다. 곧 눈동자도 흔들렸다. 밤 이경(밤 10시경)이 넘었다. 세자의 숙소인 내전은 이미 정적에 잠겨 있는데 지금 광해와 박성국은 침전에서 세 걸음 사이를 두고 앉아 있다. 광해는 이를 악물었다. 박성국으로부터 내막을 들은 것이다. 박성국이 두 손을 방바닥에 짚고는 다시 입을 열었다.

"저하. 회양에서 의병장 손막손이 가토군의 습격을 받아 죽고 의병 오백여 명은 뿔뿔이 흩어졌다니 소신을 그곳으로 보내 수습하도록 해주십시오."

목소리를 낮춘 박성국이 말을 잇는다.

"선전관 이택도가 와 있는 내일 하명을 해주신다면 의심받지 않을 것입니다."

"정말 그곳에 가겠느냐?"

광해가 정색하고 묻는다. 회양에서 의병이 습격을 받은 것은 사실이다. 더구나 회양은 가토군의 본대가 위치한 안변과 가깝다.

"예에. 제 수하 별장 둘과 기병 오십만 데리고 가겠습니다."

"그렇다면….'

머리를 끄덕인 광해가 길게 숨을 뱉는다.

"가능한 한 접전을 피하고 목숨을 아끼도록 해라. 네가 필요하다."

"저하께서도 외출은 삼가시고 옥체를 보중하셔야 합니다."

목이 멘 박성국이 시선을 내렸다가 다시 들었다. 두 눈이 붉어져 있다.

"꼭 이 난리를 헤치고 조선 국왕이 되셔서 새 땅, 새 왕조를 만드셔야 합니다."

광해가 어깨를 부풀렸다가 내리더니 천천히 머리를 끄덕였다.

‡

평강을 지나 육십 리쯤 더 동진했을 때 앞쪽 척후의 속도가 늦춰

지더니 기마 한 기가 달려왔다. 신시(낮 4시경) 무렵이다. 회양 장평산 근처의 의병 진지에는 내일 낮에나 도착할 예정이었다.

"나리, 앞쪽에 꽤 큰 마을이 있소."

박성국 앞에서 말을 세운 장교가 소리쳐 말했다.

"그런데 아직 불길이 오르고 어수선한 것이 습격을 받은 지 얼마 되지 않은 것 같습니다."

"주민들은 있더냐?"

"그것이."

이맛살을 찌푸린 장교가 힐끗 박성국의 눈치를 보았다.

"먼발치에서 마을 앞에 쓰러진 남녀 서너 명을 보았습니다. 척후장은 그냥 지나갈 것인지를 여쭤보라고 했습니다."

"마을로 간다고 해라."

대뜸 말한 박성국이 좌우로 다가와 있는 끝쇠와 차동신에게 말했다.

"차 별장은 나를 따르고, 박 별장은 선봉을 맡으라."

그러자 끝쇠가 말고삐를 채어 돌아갔다. 그들 둘은 각각 기마군 십여 기를 거느렸고, 본대 십여 기는 박성국이 직접 인솔하고 있다. 척후대까지 모두 네 개조 오십여 기의 기마군이다. 전투 대형으로 기마군이 마을로 다가갔지만 적은 보이지 않았다. 대신 피에 덮인 살육의 현장이 그들 앞에 펼쳐졌다. 삼십여 호쯤 되는 마을은 골짜기 안쪽에 박혀서 지금까지 왜군의 침탈을 면해온 것 같다. 교통로와 떨어진 데다 요지要地도 아니어서 마수를 피할 수가 있었던 것이다. 그래서 마을에는 노소남녀가 다 있었다. 사방에 널린

18

시체가 이를 증명하고 있다. 모두 살육을 당한 후에 코가 떼어졌다. 코와 귀를 같이 잘린 시체도 많았다. 왜군들은 아이들과 젊은 여자는 포로로 잡아가는 일이 잦았지만 이곳에서는 다 죽였다. 여자들이 알몸으로 죽은 것은 윤간을 당한 탓이다. 젊은 여자들의 시체는 더 끔찍했다. 젖가슴을 도려내고 음부를 찢거나 막대기를 꽂아놓았으므로 험한 꼴을 많이 본 장교들도 외면했다.

"이놈들."

마침내 박성국이 어깨를 늘어뜨리면서 말했다. 두 눈의 초점이 흐린 채 어깨를 늘어뜨리고 있어서 마치 헛소리를 하는 것 같다.

"이놈들. 짐승이라도 이렇게 하지는 못한다."

마당에서 죽은 여자의 음부에 꽂힌 괭이자루를 빼내면서 박성국이 말을 잇는다.

"왜놈들. 조선인이 너희들의 노리개란 말이냐? 이러고도 너희들이 인간 대접을 받으려느냐?"

장교들은 모두 치를 떨고 눈을 부릅떴다. 여자한테서 두어 걸음 떨어진 담장 밑에 대여섯 살과 일고여덟 살짜리 남매 시체가 놓여 있다. 단칼에 허리를 잘린 여자아이는 금방 숨이 끊어졌겠지만 창으로 몸통을 여러 번 찔린 남자아이는 오래 고통을 받고 죽었을 것이다. 죽은 여인의 자식 같았다. 죽어가는 자식의 모습을 보면서 윤간을 당하는 여자를 떠올린 박성국은 시체 앞에 우두커니 선 채 억양 없는 목소리로 말했다.

"왜놈들의 이 만행을 잊는다면 조선인이 아니다."

박성국의 목소리가 떨렸다.

"긴 세월이 흐르더라도 이 한을 잊는다면 그 또한 인간이 아니다."

왜군은 마치 짐승을 재미로 죽이듯이 사람의 팔다리를, 또는 몸통을 가지각색으로 자르거나 찢었고 내장을 꺼내 길게 널어놓기도 했다. 머리를 잘라 발로 굴리기라도 했는지 코와 귀가 없는 머리통이 흙투성이가 된 채로 빈터에 모아져 있다. 마을을 둘러본 박성국이 마침내 지시했다.

"시체를 모아 집 안에 넣고 화장해라."

이제 눈을 치켜뜬 박성국의 목소리가 떨렸다.

"묻어줄 시간이 없다."

시체는 노소남녀 합해서 백삼십여 구가 되었다.

‡

"박성국이 회양의 의병 기지로 떠났습니다."

이천 분조에서 돌아온 한조가 하나에게 보고했다.

"이번에는 아예 대놓고 기마군을 모은 데다 광해가 마을 앞까지 출진을 격려한답시고 나왔습니다. 그래서 분조에서 모르는 사람이 없습니다.

"가토님 한테도 연락이 가겠다."

눈을 가늘게 뜬 하나가 한조를 보았다. 지난번 박성국의 기습을 받아 밀정단이 궤멸 직전의 위기에 처한 후에 하나는 진영을 이천에서 오십여 리나 떨어진 산속 골짜기로 옮겼다. 이곳은 고니시군

별동대 진지에서 이십여 리밖에 떨어지지 않은 곳이다. 마루에 걸 터앉은 하나가 말을 이었다.

"이미 쑥대밭이 된 의병의 빈 기지로 떠들썩하게 찾아가는 모양 이 무슨 꿍꿍이가 있는 것 같다."

"참, 박성국이 강원도순찰사를 겸직하게 되었다는군요."

한조가 정색하고 하나를 보았다.

"임금이 의주에서 선전관을 보내 승진시켰답니다."

"승진을 했건 말건 내가 그놈의 내장을 씹어 먹지 않는다면 사 람이 아니다."

고개를 돌린 하나가 말하고는 몸을 일으켰다. 아버지 아베 산자 에몬으로부터 부하 이십여 명과 함께 자금 지원도 받았지만 밀정 단의 세력은 반 넘어 꺾인 상태다. 애써 길러놓은 향도 십여 명을 잃은 데다 사기는 바닥으로 떨어졌다. 하나가 떨어진 명예와 사기 를 올리려면 박성국을 제거해야만 한다. 그 방법밖에 없다.

‡

송강 정철은 광해에게 생부生父 선조보다 더 부성父性을 느끼게 하는 인물이다. 선조 24년이 되던 작년, 좌의정 정철은 영의정 이 산해, 우의정 유성룡 등과 협의한 후에 광해를 세자로 옹립하기로 결정했으나 이산해의 모략에 걸려 혼자 누명을 쓰고 유배되었다. 선조가 인빈 김씨의 소생인 신성군을 총애하고 있음을 안 이산해 가 인빈에게 몰래 알려주었기 때문이다. 더구나 이산해는 정철이 광해를 세자로 옹위한 후에 인빈과 신성군을 모함해 죽일 것이라고 덧붙였다. 이 말을 들은 인빈이 선조에게 달려가 울고불고하는 바람에 정철이 화를 당한 것이다. 이때 동인東人인 이산해 등은 서인인 정철, 대사헌大司憲 이해수, 부제학副提學 이성릉 등을 함께 몰아내었으니 동인의 승리였다. 그러나 왜란이 일어나자 백성들이 들고일어나 정철을 복직시키라고 항의한 데다 임금은 의주로 도망치면서 분조에 내세울 임금 대리가 필요했다. 그래서 광해가 세자가 되었고 정철이 복권되어 따라오게 된 것이다.

깊은 밤이다. 자시(밤 12시경)가 다 되었다. 광해가 어두운 표정으로 정철을 보았다. 침전 안에는 무거운 정적이 흐르고 양초 불꽃이 희미하게 흔들리고 있다. 이윽고 정철이 입을 열었다.

"저하. 참고, 참고, 또 참으시는 수밖에 없습니다."

광해는 시선만 주었고 정철의 말이 이어졌다.

"반발하시면 전하의 노여움만 사실 뿐입니다. 더욱이 빈 마마의 주위에 모인 인간들이 기회를 잡고 일어날 것입니다."

"……."

"전란으로 백성이 죽어나가건, 국토의 태반이 왜적의 영토가 되건 간신 무리는 염두에 두지 않습니다. 오직 그자들은 손에 쥘 권력만을 추구하고 있습니다."

"그렇다면 역적이 아닌가?"

광해가 혼잣소리처럼 말했어도 정철은 들었다. 실소를 머금은 정철이 대답했다.

"그자들은 그것이 왕조에 충성하는 것으로 믿습니다. 철저하게 자기 주변이 선善이며 반대자는 악惡으로 대하는 자들입니다."

다시 방 안이 정적에 잠겼다. 광해는 정철을 불러 박성국한테서 들은 이야기를 해준 것이다. 정철이 다시 입을 열었다.

"의주에 있는 서애 유 정승과 영상 최흥원이 그래도 중용을 지키는 인재올시다. 제가 먼저 유 정승에게 넌지시 귀띔할 테니 저하께서는 모른 척하시지요."

광해가 천천히 머리를 끄덕였다. 지난번 박성국이 의주에 잠입했을 때 종사관從事官 강오준을 시켜 유성룡을 만나게 한 것도 보고를 받은 것이다.

"반면교사反面教師라는 말이 있소."

다시 광해가 혼잣소리처럼 말을 잇는다.

"나는 절대로 지금처럼 조정을, 백성을 다스리지는 않을 것이오."

정철은 머리를 숙였다. 그것을 기약할 수도 없을 뿐만 아니라 실현 가능성도 희박했기 때문이다. 광해는 임금 선조가 명으로 도망치기 위해 임시로 내보낸 꼭두각시 노릇인 것이다. 왜란이 평정되고 선조가 돌아오면 세자 직위는 바람 앞의 등불이다. 지금 상황에서 봐도 세자 주위에는 몇 사람뿐이다. 명의 대군이 편성된다는 소문이 돌자마자 분조를 떠나 의주 행재소로 옮겨가는 관리들이 늘어나고 있는 것이다.

‡

"뭐라고? 회양에?"

가토 기요마사의 중신重臣 이시다 모리후사는 삼천 병력을 거느린 별동군 대장이다. 가토와 함께 전장을 누빈 역전의 용장으로 당년 서른여섯. 가토군의 주력主力을 맡아 조선 땅을 유린해왔다. 그이시다가 눈을 부릅뜨고 앞에 앉은 부하 곤베이를 노려보았다.

"광해의 측근 무장 박성국이 말이냐?"

"예이."

이마를 땅바닥에 붙였다가 뗀 곤베이가 말을 잇는다.

"휘하에 기마군 육십 기를 거느리고 빠르게 동진東進했다고 합니다. 밀정이 전속력으로 달려왔지만 지금쯤 회양 근처에 도착했을 것 같다고 했습니다."

2번대 가토군에서 밀정단을 관리하는 장수는 이시다인 것이다. 그리고 밀정단 책임자는 곤베이다. 곤베이가 밀정단의 총수나 같다. 이시다가 이맛살을 찌푸리고 곤베이에게 묻는다.

"회양의 의병장 손막손이 나의 군사들에게 목이 잘렸고 의병은 궤멸되었다. 그런데 빈 골짜기에 뭐하러 온단 말인가?"

"흩어진 의병을 모으려는지도 모릅니다."

"그럴 바엔 새 의병을 모으는 게 낫지."

입맛을 다신 이시다가 곤베이를 지그시 보았다.

"무슨 간계가 있는지도 모른다, 곤베이."

"그래서 회양에 제 수하들을 보냈습니다."

"박성국 그놈을 잡아라."

"예이."

다시 이마를 땅바닥에 붙였다 뗀 곤베이가 말을 잇는다.

"제게 기마군 이백만 떼어주시면 박성국이를 잡아 대령하겠습니다."

"넌 밀정만 부리고 있었으니 기마 전술은 모른다."

허리를 편 이시다가 버럭 소리쳤다.

"여봐라! 사나다를 들라 해라!"

"예!"

진막 밖에서 우렁찬 대답이 들리더니 곧 갑옷 차림의 무장이 들어섰다. 삼십대 초반의 건장한 체구다.

"주군, 부르셨습니까?"

한쪽 무릎을 꿇은 장수가 묻자 이시다가 말했다.

"네가 곤베이와 함께 광해의 측근 무장 박성국을 잡아라."

"예."

"사로잡지 못하면 죽여도 좋다."

그러고는 이시다가 손바닥으로 무릎을 치면서 말을 잇는다.

"기마군 이백을 데려가라. 이번 출진의 주장主將은 사나다, 그리고 부장副將은 곤베이다."

명쾌한 명령이다.

‡

기마군은 질풍처럼 내달리고 있다. 먼지에 덮여 앞쪽 서너 기만 보일 뿐 뒤쪽은 자욱한 먼지 구름에 뒤덮였다. 박성국이 이끄는 조선군이다.

"나리. 금강까지는 십 리가 남았소."

앞쪽에서 내달리던 차동신이 속력을 늦춰 박성국과 나란히 달리면서 소리쳤다.

"저쪽 산모퉁이만 돌면 큰길입니다!"

그들은 지금 샛길을 내달리고 있는 것이다. 한낮이다. 이제 가을이 깊어지면서 미시(낮 2시경) 무렵밖에 되지 않았는데도 산 그림자가 길다. 박성국이 말에 박차를 넣으면서 말했다.

"모퉁이에서부터는 말에서 내린다!"

"예!"

차동신이 소리쳐 대답하더니 여진마女眞馬 엉덩이를 손바닥으로 쳤다. 놀란 여진마가 네 굽을 모으고 내달려 먼지 구름을 일으키며 앞으로 사라졌다. 비가 오지 않아서 산천은 메말랐다. 풀도 자라지 않는 황무지는 먼지로 뒤덮여 있다. 전란으로 농사를 짓지 못한 백성들은 풀뿌리도 캐지 못한 채 굶어 죽고 병들어 죽고 왜적의 표적이 되어 살해당한다. 충주목사는 분조에 장계를 보냈는데 백성의 절반이 죽었다고 했다. 왜군의 통로였던 대구 충주 용인, 또는 울산 경주 원주 여주, 또는 김해 성주 김천 추풍령 길목의 백성은 씨가 말랐다. 산모퉁이가 다가오자 박성국은 말고삐를 당겨 속보로 뛰었다.

"나리, 척후가 와 있습니다."

어느새 옆으로 다가온 끝쇠가 소리쳤다. 과연 그렇다. 모퉁이의 나무 그늘 밑에 세 필의 말이 서 있는 것이 보였다. 이제 모두 속보로 다가갔으므로 먼지 구름이 가라앉으면서 기마군의 윤곽이 드러났다. 이곳은 회양 동쪽의 금강산 입구다. 회양에 멈추지도 않고 그 아래쪽을 지나쳐 곧장 칠십여 리를 동진해 온 것이다.

‡

"왜군은 삼백 명쯤 되었습니다."

척후로 다녀온 장교가 보고했다.

"그런데 시장에 주민이 넘쳐났고 양곡에 채소, 생선까지 팔고 있었습니다."

장교는 농군 차림으로 변복을 했다. 해어진 베잠방이에 낡은 짚신을 신고 상투 튼 머리를 수건으로 동여맨 것이 영락없는 근방 농민이다. 그러자 같은 차림으로 변복한 장교 하나가 말을 잇는다.

"주민 사이에 붉은색 완장을 찬 향도가 끼어 있었는데 그놈들의 위세가 왜군보다 더 세었습니다."

"검문소는 몇 개나 있더냐?"

끝쇠가 묻자 처음 장교가 대답했다.

"금강 관아의 위 아래쪽 길목에 하나씩 왜군 십여 명에 향도 두엇이 배치되었고, 관아 안에 주력이 모여 있었습니다."

그러자 끝쇠와 차동신의 시선이 박성국에게 옮겨졌다. 이번 원정의 목표는 이곳이었다. 금강 관아는 2번대 가토군의 최남단 진지로 적장은 다무라. 용맹하고 잔인해서 조선군 사이에 '초승달귀신'으로 알려진 왜장이다. 전투 시에 초승달 모양을 붙인 투구를 쓰고 나타났기 때문이다.

"좋다."

이윽고 박성국이 입을 열었다.

"이곳에서 쉬다가 해시(밤 10시경)에 출동한다."

금강 관아까지는 도보로 한 식경(30분) 거리이니 해시 끝 무렵(밤 11시경)쯤에 공격하게 될 것이다.

✝

사나다는 성격이 급했지만 덤벙거리지는 않았다. 이제는 폐허가 돼버린 회양 아래쪽의 의병 막사를 감시한 지 한 시진(2시간)만에 상황을 판단했다.

"놈이 성동격서를 한 것이다."

성동격서聲東擊西란 동쪽에서 고함을 치고 서쪽을 친다는 말이다. 사나다가 옆에 선 곤베이를 보았다.

"이보게, 곤베이. 네 밀정들이 주어온 소식은 없나?"

"글쎄. 내 부하들은 누구 부하처럼 천방지축 날뛰지는 않아서."

시치미를 뗀 곤베이가 대답하자 사나다는 코웃음을 쳤다.

"주군을 모시고 오지 않은 것이 다행이야. 헛고생을 시킨 죄로 두들겨 맞았을지도 모르니까."

곤베이와 사나다는 각각 녹봉 오백 석을 받는 동급 무장이다. 그러나 나이는 곤베이가 다섯 살 많은 서른여덟이다. 곤베이가 눈을 치켜떴을 때 천민 차림의 조선인이 서둘러 다가왔다. 곤베이의 부하로 조선인 향도다.

"나리. 일단의 기마군이 동쪽을 향해 달려갔다고 합니다."

향도가 서툴지만 분명한 일본어로 보고했다. 앞에 선 향도가 가쁜 숨을 뿜으며 말을 잇는다.

"그것이 어제 낮이었다고 합니다. 기마군은 일백 기 정도. 조선군이 분명하다고 했습니다."

"그놈들이야."

조금 전에 곤베이와 싸운 것을 잊고 사나다가 소리쳐 말했다.

"거봐. 성동격서라니까? 놈들을 쫓아야 한다."

그러자 곤베이도 머리를 끄덕였다. 이대로 돌아갈 수는 없는 것이다.

‡

저녁 식사를 마친 임해군 이진이 막 침소로 들어섰을 때 마당에서 역관이 소리쳤다.

"대장군 듭시오!"

몸을 돌린 임해군은 마당으로 들어서는 가토 기요마사를 보았다. 유시(저녁 6시) 무렵이어서 마당에 화톳불을 켠 데다 호위무사가 든 등불들이 휘황했다. 그때 가토가 거침없이 마루로 오르면서 말했다.

"왕자. 내가 할 이야기가 있소."

이것은 가토의 왜말을 조선인 역관이 통역한 것이다. 숨을 들이켠 임해군이 머리를 끄덕이며 말했다.

"예. 하시지요."

"방에 들어갑시다."

역관이 서둘러 둘의 말을 통역했고 먼저 방에 들어선 것은 가토다. 이곳은 안변 관아에 차려진 왜군 2번대장 가토 기요마사의 숙소다. 임해군은 정원군과 함께 사랑채 끝 방 하나씩을 배정받았는데 손님 대접을 받았다. 그러나 실상은 포로다. 마당 밖으로 나갈 수가 없었고 외인 출입도 금지되었다. 방으로 들어선 가토가 먼저 자리에 앉았는데 문 쪽 위치였다. 임해군을 위해 아래쪽 상석을 양보한 것이다. 임해군이 자리에 앉자 역관은 둘 사이에 무릎을 꿇었다. 삼십대 중반쯤의 사내로 깨끗한 왜인 옷을 입었지만 어색했다. 거기에다 긴장해서 굳어 있다. 가토는 화려한 무늬가 박힌 왜옷을 입었는데 어깨에 심을 박아서 마치 등에 관을 멘 것 같다. 그러나 눈빛이 강하고 다부진 모습이다. 가토가 임해군을 똑바로 보았다.

"왕자. 세자는 왕자의 동생 아니시오?"

가토가 불쑥 물었고 역관이 통역했다. 가토의 시선을 받은 임해군의 입술이 비틀어졌다.

"그렇소. 내 동복동생이오."

"그런데 왕자가 세자로 책봉되지 않은 이유는 무엇이오?"

가토가 묻자 임해군은 얼굴을 일그러뜨리며 웃었다.

"내가 성격이 난폭하고 군왕의 기운이 없다고 하더군."

"누가 말이오?"

"대신들이 그럽디다."

"내가 보기에는 그렇지 않은데."

정색한 가토가 말을 잇는다.

"신하들이 고분고분한 왕을 바랐던 것 같군. 그들의 말을 잘 들을 군왕 말이오."

이제 임해군은 입을 다물었고 가토의 말만 이어졌다.

"광해는 고분고분했던 모양이지?"

"......"

"조선왕은 신성군을 세자로 세우려고 했다더군. 그런데 그놈이 갑자기 뒈지는 바람에 광해를 내세웠다던데."

"......"

"도대체 그런 게 어떻게 왕이오? 어떻게 그런 놈이 아직 이 넓은 땅의 군왕으로 군림하고 있단 말이오? 신하가 모두 병신 같은 놈들뿐인가보오."

"......"

"내가 신하였다면 군사 오백만으로도 이 왕조를 끝내버렸을 것이외다."

"......"

"그래서 말인데."

심호흡을 한 가토가 임해군을 똑바로 보았다. 역관은 잔뜩 긴장하고 있다. 양초 불빛에 비친 얼굴이 땀에 젖어 번들거린다. 가토의 말이 이어졌다.

"왕자. 내가 당신을 조선왕으로 밀어드리지. 어떻소?"

놀란 임해군이 숨을 죽이자 그것을 본 가토가 빙그레 웃었다.

"조선왕이 명으로 도망치고 광해가 죽으면 남은 왕자는 내가 보

호하고 있는 당신뿐이오. 그럼 당신이 이 조선 땅의 주인이 되는
것이지."

‡

자시(밤 12시경) 무렵이 되어 있다. 박성국은 손에 각궁을 쥔 채
오십 보쯤 앞쪽 검문소를 바라보고 있다. 이곳은 금강현 검문소의
아래쪽이 된다. 담장 좌우로 벌려 붙은 군사들은 숨을 죽인 채 박
성국을 주시하고 있다. 이윽고 숨을 길게 뱉은 박성국이 시위에
살을 메기고는 과녁을 겨눴다. 과녁은 이쪽을 향하고 선 왜군 병
사. 손에 창을 쥐고 막사 벽에 기대서 있는데 옆쪽에 피워놓은 화
톳불에 전신이 드러났다. 거리는 오십 보에서 서너 보 더 나간다.
활시위가 보름달처럼 당겨지자 군사들의 시선이 모두 막사 쪽으
로 옮겨졌다. 이곳에는 별장 차동신이 이끄는 군사 이십 명이 모
여 있다.

"쌕!"

화살이 시위를 벗어나는 소리가 그렇게 들렸다. 바로 다음 순간
이마에 살이 박힌 왜군이 소리도 뱉지 못하고 앞으로 넘겨졌다. 군
사들이 눈만 치켜떴을 때 두 번째 살이 시위에 메겨지더니 이내
튕겨나갔다.

"쌕!"

두 번째 살은 첫 왜군한테서 다섯 보쯤 떨어진 왜군의 목을 꿰뚫
었다. 옆모습을 보이고 선 왜군이 목을 뚫은 화살을 손으로 움켜쥐

면서 주저앉는다.

"쌕!"

세 번째 살이 날아 화톳불 옆에 앉아서 졸던 왜군의 뒤통수를 꿰뚫었다. 왜군이 불구덩이 속으로 상반신을 넘어뜨리면서 불똥이 어지럽게 튀었다.

"가자!"

시위에 네 번째 살을 메기면서 박성국이 나지막이 말하자 차동신이 맨 먼저 튕겨나가듯이 담장에서 떨어져 나왔다. 그러고는 막사를 향해 소리 없이 내달린다. 이제 어둠에 덮인 관아 앞길을 이십 명의 검은 그림자가 숨소리도 내지 않고 달려 나간다. 막사 외부에 나와 있던 왜군 셋은 다 죽었다. 단숨에 막사로 다가간 조선 군사는 막사 문을 밀치고 안으로 진입했다. 길가에 통나무로 엮어 만든 사방 스무 자 넓이의 막사 안에는 왜군 십여 명이 자고 있었다. 곧 막사 안에서 외침과 비명이 울렸는데 일방적으로 당해 숨 열 번도 더 뱉기 전에 조용해졌다. 질서 있게 진입한 조선군이 왜군을 도륙한 것이다. 선두에 서서 들어간 차동신이 맨 나중에 나왔는데 화톳불에 비친 얼굴이 피범벅이었다. 박성국의 시선을 받은 차동신이 이를 드러내며 웃었다.

"목의 핏줄을 끊었더니 피를 덮어썼습니다."

웃는 모습이 마치 악귀 같았다. 박성국이 숨을 들이켜고 말했다.

"자, 가자."

아직도 소리를 죽이고 있다.

✢

"불이야!"

외침 소리가 들렸을 때 다무라는 포로로 잡은 조선 여인의 몸 위에서 열심히 허리를 움직이는 중이었다. 이맛살을 찌푸린 다무라가 움직임을 멈췄지만 연장을 빼지는 않았다. 숨 가쁘게 탄성을 뱉어내던 여인도 두 손으로 다무라의 허리를 감아 안은 채 귀를 세우고 있다. 그때 다시 외침이 일어났다. 이제는 여럿이다.

"불이야! 위쪽 행랑채다!"

"모두 이쪽으로!"

왜말이 먼저 들렸다가 조선어도 섞여졌고 이제는 발걸음 소리도 어지럽게 들린다.

"이런, 빌어먹을."

마침내 욕설을 뱉은 다무라가 박힌 연장을 빼자 여인이 신음을 토해냈다. 아쉬운 듯 다무라의 허리를 움켜쥐었다가 놓는다. 그때 달려오는 발걸음 소리가 들리더니 문밖에서 누군가가 외쳤다.

"대장! 창고와 행랑채가 불에 탑니다!"

"화재냐?"

옷을 꿰면서 묻자 대답이 돌아왔다.

"예! 갑자기 두 군데서 거의 동시에 불길이 올랐습니다!"

"방화다! 비상이다!"

뱉듯이 말한 다무라가 소리쳤다.

"예엣!"

부하가 발걸음 소리를 내며 달려갔다. 그러더니 곧 북소리가 울린다. 위급 상황을 알리는 북소리다. 다무라가 허리 갑옷만 걸치고 마루로 나갔을 때는 이미 창고와 행랑채의 불길이 하늘로 치솟아 밤하늘이 붉게 물들었다.

"대장! 남쪽 검문소가 습격을 받았소!"

부하 한 명이 마당 안으로 뛰어들며 외쳤을 때 다무라는 이를 악물었다. 기습이었다.

"내 투구를! 어서!"

버럭 소리친 다무라가 부하들을 내려다보았다.

"적이 숨어 있다. 찾으라!"

부하 하나가 투구를 들고 왔으므로 다무라는 투구를 썼다. 초승달이 붙여진 투구가 불빛을 받아 번쩍였다. 허리에 찬 칼을 빼 든 다무라가 마당으로 뛰어내리더니 곧 중문을 빠져나갔다. 뒤를 수십 명의 부하가 따랐다.

‡

대숲에 몸을 숨기고 선 조선군은 넷뿐이다. 바람이 불면서 댓잎이 부딪쳐 파도 소리를 냈다. 이곳은 금강현 관아가 내려다보이는 위치의 대숲이다. 관아 옆쪽 동산이 대숲으로 덮여 있었는데 박성국이 차동신과 장교 두 명만을 데리고 이곳에서 기다리고 있는 것이다. 창고와 행랑채에 불을 지른 끝쇠와 부하들은 지금 위쪽 검문소를 장악한 채 대기하고 있다. 따라서 금강현의 왜군은 위아래두 곳의 검문소를 점령당한 셈이다. 행랑채의 불길이 옆쪽 동헌으로 옮겨붙고 있었으므로 밤하늘은 더 밝아졌다. 그러나 시간이 지나면서 왜군은 질서가 잡혀간다. 규율이 잘 잡힌 부대다. 처음부터 불길을 잡으려는 기색을 보이지 않고 서로 부르며 답하더니 부대별로 모이는 것이다. 그러더니 수색을 시작한다.

"곧 위쪽 검문소가 점령당한 것을 알게 될 것입니다."

옆에 선 차동신이 말할 때였다. 아래쪽 중문 밖으로 번쩍이는 투구가 드러났다. 불빛에 반사된 초승달이 하얗게 번쩍이고 있다. 차동신이 숨을 죽였고 박성국은 들고 있던 각궁에 살을 메겼다. 지금까지 '초승달투구'를 기다리고 있었던 것이다. 아무리 야간 기습을 한다고 해도 오십 군사로 삼백 왜군을 습격할 수는 없는 것이다. 적장 초승달투구만 죽이면 된다. 그러면 최소의 피해로 최대의 전과를 올리는 것이다. 대숲 사이에 선 박성국이 과녁을 겨누었다. 초승달투구는 중문 밖에 모여 선 왜군들에게 소리쳐 지시하고 있다. 부하 장수들이 기운차게 대답하고 이리저리 뛴다. 초승달투구와의 거리는 백 보 정도. 심호흡을 한 박성국이 힘껏 시위를 당겼다가 숨을 죽인 채 과녁을 겨누고는 이윽고 시위에 물린 화살 끝을 놓았다.

"쌕!"

댓잎이 나부끼는 사이로 화살이 숲을 뚫고 날아갔다. 차동신과 장교 두 명은 숨을 죽이고 아래를 본다.

"아….."

다음 순간 차동신의 입에서 억눌린 탄성이 일어났다. 초승달투구의 얼굴에서 드러난 부분은 두 눈과 코, 그리고 입뿐이다. 양 볼과 이마, 목까지 투구와 갑옷으로 가려져 있기 때문이다. 날아간 화살은 정확히 그 두 눈 사이에 박혔다.

"와앗!"

아래쪽에서 외침이 들린 것은 초승달투구가 뒤로 자빠졌기 때문이다. 두 눈 사이에 화살이 깊게 박혔으니 주위의 왜군들은 일제히 흩어졌다.

"가자."

눈을 가늘게 뜨고 아래를 내려다본 박성국이 나지막이 말하고는 몸을 돌렸다. 아래쪽 소음은 더 커졌다. 장수들이 칼을 빼 들고 이리저리 내달으면서 소리쳤고 병사들도 이리 몰리고 저리 달린다. 이제 머리 잃은 뱀 꼴이 된 것이다.

‡

탈출구로 삼은 위쪽 검문소를 지키고 있던 끝쇠와 나머지 조선군은 한 떼의 왜군과 대치하고 있었다. 왜군은 장수 하나의 인솔 하에 오십 명쯤 되었으니 아군과 비슷한 전력이다. 왜장이 소리쳐 조총 사격 준비를 시켰고, 엎드린 왜군들 뒤로 향도와 군사들이 바쁘게 오가고 있다. 박성국이 담장 밑에서 다시 시위에 화살을 메기면서 슬쩍 웃었다.

"계획대로 돼가는구나."

아래쪽 검문소를 비우고 위쪽에 진을 친 것도 계획적이다. 대숲에서 내려오면 위쪽 검문소와 대치한 왜군의 뒤로 붙게 되는 것이다. 그때 왜장의 외침이 울리더니 곧 요란한 조총 발사음이 일어났다. 십여 정이 한꺼번에 발사된 터라 밤하늘에 천둥처럼 울려 퍼진다. 그러나 통나무 막사 주변에 은폐한 조선군은 방비하고 있을 터였다. 다시 왜장의 외침이 울렸다. 왜장은 아직 중문 앞마당에서 초승달투구가 죽은지 모르는 것이다. 박성국이 이번에는 호흡을 고르지도 않고 활을 겨누고는 바로 당겨 쏘았다. 왜장과의 거리는 육십여 보. 명령을 내리려고 어깨를 펴고 머리를 젖힌 왜장의 목에 화살이 꿰어졌다. 찰나였다.

"와악!"

왜장의 비명이 밤하늘을 울렸고 왜군은 당황했다. 살에 꿰인 짐승처럼 왜장이 쓰러졌을 때 두 번째 날아간 화살이 서 있던 왜군의 등을 꿰뚫었다.

"와아아!"

앞쪽 검문소에서 그것을 본 조선군이 아우성을 치며 소리쳤을 때 왜군들을 독려하던 장수급 왜군의 이마에 화살이 박혔다. 함성이 더 높아졌고 엎드렸던 왜군들이 허둥지둥 일어섰다.

"쌕!"

다시 어둠 속에서 날아온 화살이 왜군 하나의 가슴을 꿰뚫자 이제 왜군들은 사방으로 흩어져 내달리기 시작했다. 뒤쪽에 조선군이 몰려와 있는 것처럼 보였을 것이다.

✠

박성국의 무리가 밤길을 내달려 창도 근처의 고봉산 기슭에 도착했을 때는 묘시(아침 6시경) 무렵이다. 군사들을 쉬도록 지시한 박성국이 끝쇠와 차동신에게 말했다.

"가토가 금강현을 기습한 조선군이 누구라는 건 곧 알게 될 것이다."

둘의 시선을 받은 박성국이 쓴웃음을 지었다.

"고니시의 밀정 수괴인 하나가 가토에게 알려줄 가능성도 있어."

"말복이 말을 들으면 그년이 요괴라고 합니다. 지난번에 잡아 죽이지 목한 것이 한입니다."

마루에 앉은 끝쇠가 주위를 둘러보며 말했다. 이곳은 화전민이 살다 버린 폐가다. 산비탈에 세워진 외딴집이었지만 창고도 컸고 빈 외양간도 있어서 주위에 기마군 오십여 기가 쉴 만했다.

"지금부터 우리는 의병 행세를 한다."

박성국이 끝쇠와 차동신을 번갈아 보았다. 어느덧 둘은 긴장한 채 시선만 주었다.

"그렇지. 헝겊 깃발에 악귀惡鬼라고 붉은 글씨로 써 들고 왜군과 향도를 처단하기로 하자."

박성국이 이를 드러내며 소리 없이 웃었다.

"악귀 의병단이다."

‡

"아씨. 제가 가서 병 핑계를 대지요."

윤수가 말했지만 안수연은 머리를 저었다.

"그자들이 가만두지 않을 거야."

"아씨."

앞을 가로막은 윤수의 주름진 눈이 생선 눈알처럼 흐려져 있다. 윤수는 예순 중반의 노인이지만 아직도 정정했다. 정여립의 역모에 연루된 안수연의 아비 안대용이 사약을 마시고 죽은 것이 두해 전 일이다. 정삼품 성주목사였던 안대용은 사약을 받기 전에 부인 심씨와 외동딸 안수연을 도피시켰다. 그래서 윤수와 몸종 진이까지 넷이 강원도로 도망쳐 들어가 관노로 끌려가는 것은 면했다. 그러나 겨우 산골짜기에 발 뻗을 집 한 칸 마련하고 났더니 이렇게 난리가 일어나버렸다. 안수연이 발을 떼며 말했다.

"이 난리 통에 몸 성하기 바란다면 욕심을 부리는 것이지. 내 몸 뚱이 내놓고 네 식구가 산다면 그것으로 감지덕지할 일이야."

"아씨."

뒤에서 윤수가 불렀지만 안수연은 대답하지 않았다. 골짜기의 세 칸짜리 집에서 마을까지는 이백 보 거리밖에 되지 않는다. 크게 소리치면 들리는 거리다. 한낮이다. 이미 마을에는 왜군 십여 명이 와 있었고 향도대가 떠들썩하게 손님을 맞는 중이다. 마을이래야 십여 호에 주민은 오십여 명뿐이었는데 모두 밖으로 몰려나온 것 같다. 왜군이 올 때면 향도대가 다 불러내 환영하도록 만드는 것이

다. 그러나 마을로 다가갈수록 안수연의 가슴은 미어졌고, 두 다리
는 무거워졌다. 오늘은 성하지 못할 것이라는 예감이 들었기 때문
이다. 아침에 향도대장 김을남이가 찾아와 오늘은 큰애기가 꼭 와
야 된다고 다짐을 받고 간 것이 심상치 않았다. 닷새 전에 왜군이
왔을 때 대장 노릇을 하던 놈이 안수연에게 여러 번 눈길을 주었
던 것이다. 그때는 놈이 과부 정씨를 옆에 끼고 있었기 때문에 넘
어갈 수 있었다. 그전에 왔을 때는 유씨 마누라를 대낮에 겁탈했는
데 돌아갈 때 쌀을 한 자루나 주고 갔기 때문에 집안 풍파는 일어
나지 않았다. 그래서 유씨 남편은 은근히 다음번도 기다리는 눈치
였는데 과부 정씨한테 빼앗긴 셈이다.

　이곳에 오는 왜장을 마을 사람들은 '양반 왜장'이라고 불렀다.
닷새에 한 번꼴로 오면서 꼭 왜장 한 놈만 여자를 탐했고, 부하 십
여 명은 큰 소리도 내지 못하게 했기 때문이다. 게다가 왜장은 음
심淫心을 채우고 나면 여자한테 꼭 양곡 자루를 주고 가는 것이다.
왜장은 오늘로 세 번째 방문이다. 또 조선 여인을 탐할 것이고 그
상대는 자신이 될지도 모른다. 안수연은 발을 떼면서 소리 죽여 숨
을 뱉는다. 나이 스물이 되도록 아직 남자의 몸을 받은 적이 없는
안수연이다. 그렇지만 그 짓이 두렵지는 않다. 상대가 왜놈인 것도
상관없다. 자신은 역적의 자손인 것이다. 조선 왕조가 왜놈한테 무
너져 내리는 것이 오히려 잘되었다고 생각한 적도 있지 않은가 말
이다. 다만 강압적으로 몸을 준다는 사실이 싫을 뿐이다. 그때 옆
쪽에서 목소리가 들렸다.

　"어이구. 이제 오는구먼."

머리를 돌린 안수연은 다가오는 향도대장 김을남을 보았다.

"기다리고 있었네."

오십대 중반의 김을남은 상민이었지만 마을에서 가장 유식하다. 그래서 자연스럽게 마을 대소사를 지휘하게 되었는데 왜란이 일어나자 재빠르게 향도대장으로 변신했다. 마을에서 왜군의 향도로 나간 남자가 여섯이나 된 것도 김을남의 적극적인 권유 덕분이다.

"장군이 지난번 왔을 때 애기를 눈여겨보고 있었던 모양이여."

김을남이 유들유들하게 웃으며 말을 잇는다.

"오늘은 오자마자 큰애기를 찾는구먼."

"그런 말씀 안 하셔도 돼요."

평소에 김을남이 외지에서 온 안수연 식구에게 여러 번 도움을 준 터라 안수연의 표정도 부드럽다. 나란히 마을로 들어서면서 안수연이 말을 잇는다.

"왜놈 장군이 마을 젊은 여자는 다 끼고 잘 작정이라던가요?"

"글쎄. 그건…."

쓴웃음을 지은 김을남이 힐끗 안수연의 눈치를 보았다.

"내가 보기에 마을에서 장군이 불러주기를 기다리는 아낙이 다섯 명도 더 될 것 같네."

"……."

"서방이 있는 년들도 마찬가지여. 그러기를 은근히 바라는 서방놈들도 있고."

"……."

"아, 마누라 하루 빌려주고 식구들이 한 달은 먹을 양식을 얻으니 난리 통에다 흉년에 이런 횡재가 어디 있는가?"

그때 둘은 마을 복판의 최씨 집 대문 앞에 닿았다. 문 앞에 지켜
서 있던 왜군이 힐끗 그들을 보더니 들어가라는 듯 몸을 비켰다.
이곳이 왜장의 숙소인 것이다.

"들어가게."

김을남이 턱으로 집 안을 가리키며 말했다.

"조금 전에 술상이 들어갔으니 장군은 안방에서 술을 마시고 있
을 거네."

"방으로 바로 들어갑니까?"

안수연이 묻자 김을남은 외면한 채 대답했다.

"그러게. 장군은 지금 혼자 계시네."

‡

"아니, 뉘시오?"

집 안으로 들어선 백씨가 눈을 크게 떴다. 문 안에 사내 하나가
서 있었기 때문이다. 그때 사내가 말했다.

"닥쳐. 단칼에 죽기 싫으면."

사내가 손에 날이 시퍼런 장검을 쥐고 있었으므로 백씨는 입을
다물었다. 머리를 든 백씨는 집 안에 사내 서너 명이 더 있는 것을
보고는 어깨를 늘어뜨렸다. 오금이 떨려서 발이 떨어지지 않았으
므로 우두커니 서 있는 백씨의 등을 사내가 밀었다.

"저쪽으로 가자."

엎어질 듯 발을 뗀 백씨가 겨우 물었다.

"의, 의병이시오?"

"그렇다. 이 향도 놈들아!"

대답이 바로 돌아왔고 덤으로 발길질이 날아왔다. 엉덩이를 차인 백씨가 땅바닥에 엎어졌다가 상반신을 일으켰을 때 눈앞에 선 사내를 보았다. 역시 농군 차림에 머리에는 수건을 동여맸지만 얼굴에 위엄이 배어 있다. 건장한 체격에 등에는 각궁과 살통을 맸고 손에 장검의 칼집을 쥐었다. 겨우 일어선 백씨에게 사내가 물었다.

"왜군은 몇 놈이냐?"

"예. 오늘은 열둘이 왔습니다."

고분고분 대답한 백씨가 얼굴에 번진 땀을 손바닥으로 닦았다.

"제발 살려주십시오. 죽지도 못하고 왜놈한테 계집을 바쳐서 화를 면하는 마을입니다."

"네 처자식을 모두 묶어 부엌에 가둬놓았다. 한 마디라도 거짓이면 다 죽인다."

"거짓말이 아니올시다. 대장님."

"네놈들은 모두 왜놈한테 붙어서 잘살아왔다. 믿을 수가 없는 놈들이야."

"제가 앞장을 서지요. 대장님."

백씨가 다급하게 말을 잇는다.

"그러면 믿으시겠습니까?"

요란한 소음과 함께 방문이 부서지면서 사내 하나가 뛰쳐 들어왔을 때 안수연은 알몸으로 요 위에 반듯이 누운 상태였다. 왜장은 바지를 아래로 내리던 중이어서 엉거주춤한 채로 서서 머리만 돌려 그쪽을 보았다. 뛰쳐 들어온 사내는 농군 차림이었다. 그러나 손에는 장검을 들었다.

"악!"

외침 소리는 왜장의 입에서 터졌다. 사내가 후려친 칼날이 어깨에서부터 반대편 허리까지 비스듬히 잘랐기 때문이다.

왜장이 방바닥에 쓰러지더니 사지를 버둥거렸는데 입에서는 신음도 나지 않았다. 단칼에 치명상을 입은 것이다. 그때 왜장 머리 위에 선 사내가 시선을 돌려 안수연을 보았다. 사내가 뛰쳐 들어온 순간 안수연은 반사적으로 상반신을 일으켰지만 알몸을 가리지는 못했다. 사내의 시선을 받고 나서야 불에 덴 듯이 놀라 손바닥으로 젖가슴과 음부를 덮었다. 방 안에는 요만 깔려 있는 데다 왜장이 옷을 벗겨 윗목에다 던져놓았기 때문이다.

그때 안수연의 시선을 잡은 사내가 억양 없는 목소리로 낮게 말했다.

"옷을 입어라."

그러고는 몸을 돌렸다. 방 안에 피비린내가 진동했다.

‡

마루에 앉은 박성국이 마당에 모여 앉은 주민들을 내려다보았
다. 최씨 집 마루는 토방이 높아서 모인 주민의 머릿수를 금방 헤
아릴 수 있었는데 아이들만 빼놓고 노인과 여자들까지 다 끌고 왔
다. 마당 구석에 왜군 시체 여섯 구가 장작더미처럼 포개져 쌓여
있다. 그 속에는 왜장 시체도 섞여 있었다. 나머지 여섯 구는 집 밖
의 담장가에 쌓아놓았다. 마을에 들어온 왜군을 몰살시킨 것이다.
이쪽은 다친 군사도 없었으니 대승이다. 이윽고 박성국이 입을 열
었다.

"너희들은 왜놈들에게 부역한 놈들이다. 왜군의 위협을 받고 그
렇게 되었다는 말을 도무지 믿을 수가 없다."

박성국의 시선이 향도대장 김을남을 스치고 지나갔다.

"더구나 이 조그만 마을에서 향도로 여섯 놈이나 나갔다니, 역
적 마을이다."

그것은 마을 어린애한테서 들은 것이다. 마당에 모인 주민들은
머리를 숙인 채 아무도 입을 열지 않았다. 이제 그들에게 의병단의
진입은 해방군이 아니었다. 오히려 원수 집단이었다. 그때 박성국
이 소리쳐 말했다.

"향도대장으로 불린 마을 수장 김을남을 베어 죽여라."

"예에."

대답한 끝쇠가 옆에 선 장교에게 말했다.

"데리고 나가서 목을 베어라."

굽신 허리를 굽혀 보인 장교가 주민들의 맨 앞줄에 앉은 김을남 앞으로 다가섰을 때였다.

"의병이 주민을 마음대로 처단할 수 있단 말이오?"

날카로운 여자 목소리가 들렸으므로 박성국이 시선을 들었다. 주민 사이에서 일어선 여자는 바로 왜장 밑에 알몸으로 누워 있던 그 인물이다. 박성국을 쏘아본 채 여자가 소리친다.

"누가 당신한테 주민 생살여탈권을 주었단 말입니까? 죄가 있다면 관官에 넘겨야 할 것 아닙니까?"

"너희들은 관을 믿고 의지해왔는가?"

박성국이 불쑥 되묻자 여자는 당황한 듯 입안의 침을 삼키더니 대답했다.

"의지하지는 않았지만 이 일은 관이 처리할 일이오."

"너는 왜장하고 밀통했던 년이 아니냐?"

마침내 박성국이 여자를 똑바로 쏘아보았다. 그러고는 잇새로 묻는다.

"관에 넘기면 네년도 무사할까?"

여자는 입을 다물었고 박성국의 목소리가 마당을 덮어씌우듯 울렸다.

"수장은 목을 베고 저년은 묶어서 끌고 가자. 식구를 향도로 보낸 집은 불을 질러 집터에 액땜을 하라!"

"예엣!"

이번에는 차동신이 우렁차게 대답하더니 군사들에게 소리쳐 지시했다.

말이 십여 필이나 남았기 때문에 기마군은 저녁 무렵이 되었을 때 마을에서 오십여 리나 떨어진 산골짜기에 닿았다. 이곳은 회양과 창도 사이의 산줄기였다. 박성국이 골짜기 위쪽 바위틈의 적당한 자리에 앉았을 때 밑에서 차동신이 올라왔다.

"나리, 정탐병을 데리러 보냈습니다."

차동신이 말하고는 앞쪽 바위에 앉았다.

"날씨가 추워져서 산중에서 지내기는 적당하지 않습니다."

산중의 가을밤은 갑작스럽게 기온이 내려간다. 유시(저녁 6시경) 쯤 되었으므로 주위는 어둡다. 이곳저곳에서 군사들이 모닥불을 피우고 밥을 짓는 터라 분위기는 활기에 차 있다. 그때 아래쪽에서 끝쇠가 여자를 데리고 올라왔다.

"나리께 드릴 말씀이 있답니다."

끝쇠가 말하더니 차동신 옆에 털썩 앉아버렸고 여자가 우두커니 서서 박성국을 올려다보았다. 말에 싣고 달려왔기 때문에 여자의 차림새는 엉망이 되어 있다. 치마는 찢어진 데다 머리를 수건으로 감싸 묶었지만 흐트러진 머리칼이 삐져나왔다. 미친 거지 형상이었지만 갸름한 얼굴은 이목구비가 반듯했고 눈빛이 강했다. 박성국의 시선을 받은 여자가 말했다.

"시키는 대로 다 할 테니 부탁 하나만 들어주세요."

박성국의 시선을 잡은 채 여자가 또렷한 목소리로 말을 잇는다.

"마을 끝에 사시는 어머니께 사람 시켜서 기별이나 넣어주시면

시키는 일은 다 하겠습니다."

"무슨 기별 말이냐?"

"내가 의병단을 따라다니게 되었다고 말입니다. 그래야 어머니 걱정을 덜게 될 테니까요."

"내가 널 이 자리에서 죽여도 그렇게 기별을 넣을까?"

"그것은 마음대로 하시고 기별만은 넣어주시지요."

"넌 죽어도 좋다는 말이냐?"

"말에 태워졌을 때부터 각오했습니다."

"널 왜 데려온 줄 아느냐?"

화제를 돌렸더니 안수연이 눈만 껌벅였다. 골짜기를 훑고 올라온 바람에 구수한 밥 냄새가 실려 있다. 마을에서 몰사시킨 왜군한테서 말 열여섯 필과 말린 고기, 생선이 담긴 자루도 빼앗아왔기 때문에 저녁 찬은 풍성할 것이었다. 이제는 안수연뿐 아니라 차동신과 끝쇠의 시선도 박성국에게 가 있었다. 박성국이 안수연을 데려온 이유는 누구한테 물어도 같을 것이다. 전장에서도 여자는 필요하다. 그래서 왜장들은 여자들을 군수품처럼 싣고 다니는 것이다. 그때 박성국의 말이 이어졌다.

"우리는 왜군 열둘을 마을 안에서 몰사시켰다. 이제 그 사실이 곧 왜군 본대에 알려질 터. 그럼 어떻게 되겠느냐?"

"……."

"왜놈들이 몰려와 시체를 보면 주민은 몰사한다. 의병과 주민이 함께 왜군을 쳤다고 할 테니까."

"……."

"그래서 내가 피해를 극소화하려고 수장 하나를 베고 부역자 집을 불태웠다. 그것을 본 왜군 본대는 그냥 돌아가겠지. 네 마을이 부역자 마을임을 믿고 말이다.

"······."

"수장은 수장답게 마을을 위해 목숨을 바친 것이야. 불에 탄 집 같은 건 다시 지으면 그만이고."

그러고는 박성국이 안수연을 똑바로 보았다.

"너는 건방지게 나섰다가 끌려온 셈이다. 닥치고 가만히 있었다면 놔두었을 텐데 그 주둥아리 때문이 이 꼴이 된 것이지."

그때 끝쇠와 차동신이 동시에 풀썩 웃었다.

‡

강원도 안변 아래쪽 금청산 골짜기에 의병단이 모였다는 소문은 금방 사방으로 퍼져나갔다. 안변은 요지로 강원도 북방 길의 통로인 데다 서쪽의 평안도와 경기도로 통하는 길목이기도 하다. 의병단의 명칭은 '악귀'. 흰 천에 피로 쓴 '惡鬼' 글씨가 섬뜩했지만 닷새 만에 의병 팔백이 모였다. 그런데 말만 의병이지 피란민이다. 정작 의병에 쓸 장정은 백여 명에 불과했고 나머지는 아녀자, 노약자였다. 의병의 그늘에 기대어 난을 피하고 굶주림을 해결 해보려는 백성들이 가족을 이끌고 온 것이다.

"다 받아라."

오늘도 오십여 명의 피란민이 몰려왔으므로 박성국이 장교에게 말했다.

"양곡이 모자라더라도 피란민들에게 끓여 먹을 양곡을 나눠주
도록 해라."

장교가 돌아가자 박성국이 마루에 서서 차동신을 불렀다. 마당
밖에 서 있던 차동신이 들어서자 박성국이 물었다.

"사나다는?"

"이제 눈치를 챈 것 같습니다. 지금 아래쪽 회남산 기슭에서 이
틀째 주둔하고 있습니다."

회남산은 금청산 서남방으로 칠십 리 떨어진 석산이다. 주위에
마을도 없고 길목도 아니어서 외진 곳이지만 황무지가 넓다. 군
사를 포진하기에는 적당한 곳이었다. 박성국이 혼잣소리처럼 말
했다.

"군사를 모으려는 것이야. 우리 군세軍勢가 천 명 가까이 되는
것으로 소문이 났을 테니까."

"나리, 저희들은 병력이 백오십뿐입니다. 더욱이 백 명은 제대로
진법도 모르는 농사꾼입니다."

다가선 차동신이 그늘진 얼굴로 말을 잇는다.

"따라서 수시로 이동하는 수밖에 없습니다."

"내가 이곳에 머문 목적은 흩어진 주민을 모으려는 것이야."

박성국이 주위를 둘러보며 말을 잇는다.

"왜군을 피하려고 사방으로 흩어진 주민을 모아 전력을 만들어
야 한다."

그래서 군사들을 사방으로 내보내 세자의 측근 무장이며 강원도

순찰사인 박성국이 금청산에 둥지를 틀었다는 소문을 내고 있는 것이다.

"백성들은 이곳에 두고 우리는 아래쪽으로 이동할 작정이다."

토방으로 내려선 박성국이 하늘을 보았다. 해는 서쪽으로 한 뼘 쯤 기울어 있다. 박성국이 말을 이었다.

"북방에서도 이렇게 백성을 모으고 진陣을 위쪽으로 세워 적을 막았다. 그럼 병력이 뒤에서 충원되었지."

마당을 나온 박성국이 걸으면서 차동신을 보았다.

"흩어진 백성을 모으는 것이 우선이야. 백성을 모아야 병사도 늘어나고 사기도 오르는 법이다."

‡

회남산에 주둔한 왜군은 사나다가 인솔하는 보병과 기병 이백오 십여 명이었는데 박성국의 예상대로 별동군 대장 이시다 모리후 사의 지원군을 기다리는 중이었다.

"근처에 관군들까지 있으니 섣불리 움직였다가는 낭패를 보게 돼."

사나다가 말했지만 곤베이는 외면한 채 대답하지 않았다. 석양 이 회남산 밑으로 떨어지고 있다. 별동군 대장이며 그들의 주군主 君인 이시다 모리후사가 보낸 기마군 삼백이 닷새 후에 도착할 것 이었다. 머리를 든 사나다가 곤베이를 보았다.

"이봐, 곤베이. 나하고 하라다가 기마군을 끌고 직진할 테니 그

52

대는 보병과 지원부대를 맡으라고."

"알았어."

여전히 외면한 채 곤베이가 뱉듯이 대답했다. 곤베이가 심호흡을 하고 나서 말을 잇는다.

"이건 마치 검으로 파리를 쫓는 것 같군. 너무 요란만 떤단 말이야."

"닥쳐라. 곤베이."

사나다가 눈을 부릅떴다. 산 중턱에 세운 진막 안에는 둘뿐이었지만 사나다가 목소리를 낮췄다.

"신중을 기해서 나쁠 것 없어. 놈은 다무라를 해치운 놈이야. 광해가 아끼는 무장이란 말이지."

"놈이 의병 천 명을 모았다는 건 과장된 소문이야. 놈이 그렇게 소문을 낸 거라고. 우린 놈의 작전에 말려들고 있어."

이제는 곤베이도 정색하고 말했다.

"우리가 다가갔을 때 놈은 금청산을 떠났을 거야. 사나다."

"말도 안 되는 소리."

"내가 지금 금청산에 있소, 하고 소문을 낸 것은 우리를 그곳으로 유인하려는 수작이었어."

"피란민도 수천 명이 모였다고 했어. 쉽게 움직이지 못해."

그러자 머리를 저은 곤베이가 자리에서 일어섰다.

"좋아. 어쨌든 난 보병과 지원대를 맡게 되었으니 이 전투에선 빠지겠네. 공을 세우면 다 자네 몫이야."

피란민 중에 진양군에 살던 김 생원이란 양반이 분별력이 있고 의기가 출중했기 때문에 박성국은 피란민의 통솔을 맡겼다. 김 생원에게 이번에 편성된 피란민 의병 백여 명의 지휘도 일임했다. 기울던 해가 산 뒤로 떨어지자마자 금청산 골짜기에는 금방 어둠이 덮였다.

"의병을 더 모으면 왜군이 쉽게 다가오지는 못할 것이오."

박성국이 김 생원에게 말했다.

"내가 안변군수에게 관군의 협조를 지시하는 서장을 보낼 테니 수시로 관군과 협동하도록 하시오."

안변군수는 공무를 제대로 집행하지는 못했어도 명색이 임금으로부터 직무를 위임받은 관리다. 지금 왜군을 피해 옮겨 다니고 있지만 관내의 삼십여 마을과 오백여 명의 관군을 통솔하고 있는 것이다.

"나리께선 이천으로 돌아가십니까?"

김 생원이 물었으므로 박성국이 머리를 저었다. 둘은 오두막 마루에 나란히 앉아 있다.

"아직 할 일이 남았소."

"아직 저희들이 준비가 되지 않았습니다. 의병 중에 제대로 칼을 쓸 수 있는 자가 몇 명 안 됩니다."

"왜군이 이쪽으로 오지는 못할 거요."

박성국이 자리에서 일어서며 말을 이었다.

"우리가 먼저 손을 쓸 테니까."

‡

저녁 무렵이다. 기마군으로만 편성된 박성국의 악귀군惡鬼軍은
이제 오십 명이 되었다. 장교 여섯 명을 금청산에 남겨 의병 조련
을 맡겼기 때문이다. 떠날 준비를 하고 있던 박성국에게 끝쇠가 다
가왔다.

"나리. 뵙자는 분이 있습니다."

시선을 든 박성국이 물었다.

"누구냐?"

"데려온 여자올시다."

박성국의 시선을 받은 끝쇠가 입술을 비틀며 웃었다.

"지금 문밖에서 기다리고 있습니다.

"귀찮은 여자로군."

입맛을 다신 박성국이 머리를 끄덕였다.

"데려와라."

끝쇠가 몸을 돌려 밖으로 나가더니 금방 여자만 들여보냈다. 이
미 주위는 어두워져 있었고, 화전민이 버리고 간 오두막 안에는 둘
뿐이다. 마루에 앉아 있는 박성국 앞으로 여자가 다가와 섰다. 이
제 여자는 말끔한 남장 차림으로 바지저고리를 갖춰 입었다. 끝쇠
가 마련해준 것이다. 여자가 흰 얼굴을 들고 박성국을 보았다.

"제 아비는 정삼품 성주목사를 지낸 안대용으로 재작년 정여립

의 옥사에 걸려 사약을 받았습니다."

낮지만 분명한 목소리로 안수연이 말했고 박성국은 묵묵히 시선만 주었다.

"아비가 사약을 잡숫기 전에 제 어미와 저는 강원도로 도망쳤고 상민으로 숨어 살다가 이번 난리를 만났습니다."

"……."

"왜장에게 몸을 주는 장면이 적발되어 왜장의 소실쯤으로 취급받는 것은 감수하겠습니다. 그러나 이젠 저를 놓아주시지요. 여기서 걸어서라도 어머니를 찾아가겠습니다."

안수연이 부탁한, 제 어머니에게 기별할 사람을 보내지 않은 것이다. 그럴 여유도 인력도 없었기 때문이다. 안수연의 시선을 받은 박성국이 쓴웃음을 지었다.

"역모에 걸린 집안이니 관비로 끌려갔어야 될 몸이 아닌가?"

"세자의 측근이시니 임금께서 얼마나 우매하신지는 알고 계실 것이오."

"허어."

눈을 치켜뜬 박성국이 안수연을 노려보았다.

"무엄하다. 과연 역적의 자손이구나."

"저를 죽여 이런 난리를 초래한 임금에게 충성을 보이실 겁니까?"

그러고는 안수연이 쓴웃음을 지었다.

"임금은 명으로 도망쳐 들어가려고 서둘러 세자를 정해서 분조시켰다더군요. 산골 구석에 박혀 있어도 다 들립니다. 아마 조선 백성은 다 알고 있을 것입니다."

"안 되겠다."

머리를 저은 박성국이 밖을 향해 소리쳤다.

"박 별장 있느냐?"

"예이."

기다리고 있었던 듯 끝쇠가 어둠 속에서 금방 나타나자 박성국이 꾸짖듯 말했다.

"이년을 말에 태워 같이 떠난다."

"예이."

다가선 끝쇠를 향해 박성국이 말을 잇는다.

"남겨두지도, 돌려보내지도 않는다. 끌고 다니면서 잡일을 시킨다."

‡

하나가 박성국의 위치를 알아낸 것은 초승달귀신 다무라가 죽은 지 엿새 후였다. 박성국이 금청산을 떠난 다음 날이다. 금청산에서 동남쪽으로 이십 리쯤 떨어진 매전골에 악귀군이 주둔하고 있는 것을 향도 최을손이 직접 보고 온 것이다.

"네가 이틀 전에 봤다니 지금도 그곳에 있을까?"

하나가 묻자 최을손이 정색했다.

"나무를 베어 오두막을 짓고 있었습니다. 그것만 봐도 놈들이 그곳에서 오래 지낼 것을 알 수 있지 않겠습니까?"

"하긴 그렇다."

"그런데 지원군이 오고나면 며칠 안에 기습할 것 같습니다."

최을손의 말에 하나가 눈을 크게 떴다.

"네가 그걸 어떻게 아느냐?"

"오면서 곤베이 님의 향도 한 놈을 만났는데 하라다 님의 지원 군을 기다리고 있다는군요."

"다무라의 원수를 갚으려는 것이군."

"곤베이 님은 박성국이 기반을 굳히기 전에 치자고 했지만 사나 다 님이 신중하게 처신하는 것 같습니다."

"겁쟁이."

쓴웃음을 지은 하나가 혼잣말처럼 말을 잇는다.

"그놈은 입으로만 큰소리를 치는 놈이다. 막상 전장이 펼쳐지면 주춤거리는 놈이지."

그러고는 눈의 초점을 잡고 최을손을 보았다.

"어쨌든 우리도 그쪽으로 가야겠다. 다 모이라고 해라."

하나의 목소리는 얼음장 속에서 울리는 것 같다.

2장
포로(捕虜)

　이천 분조의 청 안에서 광해가 서애 유성룡과 마주 앉아 있다.
때는 1593년 1월 말, 명장明將 이여송이 오만 대군으로 평양성을
함락한 지 열흘 후다. 어느덧 전란은 해를 넘겨 일 년이 돼가고 있
다. 임금 선조는 평양이 수복되고 나서 1월 18일 의주를 떠나 남하
했는데, 행차가 느려서 하루에 오십 리를 겨우 걸었다. 그 와중에
유성룡이 광해를 찾아온 것이다. 술시(밤 8시경) 무렵, 겨울이어서
이미 밤이 깊어가고 있다. 유성룡이 주름진 얼굴을 들고 광해를 보
았다. 이때 유성룡은 쉰둘, 광해는 열아홉 살이 된다.
　"세자 저하, 주상 전하의 말씀을 전합니다."
　유성룡이 은근한 표정으로 입을 떼었지만 광해가 긴장했다. 아

랫쪽에 둘러앉은 분조分朝의 신하들, 우의정 유홍 등은 안색이 변했다. 그러나 둘러앉은 면면面面은 모두 수십 년 녹을 먹은 대감 반열이다. 곧 주상의 말씀이라면서 칙서를 내밀지 않은 것은 가벼운 말씀일 것이라고 짐작한다.

"이제 평양이 수복되고 명의 대군이 조만간 한성까지 되찾을 것인즉, 주상께서는 세자 저하께서 행재소로 오시는 것이 어떠냐고 하십니다."

유성룡의 말이 끝났을 때 청 안에는 무거운 정적이 흘렀다. 둘러앉은 대신들은 궁중 내막을 다 아는 것이다. 인빈이 어떤 행실을 하는지 모른다면 조선인이 아니다. 향도를 통해 왜군까지 조선 궁중 내막을 알고 있는 상황이다.

"대감."

유성룡을 부른 광해의 얼굴에 웃음기가 떠올랐다.

"행재소에 가 있는 것이 안전하기는 하겠지만 세자의 도리는 아닌 것 같소."

"그렇습니까?"

유성룡이 머리를 천천히 끄덕였다. 유성룡은 동인으로 광해를 적극 천거했던 서인 세력과 반목하고 있지만 온건한 성품이다. 광해에 대해서도 적대적이지는 않다. 전란에 휩싸인 조선 조정에서 가장 중심을 잡고 고군분투하는 대신 중 하나다. 광해가 말을 이었다.

"이곳 분조에서는 의병을 만나고 전란에 쫓기는 백성을 살피고, 처참한 살육의 현장을 내 눈으로 볼 수가 있었습니다. 이렇게 하는 것이 주상 전하를 대신해서 분조를 맡은 세자의 도리라고 생각하오."

"장하신 생각이십니다."

머리를 크게 끄덕인 유성룡이 곧 길게 숨을 뱉었다. 청 안은 여전히 기침 소리도 들리지 않았다. 이쪽 강원도 지역은 혹독하게 추운 시기다. 아침이 되면 얼어 죽은 피란민이 분조에서도 서너 명씩 꼭 나오는 것이다. 그때 유성룡이 화제를 돌렸다.

"분조까지 오면서 얼어 죽고 굶어 죽은 백성을 수백 명이나 보았습니다."

"왜군이 죽이지 않으면 추위와 굶주림으로 죽습니다."

광해가 바로 말을 받는다.

"왜놈의 잔학성만 탓하면 안 됩니다. 왜놈들한테 빌미를 주고 무력하게 당한 조정이, 군주가 죄를 진 것입니다."

유성룡이 입을 다물었다. 광해는 군주君主로 자신을 가리켰지만 엄격히 말하면 현재의 군주는 선조다. 선조를 꾸짖는 셈이 된다. 유홍이 헛기침을 한 것은 그때다. 좌중의 시선을 받은 유홍이 입을 떼었다.

"세자 저하께서 책임을 통감하시는군요."

노련한 유홍이 그렇게 말을 덮고나서 유성룡을 보았다.

"대감, 전황戰況을 말씀해주시오. 이곳에서는 자세히 모릅니다."

이때 유홍은 일흔이 넘었으니 가장 연상이다. 유홍의 속내를 짐작한 유성룡이 어깨를 늘어뜨렸다. 그도 긴장하고 있었던 것이다.

✝

왕자 임해군과 순화군이 회령에서 가토 기요마사에게 포로가 된 것이 작년 7월 23일의 일이다. 그러나 7월에 수군 명장 이순신은 한산도와 안골포에서 왜의 수군을 대파해 끊어져가는 조선의 국운을 살렸다.

8월에 전前 예조좌장 조헌이 의병을 일으켜 청주성을 수복했으나 승장僧將 영규와 함께 금산 싸움에서 전사했으며, 9월에는 이순신이 다시 부산의 왜군을 격파했다. 가토 기요마사가 안변까지 밀려 내려왔고 의병장 정은부가 함경도 경성을 수복했다.

10월에는 정은부가 명천성까지 수복했으며 김시민이 진주성을 사수해 왜군을 격퇴했다.

11월에는 선조가 심유경을 만나 명의 원군을 재촉했고 전국에서 의병이 활발하게 일어나 권율이 삼도三道의 의병을 통솔했다.

12월에 마침내 이여송이 오만 명군을 이끌고 남하해 압록강을 건너 의주에 도착, 선조의 영접을 받았으며, 1593년 1월 6일에 평양성을 수복하고 고니시 유키나가가 평양에서 쫓겨 한양성으로 후퇴한 것이 17일이다. 지금 이여송은 벽제관에서 왜군의 대군과 대치하고 있다. 전황을 설명한 유성룡이 물러갔을 때는 자시(밤 12시경) 무렵이다.

주위를 물리친 광해가 별장 안남기를 불러들였다. 이제 침전에는 광해가 혼자 앉았고 문밖 마루에 안남기가 엎드려 있다. 광해가 목소리를 낮추고 물었다.

"선전관한테서 소식이 없느냐?"

"예, 저하."

별장 안남기는 무반武班으로 정육품이다. 박성국이 광해에게 경호 책임자로 천거하고 간 인물이어서 그림자처럼 측근에 머물고 있다. 안남기도 목소리를 낮추고 말을 이었다.

"사흘 전에 안변 아래쪽 금청산에서 의병과 함께 있다는 전령이 온 후로 아직 소식이 없습니다."

"다시 전령이 오면 나에게 데리고 오너라."

"예, 저하."

"주상께서는 나에게 행재소로 오라신다. 하지만."

말을 그친 광해의 얼굴에 쓴웃음이 번졌다.

"그 말씀을 들으면 어미의 품으로 돌아가는 새끼 심정이 되어야 할 터인데 어찌 이리 불편하단 말인가?"

혼잣소리처럼 말한 광해가 안남기를 지그시 보았다.

"나는 차라리 전장戰場에서 죽고 싶다."

광해가 입술만 달싹이며 말했지만 안남기는 다 들었다. 황급히 시선을 내린 안남기는 몸을 움츠렸다. 내막을 알고 있기 때문이다. 인빈이 세자의 측근 박성국부터 죽이려고 행재소로 불러들인 까닭을 아는 것이다.

‡

매전골은 평평한 골짜기 안에 위치한 십여 가구의 작은 마을이었는데 가토군이 한바탕 휘몰고 간 터라 폐허가 되어 있었다. 민가의 절반은 불에 탔고 나머지도 문짝이 떨어진 데다 가재도구가 널려 있어 흉한 모습이다. 주민은 모두 피란을 갔는지 포로로 잡혔는지 알 수 없지만 살육당한 자취는 보이지 않는 것이 다행이었다. 매전골에 은신한 지 이틀째 되는 날 밤이다. 끝쇠가 소리 죽여 다가왔다.

"나리, 왼쪽 능선 아래쪽에 밀정이 붙었습니다."

박성국의 시선을 받은 끝쇠가 말을 이었다.

"둘입니다. 어떻게 할까요?"

"마침내 왔구나."

방 안의 기름 등이 흔들리면서 그림자도 흔들렸다. 자시(밤 12시경)가 지나 주위는 짙은 정적으로 덮여 있다. 몸을 일으킨 박성국이 말했다.

"곧 본대를 부르러 갈 것이다. 자, 이제 떠나기로 하자."

"예이."

머리를 숙여 보인 끝쇠가 몸을 돌리더니 어둠에 가려진 마당으로 빨려 들어가듯 사라졌다. 박성국은 마루 끝으로 나와 주위를 둘러보았다. 그동안 부서진 민가를 수리했고 벽을 세워 방책도 만들어놓았다. 민가 다섯 채는 제각기 방마다 불을 켜서 그나마 마을에는 생기가 남아 있다. 매전골은 삼면이 산으로 막힌 분지다. 산이 높지는 않으나 가팔라 겨우 한 사람이 오를 수 있는 산길이 나 있을 뿐이다. 위쪽 산에서 부엉이가 울었다. 그것은 위쪽 산에는 아직 인적이 닿지 않았다는 신호도 되었다.

64

"이놈들, 이제 독 안에 든 쥐다."

향도 막쇠가 눈을 가늘게 뜨고 말했다.

"내가 여기 지키고 있을 테니까 넌 얼른 돌아가서 사나다 님께 전해."

"알았어."

몸을 일으킨 덕보가 바지춤을 여미었다. 뛰려는 것이다.

"내달리면 한 식경은 걸릴 거여."

"모두 골짜기에 있다고 해. 능선은 비었어."

이미 좌우, 뒤쪽의 능선을 훑어보고 온 터라 막쇠는 나무둥치에 등을 붙이고 말을 이었다.

"사방에 횃불을 놓고 번을 서지만 골짜기 안이다. 다 잡는다."

골짜기는 넓고 평탄해서 밭으로 개간했지만 겨울이라 내린 눈이 녹지 않아 이쪽저쪽에 쌓여 있고 잡초가 무성했다. 덕보가 능선을 뛰어 내려가자 막쇠는 나무둥치에 몸을 붙였다. 개가죽 조끼에 여우털 벙거지, 발에도 털신을 신었지만 북방의 겨울밤은 그걸로도 모자랐다.

"고니시패에 붙었다면 이 고생은 안 했을 텐데."

저절로 혼잣소리가 나왔다가 문득 고니시의 1번대가 평양에서 쫓겨 도성 쪽으로 후퇴한다는 소문이 떠올랐다. 요즘 며칠 사이에 향도들 사이에서 떠도는 소문이다. 명군이 수십만 대군을 일으켜 압록강을 넘어온다고도 했다. 그러나 막쇠의 눈에 비친 왜군의 전력은 막강했다. 조총으로 무장한 왜군은 천하무적이다.

지금까지 제2번대 가토 기요마사 휘하의 사나다군 소속 향도로 경주에서부터 따라왔지만 단 한 번도 전투에서 패한 적이 없다. 몸을 움츠렸지만 추위가 몰려왔으므로 막쇠는 여우털 벙거지를 더 깊게 눌러쓰고는 낙엽을 끌어모아 하반신을 덮었다. 그러자 제법 아늑해졌다. 덕보가 돌아오려면 한 시간쯤은 걸릴 것이다. 그동안 잠을 자두는 게 낫다.

‡

나무둥치에 붙어 선 하나가 머리를 돌려 최을손을 보았다. 어둠 속에서 최을손의 흰자위가 드러났다.

"잠이 들었군."

하나가 입술만 달싹이며 말했다.

"저놈은 적진 정찰을 안 해본 모양이다."

"깨울까요?"

최을손이 조심스럽게 묻자 하나는 머리를 가로저었다.

"놔둬."

"한 놈은 군사를 데리러 간 것 같습니다."

눈을 번득이면서 최을손이 말을 이었다.

"이대로 놔두면 안 될 텐데요."

하나가 힐끗 낙엽에 묻힌 막쇠에게 시선을 주더니 나무둥치에서 몸을 떼었다. 그러고는 조심스럽게 능선을 내려가면서 말했다.

"놔둬라, 가토군까지 돌볼 겨를은 없다."

최을손이 잠자코 뒤를 따랐고 곧 둘은 막쇠에게서 멀어졌다.

"사나다군 이백오십이 선봉을 맡고 하라다군 삼백이 중심일 것이다. 한 놈이 갔으니 아마 한 시간 후에는 밀려오겠지."

능선 밑으로 내려온 하나가 쓴웃음을 짓고 말했다.

"박성국의 전술이 교묘하긴 하다. 사나다군은 아마 조선군이 우물에 들어간 개구리로 알겠지."

하나는 마을이 텅 비어 있음을 확인한 것이다. 집마다 불을 켰고 모닥불 주위에는 서너 명씩 둘러앉아 있는 것처럼 만들어놓았지만 모형이다. 마을 안에는 서너 명뿐이다. 나머지 인원은 모두 빠져나갔다. 어딘가에서 함정을 파놓고 기다리고 있거나 진을 옮겼다.

"교활한 놈."

하나가 혼잣소리처럼 말을 이었다.

"전투를 많이 해본 놈이야. 무술도 능하지만 전법도 제법이다."

‡

오십 명으로 오백이 넘는 왜군을 상대할 만큼 박성국은 무모한 무장이 아니다. 또한 명성名聲에도 무관심했다. 그것이 북방에서 단련된 박성국의 기질이다. 전투에서는 이겨야만 하는 것이다. 그래야 내가 살고 백성이, 나라가 산다. 매전골에서 방책을 만들면서 며칠 머문 것은 왜군을 끌어들이려는 계략이었다. 바라던 대로 가토군의 선봉 일부가 매전골로 들어온 것이다. 말을 달리면서 박성국이 옆을 따르는 끝쇠에게 소리쳐 물었다.

"금청산의 의병은 어떻게 되었는가?"

"지금쯤 모두 떠났을 것입니다."

끝쇠가 말 배를 붙여왔다.

"피란민은 모두 각지로 흩어졌고 의병만 남아 있었는데 우리가 시간을 벌었으니 지금은 금청산이 비어 있겠지요."

어두운 황무지를 여섯 기의 말이 달려가고 있다. 매전골에 마지막까지 남아 있던 박성국과 장교들이다. 나머지는 차동신이 인솔해 진즉 떠난 것이다. 그때 박성국이 혼잣말을 했다.

"향도와 밀정이 많은 것을 과연 임금이 알고 계실까?"

끝쇠는 들었지만 입을 다물었다. 그렇다. 조선 땅에 들어온 왜군의 앞잡이가 되어 있는 향도와 밀정은 모두 조선인이다. 조선군이 먼저 부딪치는 상대는 조선인 반역자들인 것이다. 거기에다 부역자들까지 포함하면 엄청난 숫자가 된다. 박성국의 혼잣말이 이어졌다.

"백성들이 잔혹한 왜군을 불러들인 왕조에 대해 한을 품기 시작했음을 임금이 모르는 것 같다."

‡

가토가 접근한 안변 땅과 이천이 너무 가까웠기 때문에 광해는 분조를 서둘러 옮겨야만 했다. 일부 신하들이 임금이 계신 평양성으로 옮기는 것이 안전하겠다고 말했지만 광해는 분조를 금화로 옮겼다.

"이제는 분조가 한 곳에 머물지 않는다."

금화에 닿았을 때 광해가 신하들에게 선언했다. 뜻을 알아차린 유홍과 수행 대신들이 동조했고, 내관들은 짐을 풀지 않았다. 1월 말이다. 고니시 유키나가는 평양성에서 패퇴한 후에 조선 도성인 한성으로 후퇴했지만 벽제관 전투에서 이여송이 이끄는 명군을 대패시켰다. 따라서 한성에 포진한 고니시군은 건재했고, 지리멸렬해진 명군과 조선군은 전열을 재정비하는 중이었다. 그러나 밀정과 향도로 조선인이 빠져나간 반면에 의병 또한 조선 땅에 불길이 번지듯 솟아올랐다. 관군의 자취가 거의 보이지 않는 대신 의병이 곳곳에서 왜적을 물리쳤다. 조선 땅의 명맥을 유지해온 것은 관군도 아니요, 조정 관리도 아니요, 임금은 더욱 아니다. 의병이다. 그리고 이순신이 이끄는 수군水軍이다. 금화에 닿은 지 이틀째 되는 날에 강원도 순찰사 겸 선전관 박성국이 보낸 전령이 광해 앞에 엎드렸다. 해시(밤 10시경) 무렵이다. 주위를 물리친 광해에게 전령 장교가 목소리를 낮춰 아뢰었다.

"저하, 선전관이 드리는 밀지입니다."

품에서 접힌 종이를 꺼낸 장교가 앞쪽에 놓자 별장 안남기가 집어 들고 광해에게 바쳤다. 광해가 잠자코 양초의 불빛에 대고 밀지를 폈다. 박성국의 글씨가 드러났다.

"저하, 신臣 박성국이 아룁니다. 신이 강원도를 시찰한 결과 민심은 극도로 피폐해졌으며 산 사람보다 죽고 포로로 잡혀간 백성이 많았습니다. 관습은 무능해 소임을 다하는 관리는 적었으나 전란 중에도 탐관오리가 많았고 숨어 다니다가 공만 탐하는 천인공노할 향관도 있었습니다. 이에 백성은 조정을 저주하고 임금을 개처럼 부르는 상황이 되었으니 실로 국운의 위기라고 하겠습니다."

숨을 들이켠 광해가 밀지에서 시선을 떼고 엎드린 장교를 보았다. 그러더니 다시 읽는다.

"탐관오리, 비겁한 도망자로 처신해온 현령, 군수, 방어사, 비변사 등 대부분이 아직도 그 직을 유지하는 것은 주상 측근의 세력과 결탁해 비호를 받고 아예 언로가 차단되어 있기 때문입니다. 그것은 백성, 천민들까지 알고 있으나 주상 전하만이 모르고 있는 것입니다."

광해가 숨도 쉬지 않고 밀지를 넘겼으므로 종이 넘기는 소리만 났다.

"그 반역도들의 배후는 바로 인빈 김씨이며 인빈 김씨의 목표는 이 참담한 전란의 와중에도 세력을 모아 자신의 아들 정원군을 왕으로 추대하려는 것입니다. 저하, 지난번의 암살 미수 사건도 그것 때문이며 앞으로도 음모는 계속될 것입니다."

광해가 길게 숨을 뱉었으므로 안남기가 긴장했다. 주위는 조용하다. 광해가 마지막 장을 읽는다.

"저하, 저하의 신변을 지키려면 강원도순찰사 직임이 맞지 않습니다. 저하께서 직을 거두어주시고 대신 순변사巡邊使로 삼아 의병을 지휘하고 저하의 신변을 지키게 해주시옵기 바라나이다."

이윽고 시선을 든 광해가 장교를 보았다.

"선전관에게 내가 쓴 직첩職牒을 갖고 가거라."

광해의 목소리가 방을 울렸다.

"선전관을 순변사로 봉한다는 직첩이다."

‡

"신출귀몰하는 놈이야."

하나가 웃음 띤 얼굴로 한조를 보았다.

"매전골에서 허둥대던 사나다, 하라다를 생각하면 지금도 웃음이 나온다."

그러나 한조는 따라 웃지 못했다. 당황한 것은 하나도 마찬가지였기 때문이다. 한조는 물론 하나도 박성국이 매전골에 함정을 파놓은 줄로만 알았지 미련 없이 떠난 줄은 상상도 하지 못했던 것이다. 매전골 골짜기로 진입한 사나다군은 민가에 불을 지르고 주변을 수색했지만 개 한 마리 잡지 못했다. 본대로 따라온 하라다군이 그 꼴을 보고 실소할 정도였다. 가토의 별동군 중에서도 정예인 사나다, 하라다 부대가 개망신을 당한 것이다. 속았다는 것을 알게 된 사나다가 곧장 말머리를 돌려 금청산 골짜기로 진입했지만 그곳도 비었다. 매전골로 유인해놓고 그사이에 다 흩어졌다.

"아씨, 저기 마을이 보입니다."

한조의 말에 하나가 머리를 들었다. 판교 아래쪽 양암산 줄기 밑의 작은 마을이다. 이십여 호나 될까? 이곳은 앞쪽이 훤하게 트인 경작지인 터라 왜군이 가장 먼저 휩쓸고 지났을 것이었다. 그래서 멀리 떨어져서 보아도 생기가 보이지 않는다. 사람이 없는 것이다. 하나가 주위를 둘러보았다. 벌써 신시(저녁 5시경) 무렵이다. 산 그림자가 이미 발밑까지 덮었다. 곧 어두워질 것이다.

"오늘은 저곳에서 쉬기로 하지."

"예, 예."

대담한 한조가 서둘러 부하 둘을 먼저 마을로 보냈다. 정찰병이다. 무작정 들어갈 수가 없는 것이다. 하나가 털모자를 내려 쓰고 천천히 발을 떼었다. 일행은 일곱, 모두 피란민 차림이었지만 제각기 등짐을 메고 들었는데 안에 갖가지 무기가 들어 있다. 하나의 등짐에는 고을 하나를 통째로 죽일 수 있는 독약까지 들어 있다.

‡

직첩을 내려놓은 박성국이 서쪽을 향해 다시 세 번 절했다. 미시(낮 2시경) 무렵, 주위에 둘러선 수하들은 모두 숙연한 모습이다. 선전관이 가져온 것은 박성국을 도순변사都巡邊使로 봉한다는 세자의 직첩이다. 도순변사는 왕명으로 지방 군무를 총괄하는 특사다. 종이품 대신이니 박성국은 이제 관찰사 직임을 내려놓았다. 박성국이 허리를 폈을 때 차동신이 수하들을 대표해서 말했다.

"대감, 도순변사 승진을 감축드리오."

"전란 중이다. 더 힘껏 싸우다 죽으라는 말씀이 아니겠느냐?"

박성국의 말에 차동신이 정색하고 말을 받는다.

"지당하신 말씀이나 싸워 죽은 충신의 공을 가로채가는 역적의 무리가 횡행하는 세상입니다. 누명까지 쓰고 죽지는 말아야지요."

"차 별장의 말재주가 늘었다."

쓴웃음을 지은 박성국이 말하자 선전관도 풀썩 웃었다. 선전관 이윤한은 선전관청 소속의 정오품 별장이다. 이곳은 강원도 평강 북쪽의 백암산 기슭이다. 광해가 머물고 있는 금화는 한나절이면 기마로 달려갈 수 있지만 인빈 측 첩자들의 눈에 띨지도 모르는 것이다. 그렇게 되면 왜 행재소로 출두하지 않느냐고 추궁을 받는 다. 박성국이 이윤한에게 말했다.

"선전관, 세자 저하께 나는 가토 기요마사의 2번대 쪽으로 북상 할 것이라고 전해드리게."

"예."

앉은 채로 허리를 굽혀 보인 이윤한이 박성국을 보았다.

"대감, 소인도 무반武班이올시다. 저하께 고하고 나서 대감의 수 하가 되고 싶습니다."

이윤한은 삼십대 중반으로 건장한 체격이다. 박성국의 시선을 받은 이윤한이 말을 이었다.

"소인은 전라병사 휘하의 도사를 지내다가 왜란이 일어나자 자 원해 주상 행차에 따라붙어 선전관청 소속의 별장이 되었소이다. 그러나 전장으로 나가지는 못하고 행차만 따라다녔습니다."

이윤한은 산기슭 마을에 진을 친 관군의 분위기에 끌린 것 같다. 모두 장교와 하급 무반으로 이루어진 관군이었지만 차림은 각양 각색이다. 농군 차림도 있고 별장 차동신은 벙거지를 쓴 상인 행색 이었으며 박끝쇠는 중의 장삼을 얻어 입었다. 그러나 모두 사기가 충천했다. 첫째 왜적과 싸우고 있는 것이다. 박성국이 머리를 끄덕였다.

"저하께 여쭙고 승낙을 받게."

‡

차동신의 지시에 따라 안수연은 박성국의 시중을 들었는데 하루 두 끼 먹는 식사와 옷시중이 전부였다. 처음에 차동신의 말을 들었을 때는 잠자리 시중으로 알고 저녁 때 뒷물까지 했던 안수연이다. 정조를 지킬 생각은 애시당초 없는 데다가 숨기고 빼는 것에 질색을 하는 천성이라 잠자코 따른 것이다. 그런데 보름이 지나도록 박성국은 부르지 않았다. 보름 동안 세 군데 거처를 옮겼는데 그때마다 대감의 침소 바로 옆방이 안수연의 차지였지만 아무 일도 없었다. 처음 사나흘은 이 양반이 바쁜 모양이다, 밤늦게까지 수하들과 회의하느라고 정신이 없었겠다, 또 이동하느라고 피곤해서 그런가 보다 하고 넘겼지만 열흘이 지나면서부터는 박성국이 자신을 더러운 년으로 여기기 때문이라는 생각이 들기 시작했다. 하긴 벌거벗은 몸으로 위에 엎어진 왜장에게 다리를 벌려준 장면이 목격되었으니 그럴 만했다.

2월 초순이다. 자시(밤 12시경)가 넘어서 밖은 짙은 적막에 싸여 있지만 하늘의 달이 휘영청 밝다. 밝은 달에 홀린 듯 마루로 나온 안수연이 잠시 망설이다가 신발을 신고 뒤꼍으로 돌아갔다. 지금 이곳은 더 북상해 강원도 고산의 복재산 근처 마을이다. 평지의 마을은 다 폐가가 되어서 진즉 주민이 흩어졌고 논밭은 잡초만 무성하다. 작년 봄에 왜적이 침입한 후에 논밭 농사를 짓지 못했기 때문이다. 평지 농촌의 주민은 모두 피신했거나 잡혀서 죽고 끌려갔으며, 일부는 왜군의 향도 마을이 되어서 연명해 산다.

이곳은 피신한 마을이다. 빈 마을을 훑고 가던 왜군이 일부는 불을 지르고 기물을 부쉈지만 마을의 뒤쪽에는 이십여 호의 집이 아직 남아 있었다. 박성국은 그중 기와집에서 묵고 있다. 양반집으로 행랑채와 안채가 구분되었는데 박성국의 처소는 안채 안방이었고 안수연은 사랑방 차지였다. 뒤꼍에는 달이 환하게 드러났으므로 안수연은 옆쪽 허물어진 창고의 기둥에 등을 붙이고 서서 하늘을 보았다. 바람도 없는 날씨지만 춥다. 며칠 전 내린 눈이 아직도 음지에 하얗게 쌓여 있다. 한동안 달을 보던 안수연의 눈에서 눈물이 주르르 흘러내렸다. 어머니 생각이 났기 때문이다. 어머니와 헤어진 지 보름이 지났다. 아마 어머니는 자신이 죽었다고 생각하고 있을지도 모른다. 그때 뒤에서 인기척이 났으므로 안수연은 소스라쳤다. 몸을 돌린 안수연은 뒤에 서 있는 박성국을 보았다. 시선이 마주치자 박성국이 말했다.

"내일 저녁에 우리는 네가 살던 마을 근처에서 야영을 한다."

안수연은 숨을 죽였고 박성국의 말이 이어졌다.

"내일 그대 집으로 돌아가라."

손끝으로 볼의 눈물 자국을 닦은 안수연이 박성국을 보았다.

"……"

"왜 그러느냐?"

"제가 생각이 짧았습니다."

보름 만에 박성국과 이야기하는 셈이다. 그동안 한마디도 말을 나누지 않았다. 박성국은 밥을 차려주면 먹었고 옷을 내놓으면 벗고 입었다. 안수연 또한 말없이 밥상을 들여놓았으며 옷가지를 윗목에 내놓았다. 관군이 이동할 때나 일이 있을 때 차 별장이나 박별장이 말을 했는데 그들은 조심스러워하는 눈치였다. 안수연을 소실은 못 되더라도 윗사람과 상관한 여자쯤으로 여기는 것 같다. 박성국은 눈길만 주었고 안수연이 말을 이었다.

"불평도 하지 않고 싸우다 죽어가는 충신, 열사가 많다는 것을 알게 되었습니다."

"……."

"얕은 소견으로 목숨을 내놓고 싸우시는 대감께 대든 일을 떠올리면 부끄러워서 혀를 깨물고 싶습니다."

그때 박성국이 불쑥 물었다.

"그대, 몇 살인가?"

"스무 살입니다."

머리를 끄덕인 박성국이 다시 물었다.

"혼인은 했는가?"

"안 했습니다."

얼굴이 달아오른 안수연이 손바닥을 뺨에 붙이고는 시선을 내렸다. 박성국의 얼굴에 쓴웃음이 번졌다.

"그대는 앞으로 입을 조심해야 될 것이다. 입을 함부로 놀리면 패가망신이다."

시선을 든 안수연의 두 눈이 번들거렸다. 박성국이 말을 이었다.

"이미 패가망신한 집안이지만 겨우 살아남은 식솔들이라도 살아야 하지 않겠는가?"

"……."

"관인官人인 내 앞에서 역모로 죽은 집안 내력을 밝히고 임금을 저주하다니, 내가 세자의 측근이라고 해도 너두었을 성싶은가?"

머리를 든 박성국이 더 밝아진 달을 우러러보더니 발을 떼며 말했다.

"그래서 혼인했느냐고 물은 것이다. 혼인해서 자손을 낳아 대를 잇게 하는 것이 죽은 부친에 대한 도리 아닌가?"

발을 떼어 뒷담 쪽으로 다가가는 박성국의 뒤를 안수연이 한 걸음씩 따르고 있다. 저도 모르게 발이 떼어진 것이다. 앞을 향한 채 박성국이 말을 이었다.

"전란으로 수십만 백성이 죽어 조선인 씨가 마를 지경이야. 왜놈한테 이기려면 먼저 백성 수부터 불려야 한다. 이대로 가면 왜놈 숫자가 조선인보다 많아질 것이다."

박성국이 발을 멈추자 뒤늦게 멈춰 서는 바람에 안수연이 바짝 따라붙은 모양이 되었다. 몸을 돌린 박성국이 바로 앞에 서 있는 안수연을 보았다.

"내가 그대 부친 이야기는 북방에 있을 적에 들었다."

숨을 들이켠 안수연의 눈동자를 박성국이 지그시 보았다.

"그대 부친은 역모에 가담한 동지를 한 사람도 발설하지 않고 사약을 받았더군. 무장으로서 나는 감동했다."

"……."

"난 그때 임금이 어떤 분인지도 모르는 변방의 무장이었지."

"대감."

안수연이 갑자기 불렀으므로 박성국이 시선을 주었다. 달빛이 밝았고, 바짝 붙어 서 있는 터라 안수연의 입술이 희미하게 떨리는 것이 보였다.

"대감, 저를 방으로 들여주세요."

떨리는 목소리로 말한 안수연이 기를 쓰듯 시선을 옮기지 않는다.

‡

대답하지 않고 방으로 돌아왔지만 박성국이 펴놓은 자리에 몸을 넣었을 때 문에서 기척이 들렸다. 자물쇠도 없는 문이니 당기면 열린다. 그 바람에 기름 등 불꽃이 흔들리다가 문이 닫히니까 똑바로 섰다. 안수연이 들어온 것이다. 박성국의 시선을 받은 안수연이 서둘러 머리를 숙이더니 말했다.

"불을 끄겠습니다."

기름 등잔으로 다가간 안수연이 소맷자락을 저어 불을 껐다. 박성국은 어둠에 덮인 방 안에서 다가오는 안수연을 응시했다. 이불 옆으로 다가온 안수연이 바지 끈을 풀기 시작했다. 군軍을 따라다니느라 바지로 갈아입고 있던 것이다. 안수연이 바지 끈을 다 푼 순간이다. 박성국이 손을 뻗어 안수연의 팔을 잡았다. 놀란 듯 안

수연의 몸이 굳어지더니 박성국이 끌어당기자 허물어지듯이 안겨
왔다. 벌써 숨소리가 가빠져 있다. 박성국이 안수연을 자리 위에
눕히고는 이미 끈이 풀려진 바지를 벗겼다. 안수연은 박성국의 어
깨를 두 손으로 움켜쥔 채 이제 하반신이 알몸이 되었다. 그때 박
성국이 안수연의 몸 위로 오르면서 말했다.

"내 씨를 받고 싶은가?"

안수연도 대답 대신 박성국의 어깨를 쥔 손에 힘을 주었다. 방
안에 가쁜 숨소리가 덮이고 있다.

‡

"북상하고 있습니다."

한조가 양가죽 위에 그려진 지도를 손끝으로 짚으면서 말했다.
손끝이 짚은 곳이 복재산 밑이다.

"이곳에 사흘 전에 묵었습니다."

조금 전에 한조가 짚은 곳도 그 아래쪽 오십여 리 떨어진 골짜기
다. 머리를 든 한조가 하나를 보았다.

"남쪽으로 내려갔다가 북상하는 것이 수상합니다."

하나는 팔짱을 끼고 앉은 채 입을 열지 않았다. 박성국이 이끄는
'악귀군'이 보름이 넘도록 거의 활동을 하지 않은 것이다. 그래서
가토의 선봉군에서 파견한 사나다, 하라다군은 이쪽저쪽으로 우왕
좌왕하다가 본대로 돌아갔는데 이시다로부터 질책을 받았다고 소
문이 났다. 가토군의 밀정단 영수인 곤베이도 마찬가지다. 가토군

본진이 위치한 안변으로 되돌아갔는데 박성국을 쫓을 상황이 아니었기 때문일 것이다. 며칠 전인 27일, 이여송의 명군明軍은 벽제관 싸움에서 왜군에 대패하는 바람에 한양 도성은 아직도 고니시의 제1군이 장악하고 있다. 패전한 이여송은 즉시 명의 황제에게 교대를 신청했는데 겁에 질려 있었다. 하나는 이곳에 있어도 밀정을 통해 다 듣고 있는 것이다. 이여송은 조선 땅에서 왜군을 물리치겠다는 의지가 본래부터 없던 인간이다. 왜군을 가볍게 보았다가 포위되어 구사일생으로 살아남아 정신이 번쩍 든 것이다. 지도에서 시선을 뗀 하나가 입을 열었다.

"조선 관군은 지휘관이 무능해서 있으나마나 한 존재야. 명군도 이제는 조총 소리 몇 방이면 도망치게 돼 있어."

하나의 두 눈이 번들거렸다.

"문제는 조선수군통제사 이순신과 의병이야. 이 썩어 문드러진 조선 조정을 그 두 가닥 줄이 매달고 있다."

깊은 밤이다. 이곳은 하나가 조금 전에 지도에서 짚은 복재산에서 백여 리쯤 떨어진 판교군의 향도촌이다. 하나의 밀정단은 보름 동안 박성국의 '악귀군'을 쫓고 있는 것이다. 이윽고 하나가 붉은 입술을 벌리며 웃었다.

"그놈을 쫓지 말고 끌어들여야겠다."

‡

전前 영월군수 정해순은 왜란이 일어나자마자 처자식이 있는 원주로 도주했다가 가토의 2번대가 죽령을 지나 원주로 다가왔으므로 또 도망쳤다. 그때는 선조가 평양으로 허둥지둥 도망친 터여서 누가 꾸짖고 상소할 겨를도 없는 데다 정해순은 동인이다. 임금 주위에 깔린 것이 동인이라 상소도 들어가지 않았을 것이다. 그런데 정해순이 원주에서 도망질을 한 곳이 강원도 고산이다. 왜군이 쫓아오지 못하도록 아주 멀리 온 셈인데 그것은 고산이 고향이었기 때문이다. 고산에서 한숨 돌린 정해순은 의주에서 역시 한숨 돌리고 있는 선조에게 상소를 보냈으니 가히 명문이었다.

"영월에서부터 의병을 모아 싸웠지만 중과부적衆寡不敵이었습니다. 그러나 열세 번에 걸쳐 싸웠으며 왜적의 대군에 쫓겨 고산에 이르렀으니 주상께서 관직을 주시면 목숨을 바쳐 왜적을 격파해 사직을 보전할 것입니다."

선조 주변을 둘러싼 동인 무리가 이순신의 장계보다도 정해순의 상소를 먼저 보인 것은 물론이다. 선조는 즉시 정해순에게 고산군수 직함과 함께 종사품 병마만호에 봉했다. 정오품 군수에서 한 단계 승진까지 한 것이다. 그러나 8월이 되자 고산은 가토군의 통로가 되었고 다시 정해순은 급히 근처 산속으로 피신했다. 고산 군수로 봉해진 후에 한 달가량만 현청에 나왔을 뿐 나머지는 근처 소령산 줄기의 은신처에 틀어박혀 있었던 것이다.

고산이 고향이어서 소령산의 지형을 제 손바닥 들여다보듯이 잘 알기 때문에 정해순은 왜군의 눈에 띄지 않았다. 그것이 해가 바뀐 선조 26년 1월 말까지 계속되었다.

2월 초, 소령산 골짜기 안쪽에서 얼음 구덩이를 깨고 물을 긷던 정해순의 종 북이가 갑자기 땅바닥에 쓰러졌다.

"아니, 북아."

같이 물을 긷던 종 수덕 어미가 소리치며 다가갔다가 목을 움켜쥐고 쓰러졌다. 목에 표창이 박힌 것이다. 그때 마른 잡초를 헤치며 사내들이 나타났다. 모두 간편한 사냥꾼 차림이었지만 제각기 손에 칼과 활을 쥐었고, 표창을 든 사내가 앞장을 섰다. 모두 일고여덟 명 된다.

"자, 가자."

이미 안쪽 지리에 익숙한 듯 표창 든 사내가 앞장서며 말했고, 뒤를 따르던 사내 하나가 손바닥을 입에 붙이더니 까마귀 소리를 냈다.

"깍, 깍."

군호軍號다. 까마귀 소리가 골짜기에 부딪혀 메아리로 돌아왔다. 사내들이 안쪽으로 사라졌을 때 다시 숲을 헤치며 두 사내가 나타났다. 그런데 사내 한 명은 눈에 띄는 미모다. 바로 하나다. 하나가 심복 한조와 함께 뒤를 따르고 있다.

‡

고산군수 겸 병마만호 정해순은 일가족 열일곱과 함께 살해되었다. 보통 왜군은 반반한 여자는 잡아서 성욕 배설용으로 끌고 다니거나 왜상에게 넘겼으며 소년 소녀는 본국으로 데려가 팔았다. 그런데 이번에는 그 자리에서 모두 죽인 것이다. 더구나 정해순의 머리를 베어서 대나무 끝에 꿰어 박아놓고 '고산군수 겸 병마만호 정해순'이라고 써붙인 뒤 소령산에서 한참이나 떨어진 큰길가에 걸어놓았다. 나머지 머리통도 마찬가지였다. '정해순의 일족'이라는 깃발 옆에 머리통 십 여개가 꿰어진 형상이 끔찍해서 금방 강원도 전역으로 소문이 퍼졌다.

"왜적의 소행이 아닌 것 같습니다."

북상하는 길에 그 소문을 들은 차동신이 박성국에게 말했다.

"원한이 있는 자들의 소행입니다. 왜적이라면 젊은 여자가 셋이나 있고 아이가 다섯인데 그렇게 죽였을 리는 없습니다."

말고삐를 쥔 채 박성국은 대답하지 않았고 차동신이 말을 이어갔다.

"향도 중에서 관리만 골라 처형하는 놈들도 있습니다. 경상도에서는 오목이라는 종이 제 놈이 주인으로 모셨던 김 참판 일가 열 명을 몰사시킨 적도 있지 않습니까?"

"······."

"천민들이 전란을 틈타 살해한 양반이 수천 명입니다."

그때 후위에서 따르던 박끝쇠가 말을 달려 다가왔다.

"대감, 안씨를 보내야겠습니다."

안수연이 살던 마을이 가까워진 것이다.

‡

차가운 땅바닥에 무릎을 꿇고 절을 한 안수연이 일어섰지만 시

선은 마주치지 않았다. 주위에 둘러선 수십 쌍의 눈길 때문일 것
이다.

"대감, 가보겠습니다."

낭랑한 목소리가 안수연의 입에서 흘러나왔다. 미시(낮 2시) 무
렵, 겨울이지만 아직 해가 남았기 때문에 기병단은 더 북상할 예정
이다. 말 위에서 박성국이 머리를 끄덕였다.

"그동안 수고했네."

안수연은 머리만 숙인 채 손으로 조끼 끝을 비틀고 서 있다.

"기병 둘이 그대를 집까지 데려다줄 것이네."

박성국이 옆에 선 차동신에게 눈짓을 했다.

"사금 몇 냥을 줄 테니 당분간 쓰도록 하게."

그러자 차동신이 안수연에게 다가가 헝겊 주머니를 내밀었다.
사금 조각 열 냥가량이 들었는데 아무리 흉년이라고 해도 금 조각
은 쌀과 바꿀 수 있다.

"아닙니다."

얼굴이 금방 달아오른 안수연이 그제야 머리를 들고 박성국을
보았다. 두 눈이 촉촉해지고 있다. 그러나 이번에는 박성국이 외면
했으므로 눈길이 마주치지는 않았다.

"자, 타시오."

차동신이 안수연이 타고 갈 말 고삐를 잡으면서 말했다.

"이 주머니는 여기에 넣습니다."

안장 옆구리에 사금 주머니를 넣은 차동신이 고삐를 부하 장교
에게 넘겨주었다. 그때 박성국이 몸을 돌리면서 말했다.

"잘 가시게. 인연이 있다면 다시 만나겠지."

‡

평양성을 수복한 지 보름이 돼가지만 선조는 아직 의주 행재소
에 머물고 있다. 관저 마당에 쌓인 눈이 한 자가 넘었다. 관저 안쪽
의 내실이 바로 내궁內宮이다. 한양 도성에 비할 바는 아니지만 인
빈 김씨를 중심으로 후궁 셋, 왕자, 공주, 상궁, 궁녀, 내관까지 이
백 명 가까운 머릿수가 되다보니 좁은 관사가 붐볐다. 술시(밤 8시
경) 무렵, 임금 선조는 저녁을 마치자마자 바로 누웠다. 감기 기운
이 있었기 때문이다. 인빈 김씨는 내실 옆쪽 별채에서 자리 잡고
있었는데, 앞에 나란히 앉은 두 사내는 팔도도순찰사 한응인과 평
안도순찰사 전기윤이다. 인빈이 머리를 들고 한응인을 보았다.

"세자는 지금 어디에 있지요?"

"금화에 머물고 있지만 곧 옮길 것입니다"

한응인이 바로 대답했다.

"가토군과 가깝게 있어서 분조를 자주 옮기고 있습니다."

"행재소로 오지 않는 것은 세자 자리를 빼앗길까봐서 그런다는
소문이 있습니다."

인빈이 불쑥 말하자 한응인과 전기윤이 서로의 얼굴을 보았다.
그들도 소문을 들은 것이다. 그러나 내용은 조금 다르다. 행재소로
오면 세자 자리가 아니라 목숨을 빼앗길까봐서 오지 않는다는 소
문을 들은 것이다. 그리고 목숨을 빼앗을 주인공이 바로 앞에 앉아

있는 인빈이다. 인빈의 카랑카랑한 목소리가 이어졌다.

"대감들은 어떻게 생각하시오? 그런 소문이 조선 팔도에 나도는데도 가만히 두고 보기만 하시는 겁니까? 소문대로라면 세자 자리를 빼앗는 것이 누구겠습니까? 나란 말입니까?"

인빈이 손으로 제 가슴을 가리키며 물었는데 어느덧 얼굴이 하얗게 굳어 있다. 충혈된 눈에서는 금방이라도 눈물이 쏟아질 것 같다.

"백성에게 나는 악독한 여인네로 소문이 났다고 합니다. 세자가 돌아다닐수록 그런 소문이 더 퍼지는 것 같습니다."

"주상께 말씀드렸지만 아직 결심을 하지 않으셔서…."

한응인이 외면한 채 말하자 전기윤이 거들었다.

"곧 한양 도성이 회복되면 세자가 분조로 나가 있을 이유가 없습니다. 그럼 소문도 가라앉을 것입니다."

"주상께선 바로 환궁하시지 않을 겁니다."

인빈의 말에 둘은 몸을 굳혔다.

"아니, 마마…."

겨우 한응인이 입을 열었을 때 인빈이 말을 이었다.

"왜적이 바다를 건너 물러갈 때까지 환궁하시지 않을 겁니다. 그러니까 세자는 그동안에 팔도를 누비면서 제 무리를 모으고 소문을 뿌리겠지요."

인빈의 목소리가 떨렸다.

"박성국이 도순변사 직임을 달고 의병을 모으는 것이 아니라 세자군世子軍을 모으러 다닌다고 들었소."

금시초문의 말이었으므로 한응인과 전기윤은 서로의 얼굴을 보왔다. 그러나 궁중 안은 물론이고 외부 소식에도 인빈을 따라가지 못하는 둘이다. 그만큼 인빈의 뿌리가 깊은 것이다. 그때 인빈이 자르듯이 말했다.

"두 분이 종묘사직을 위하신다면 이대로 가만두시지는 않겠지요?"

그때 방문이 열리더니 인빈의 아들 정원군이 들어섰다. 정원군은 이제 열네 살이니 성숙했다. 바로 위의 형인 신성군이 왜란이 일어난 작년에 피란 중 병사하자 이제 선조를 측근에서 모시고 있다. 죽은 신성군은 선조의 총애를 받았기 때문에 왜란이 끝나면 광해의 세자위를 넘겨준다는 소문이 났던 것이다. 일부에서는 전란이 일어난 작년에야 광해를 세자로 책봉해 분조를 맡겨 내보낸 것은 사지死地로 보낸 것이라고도 했다. 어쨌든 지금도 정원군이 죽은 동복형 신성군 대신으로 선조의 총애를 받는 상황이다.

"오, 오, 왔느냐?"

반색을 한 인빈이 정원군의 손을 끌어 옆에 앉히더니 두 대신을 가리켰다.

"너를 도와주시는 대감들이시다. 인사드리도록 해라."

그러자 정원군이 일어나 공손하게 절했고, 두 대신이 황급히 맞절을 했다. 인빈이 일부러 인사를 시키려고 부른 것이다.

‡

당시의 정권은 유성룡, 이산해 등이 주축이 된 동인이 장악하고 있었다. 서인의 영수 정철이 세자 책봉을 주장하다가 삭탈관직을 당한 후에 복직했지만 서인의 세력은 미미했다. 왜란 전에 사신으로 일본에 다녀와서 "도요토미 히데요시는 조선을 침입할 인물이 아니다"라고 보고했던 부사副使 김성일도 동인이다. 왜란이 일어나자 진노한 선조가 죄를 주려고 김성일을 불러들였지만 유성룡이 무마해 도중에 석방되고 지금은 경상우도초유사에 이어서 순찰사로 승진해 있다. 서인이었다면 벌써 참형을 당했을 것이다. 그러나 유성룡은 온건했고 독한 성품은 아니다. 소리小利를 취하려고 대국大局을 버린 적은 없기 때문에 전란 중에 왕가王家 내부의 갈등에는 간여하지 않았다. 또한 유성룡의 성품을 아는 터라 주변에서 접근하지 않았다고 봐도 될 것이다. 해시(밤 10시경) 무렵, 유성룡이 방 안으로 들어서자 정철이 자리에서 일어섰다.

"어서 오시오."

정철은 이제 쉰여덟, 유성룡보다 여섯 살 연상이다. 그러나 둘은 각각 좌의정, 영의정까지 거친 정승, 지금도 선조를 측근에서 모시는 재상이며 동인, 서인의 거두巨頭인 것이다. 정철은 이미 작은 술상을 차려놓고 유성룡을 기다리는 중이었다. 의주부중의 행재소로 쓰이는 부윤 관저 옆의 세 칸짜리 저택 안이다. 이곳이 정철의 임시 숙소다.

"대감, 갑자기 무슨 일이신지요?"

마주 앉은 유성룡이 기름 등잔의 불꽃이 흔들리다가 멈추기를 기다려 물었다. 언제나처럼 부드러운 표정이다. 그때 정철이 유성룡의 잔에 매실주를 따르면서 말했다.

"오늘 낮에 이조정랑吏曹正郎 윤기식이 다녀갔소. 아시지요?"

"그자가 왜?"

되물은 유성룡이 쓴웃음을 지었다.

"대감께서 부르셨습니까?"

"아니, 그자가 꼭 할 말이 있다면서 왔습니다. 돌려보낼 수도 없었지요."

유성룡이 잠자코 술잔을 들고 한 모금을 삼켰다. 이조정랑은 정오품 당하관으로 감히 정승을 찾을 신분이 아니다. 그러나 윤기식은 점술에 능했다. 또한 육갑六甲과 풍수에도 도통해서 육조六朝는 물론이고 의정부 고관들이 자주 불러 점을 보는 모양이었지만 정철과 유성룡은 그를 찾은 적이 없다.

"윤기식이 그자가 무슨 할 말이 있다고 합니까?"

유성룡이 묻자 정철은 입맛부터 다셨다.

"말씀드리지 않으려다가 사직을 위해서 찾아왔답니다."

"허어, 그자가 하는 말이란."

"내가 곧 명에 사은사謝恩使로 가지 않습니까?"

"그렇지요."

선조가 원군을 파견해준 명나라에 보은하는 의미로 정철을 사은사로 가라고 한 것이다. 유성룡의 시선을 받은 정철이 말을 이었다.

"내가 올해에 죽을 상相이랍니다. 그러니까 물을 조심하고 다녀오라는군요."

"저런 고얀 놈 같으니."

눈을 크게 뜬 유성룡이 술잔을 내려놓았다. 어깨를 부풀린 유성룡이 정철을 노려보았다.

"대감, 그놈을 붙잡아 매를 때려 귀양을 보냅시다. 감히 뉘 앞이
라고, 고얀…."

"대감."

정색한 정철이 손을 들어 보였으므로 유성룡이 입을 다물었다.
정철의 목소리가 가라앉았다.

"내 나이 곧 예순이오. 전란만 아니었다면 오늘 죽어도 장수한
셈이니 여한은 없소. 다만 주상과 세자를 끝까지 돌보지 못하고 가
는 것이 안타까울 뿐이외다."

"허어, 대감. 왜 이러십니까?"

"대감."

다시 말을 막은 정철이 유성룡을 지그시 보았다.

"물을 피하고 주상께서 명하신 소임은 마치고 죽겠습니다, 한데."

"대감, 그놈 말은 믿지 마시오."

"대감, 세자를 부탁하오."

그 순간 유성룡은 정철의 눈에서 흘러내리는 눈물을 보았다. 숨
만 들이켠 유성룡을 향해 정철이 말을 이었다.

"몇 년이 됐든 전란은 끝이 나지 않겠습니까? 그때 대감께서 세
자를 도와주십시오. 그래야 나라가 안정됩니다. 이렇게 부탁하오."

상에서 뒤로 물러난 정철이 두 손을 방바닥에 짚고 유성룡을 향
해 머리를 숙였다. 당황한 유성룡이 따라서 몸을 숙였을 때 가슴이
미어지는 느낌이 들었다. 유성룡은 행재소 내부의 분위기를 아는
것이다. 바로 자신이 동인의 거두이기 때문이다.

✝

"이번에는 법동에서 양민 스무 명이 몰살당했습니다."

저녁 무렵, 탐문을 다녀온 장교 두 명이 돌아와 박성국에게 보고했다. 이곳은 법동에서 삼십여 리 떨어진 소호산 기슭이다. 박성국은 개울가의 바위에 앉아 있다. 주위로 장교들이 모여들었다.

"마을에 남아 있던 노인, 병자들을 다 죽였는데 이번에도 코나 귀는 떼어가지 않았다고 합니다."

장교 하나가 말하자 박성국의 시선이 옆쪽에 선 차동신과 박끝쇠를 훑고 지나갔다. 굳은 표정이다.

"정해순 일족이 죽은 곳에서 오십여 리 떨어진 곳이다."

박성국이 말하더니 눈을 가늘게 떴다.

"놈들이 오십 리만 더 왼쪽으로 이동하면 북상하는 우리와 마주칠 것 같지 않으냐?"

과연 그렇게 될 것이므로 모두의 얼굴이 굳었다.

"놈들이 우리를 끌어들이는 것 같다."

박성국이 옆에 놓인 칼을 집더니 칼집 끝으로 개울가 모래 위에 점을 찍으며 선을 그었다. 왼쪽으로 이동하는 선과 북상하는 선이다. 그 선이 곧 만나는 곳에 점을 찍은 박성국이 다시 주위를 둘러보았다.

"이놈들은 폭도가 아니다."

"그럼 누굽니까?"

박성국의 시종 출신이어서 가장 부담이 없는 박끝쇠가 묻자 잠깐 정적이 흘렀다. 이윽고 머리를 든 박성국이 말했다.

"왜군이다."

주위가 술렁였으나 이번에는 차동신이 물었으므로 다시 조용해졌다.

"대감, 코도 떼어가지 않고 살육하는 왜군은 처음 봅니다."

"이놈들은 밀정단이다."

모두 입을 다물자 박성국의 말이 이어졌다.

"그리고 우리를 쫓고 있는 것이야. 아니, 일부러 흔적을 드러내면서 우리를 유인하는 것 같다."

박성국이 번뜩이는 눈으로 모두를 둘러보았다.

"하나 일당이다."

‡

"이것 보십시오."

땅바닥을 가리킨 한조가 입술만 비틀고 웃었다. 신시(낮 4시경)쯤 되었다. 산골이라 해는 이미 서산에 걸렸고 골짜기에는 그림자가 드리웠지만 오히려 사물 윤곽은 뚜렷해진 시각이다. 하나가 한조의 손가락이 가리킨 땅바닥을 보았다. 모래 위에 선과 점이 찍혀 있다.

"이 선과 점이 우리와 박성국의 행로 같지 않습니까?"

"과연."

하나가 붉은 입술을 벌리며 웃었다. 이곳이 바로 어젯밤 박성국

일당이 묵은 야영지다. 소호산 골짜기는 이제 하나의 밀정단으로 적막이 깨지고 있다. 말 떼가 울었고 이리저리 오가는 수하들로 소란했다. 이제 하나의 무리는 스무 명으로 늘어났다. 그동안 충원되어서 한 개 부대의 진용도 갖출 수 있다. 향도를 포함해 모두 일당 백의 무사인 것이다.

"어젯밤에 이곳에서 묵었으니 내일 밤이면 잠을 수 있습니다."

쪼그리고 앉은 한조가 말하자 하나가 웃음 띤 얼굴로 머리를 가로저었다.

"박성국은 이미 우리가 뒤를 쫓고 있음을 아는 것 같다."

놀란 한조의 시선을 받은 하나가 눈으로 모래 위의 그림을 가리켰다.

"저기 왼쪽에 가로로 뻗은 선 옆으로 글자가 보이느냐?"

"글자라니요?"

한조가 보았지만 선 옆의 낙서는 글자가 아니다. 단순한 동그라미, 선이 그어졌을 뿐이다. 어느덧 정색한 하나가 눈으로 그것을 보면서 말했다.

"그건 조선왕 세종이 창안한 언문이라는 글자다. 글자를 벌려 썼지만 읽을 수는 있다."

"뭐라고 썼습니까?"

그러자 하나가 글자를 노려보며 대답했다.

"하나."

‡

가토 기요마사가 중신重臣이며 별동군 대장인 이시다 모리후사
를 노려보고 있다. 이곳은 안변의 본진, 군 관아를 사령부로 쓰는
터라 청 안이다. 때는 유시(저녁 6시) 무렵, 청 안은 양초를 여러 개
켜놓아서 환하다. 가토가 말했다.

"이시다, 머저리 같은 네 부하들이 굶은 개처럼 이리저리 쏘다
닌 이야기로 이 귀중한 시간을 소모할 셈이냐?"

"주군, 제가 드리고자 하는 말씀은….'

"내가 대신 말하지. 넌 거의 한 달 동안 강원도에서 우물거리다
가 성병 걸린 놈 몰골이 돼서 나한테 왔다, 됐느냐?"

"주군, 심하십니다.'

이시다가 눈을 부릅뜨고 두 손으로 청 바닥을 짚었다. 좌우, 뒤
쪽에 앉은 무장 십여 명은 잔뜩 긴장하고 있다.

"저는 주군의 중신, 저도 체면이라는 것이 있습니다. 모욕을 삼
가주시기를….'

"이시다, 네 자지를 보자. 나도 주군 체면이 있으니 이 자리에서
네 자지를 보고 성병 확인을 해야겠다."

"주군, 차라리 제가 배를 가르지요.'

"자지가 배 속에라도 있다는 말이냐?"

그때 옆쪽에 앉은 나가시마가 낮게 헛기침을 했다. 나가시마는
선봉대장으로 이시다보다 원로다.

"주군, 이시다의 자지는 배 속에 없습니다.'

순간 주위가 조용해졌고 격앙되었던 분위기가 가라앉았다. 가토가 멀뚱한 표정으로 시선만 주었고 나가시마의 말이 이어졌다.

"문제는 주군과 이시다가 성병 확인을 하느니 배를 가르느니 하면서 다투는 이 시각에도 박성국이 접근해 온다는 것입니다. 이에 대한 대비가 시급합니다."

"대비는 되었어."

뱉듯이 말한 가토가 팔걸이에 몸을 비스듬히 기울이며 앉는다.

"그놈이 이곳으로 온다면 범의 아가리로 기어들어오는 셈이다."

박성국이 북상해 오는 이유는 오직 하나, 가토군이 억류하고 있는 임해군과 순화군을 되찾으려는 것이다. 그때 말석에 앉아 있던 곤베이가 머리를 들고 물었다.

"이 곤베이가 한 말씀 올려도 됩니까?"

그 말을 받은 나가시마가 가토에게 다시 물었다.

"주군, 곤베이가 고할 말씀이 있다고 합니다."

"말하라."

가토가 허락했지만 외면한 채다. 어깨를 움츠린 곤베이가 입을 열었다.

"박성국의 뒤를 고니시 님의 밀정단이 따르고 있습니다."

모두 입을 다물었으므로 청 안은 정적이 흘렀다. 그러나 이시다는 물론 나가시마도 입을 떼지 못한다. 곤베이가 직접 말하는 허락을 얻었기 때문이다. 그때 가토가 말했다.

"계속해."

"최근 강원도 아래쪽에서 발생한 집단 학살 사건 두 건은 아군의 소행이 아닌 것으로 확인되었습니다."

그렇다. 이시다의 부하 사나다, 하라다의 소행이 아니었다. 초승
달귀신 다무라의 살해에 대한 보복이 아닌 것이다. 가토는 외면한
채였고 곤베이의 말이 이어졌다.

"제 추측입니다만 고니시 님의 밀정단 소행입니다. 그들은 박성
국의 뒤를 따르면서 학살을 저지르고 있습니다."

"이유는?"

마침내 가토가 묻자 곤베이는 이마를 청 바닥에 바짝 붙였다가
뗐다.

"첫 번째, 조선 땅에 가토군의 잔학상을 널리 알리려는 목적입니
다."

가토가 그제야 시선을 주었고 곤베이의 말이 이어졌다.

"두 번째, 이에 분개한 조선 의병이 일어나 가토군에게 타격을
입히도록 하려는 것입니다."

"……."

"세 번째, 박성국이 그 사실을 알게 되면 고니시 님의 밀정단과
접촉할 가능성이 있습니다. 임해군, 순화군을 탈취하기 위해서 도
움이 필요할 테니까요."

"으음."

가토의 입에서 신음이 들렸다. 세 번째까지는 예상하지 못한 것
같다.

‡

다음 날 아침, 식사를 마치고 떠날 준비를 하면서 하나가 한조를 불렀다.

"오늘은 더 북방으로 간다."

하나가 말하자 한조의 이맛살이 찌푸려졌다.

"아씨, 더 북방이라니요? 오늘 목표는 가랑골 아닙니까?"

가랑골이 박성국의 오늘 밤 예상 숙영지이기도 한 것이다. 그래서 한조는 오늘 밤을 결전의 날로 짐작하고 있었다.

"박성국이 가랑골에서 우리를 기다릴 것 같으냐? 그놈도 우리 행로를 알고 있는 터라 이미 빗나갔다."

"같이 빗나가는 것이라면 언제 조우하게 됩니까?"

그때 골짜기 안쪽에서 짧은 외침이 들렸으므로 둘은 긴장했다. 그쪽으로 머리를 돌린 하나의 귀에 사내의 외침이 들렸다.

"습격이다."

‡

박성국은 다시 활시위에 살을 물리고는 힘껏 당겼다. 거리는 백보 정도. 이쪽은 골짜기 위쪽 숲 속이어서 거의 눈에 띄지 않는 데다 과녁은 활짝 노출되었다. 두 명째 쓰러지자 골짜기 안은 한바탕 소동이 일어났다. 아무리 훈련이 잘되고 실전 경험이 많은 군사라고 해도 이런 기습에는 당황하기 마련이다. 돌멩이가 떨어진 물속의 고기 떼처럼 적당들은 사방팔방으로 흩어졌다.

아직 영令도 서지 않아서 서로 외마디 외침만 내뱉고 있다. 세 번째 겨눈 과녁은 이쪽에 등을 보이고 내달리는 사내다. 박성국은 이십여 명 중 우두머리급으로 보이는 사내만 고른다. 곧바로 시위를 당긴다.

"쌕!"

바람을 가르고 날아간 화살이 숨을 다 들이켜기도 전에 등판 깊숙이 박혔다. 심장이 꿰인 사내가 고꾸라졌을 때 여자의 날카로운 외침이 울렸다.

"엎드려라! 놈은 한 놈이다!"

하나다. 본명 하나코. 고니시 유키나가의 밀정단 수괴. 아비인 아베 산자에몬이 고니시의 가신이니 대를 이은 고니시의 부하. 지난번에도 이렇게 기습을 했지만 오늘은 다르다. 박성국이 네 번째 화살을 메기고는 이제 머리만 내놓고 있는 사내를 겨누고 쏘았다.

"쌕!"

다음 순간 이마 한복판을 화살로 꿰인 사내가 바위틈으로 모습을 감추었다,

"나리, 말 떼가 흩어집니다!"

옆에 엎드려 있던 차동신이 낮게 말했다. 장교 서너 명이 밀정단이 타고 온 말 떼를 풀어놓은 것이다. 이제 밀정단은 다리가 묶인 셈이다. 멀리 도망치지 못한다.

✝

"일곱이오."

한조가 잇새로 말하고는 눈을 부릅뜨고 하나를 보았다.

"아씨, 돌파하시지요."

하나가 주위만 둘러보았고 한조의 목소리는 떨려 나왔다.

"이대로 있으면 전멸입니다."

땅을 치고 싶은 얼굴이었고 그것은 하나도 마찬가지다. 이것은 방심이 아니라 오만이다. 이쪽이 쫓고 있다는 오만이 이렇게 만들었다. 어젯밤 박성국이 야영한 소호산 기슭의 냇가를 피해 더 안쪽 으슥한 이곳에 자리 잡은 것은 그래도 주의를 기울인 것이다. 그러나 이쪽은 따르고, 저쪽은 앞장서 북상할 줄만 알았던 것이 실책이다. 예상대로라면 지금 박성국의 악귀군은 백이십 리쯤 북방에 있어야 했다. 그러면 오늘 하나의 밀정단이 이백여 리를 강행군해 오늘 밤에 양군兩軍이 조우하게 되는 것이다.

"으악!"

이번에는 십 보쯤 위쪽 바위틈에서 비명이 울렸으므로 하나는 몸을 굳혔다. 박성국은 가히 신궁이다. 그것은 지난번에 겪어봐서 안다.

"여덟이오, 아씨."

한조가 피를 토하는 것처럼 말했다. 절규였다. 박성국은 자리를 옮기면서 쏜다. 하나 일당은 마치 우리에 갇힌 짐승 같다. 그때 하나가 바위 위로 몸을 일으켰으므로 한조가 기겁을 했다. 화살이 언제 날아와 박힐지 모르는 상황이다.

"아씨."

한조가 하나의 바지를 움켜쥐고 소리쳤다.

"왜 이러십니까?"

그때 하나가 소리쳤다.

"나, 하나가 협상을 제의하오!"

하나의 목소리가 골짜기를 울리더니 금방 메아리로 돌아왔다.

"내가 골짜기 위로 올라가겠습니다!"

그러고는 하나가 아예 바위 위로 올라서버렸다. 온몸이 다 과녁으로 드러난 셈이다.

"아씨!"

당황한 한조가 금방 정신을 차리더니 따라 일어섰다. 그러나 눈동자가 사방으로 흔들렸고 어금니를 빈틈없이 물었다. 그때 하나가 발을 떼면서 말했다.

"한조, 너는 이곳을 지켜라. 움직이지 마라."

마치 칼로 내리치는 것 같은 목소리다. 그것은 더 이상의 말대꾸는 허용하지 않는다는 표시다.

☦

골짜기 위쪽 제법 편평한 분지에 선 박성국이 다가오는 하나를 보았다. 여우털 사냥꾼 모자를 썼고 개가죽 조끼에 두꺼운 솜저고리를 걸쳤는데 종아리에는 가죽 각반을 찼으며 질긴 소가죽 신발을 신었다. 키도 훌쩍 커서 미모의 청년 같다. 골짜기를 쓸고 온 바람이 지나면서 마른 낙엽 대여섯 개를 주위에 뿌렸다. 바람결에 하나의 체취가 맡아졌다. 연한 살냄새다. 이윽고 하나가 다섯 걸음쯤 앞에서 멈춰 서더니 어깨를 부풀렸다가 내렸다. 햇살을 마주 받고 있어서 얼굴이 환하다. 대신 박성국은 그늘이 졌다. 박성국은 입을 꾹 닫고 있었는데 눈동자도 흔들리지 않는다. 손에는 그대로 각궁을 쥐었고 등에 화살통을 메었다. 허리에 찬 장검은 칼집의 장식을 모두 떼어 가죽만 남았다. 그때 하나가 똑바로 시선을 준 채 입을 열었다.

"저는 고니시 유키나가 님의 가신 아베 산자에몬의 딸 하나코입니다."

박성국은 대답하지 않았다. 세자를 모시고 갈 때 피란민으로 위장한 하나가 끼어들었다가 도망쳤다. 잠깐 동안이었지만 그때의 모습이 눈앞에 생생하게 펼쳐졌다. 그런데 지금은 분위기가 다르다. 위장술에 능한 때문일 것이다. 하나의 목소리가 울렸다.

"조선 땅에는 여섯 해 전부터 들어왔으며 조선어와 언문까지 공부했습니다."

"……."

"그렇습니다. 제가 고니시군의 밀정단 두목입니다."

"……."

"이곳까지 대감을 유인했습니다. 이렇게 기습을 당할 줄은 몰랐지만요."

그때 박성국이 물었다.

"네가 정해순 일족과 법동의 양민들을 몰사시켰는가?"

억양 없는 목소리다. 하나가 바로 머리를 끄덕였다. 하나 또한 표정 없는 얼굴이다.

"그렇습니다. 고산군수 정해순은 도망질만 하면서 임금이 있는 행재소의 동인 연줄에다가 서신만 보내는데도 승진을 거듭하고 있었지요. 그래서 군민의 원성이 하늘로 솟았습니다."

"……."

"정해순 일족이 처형되자 고산 군민들은 천벌을 받았다고 환호 했습니다. 알고 계시는지요?"

"……."

"고산의 법동은 가토군의 향도 마을입니다. 마을의 다릿심이 남 아 있는 남녀는 모두 가토군 향도로 자원해서 나갔습니다. 그들의 부모만 마을에 남았던 것입니다. 조선 관군이나 의병은 모르고 있 었는데 제가 대신 벌을 주었지요."

"요망한 년."

잇새로 말했지만 하나는 들었다. 눈을 부릅뜬 박성국이 하나를 보았다.

"가볍게 혀를 놀리지 마라. 그래, 네 의도는 무엇이냐?"

"제가 가토군의 약점을 잘 압니다."

하나가 박성국을 응시한 채 말을 이었다.

"두 분 왕자를 구출하는 데 제 도움이 필요하실 것입니다."

"……."

"저하고 같이 다니시게 될 테니 의심이 가시면 절 베셔도 무방

합니다."

박성국이 소리 죽여 숨을 뱉었다. 고니시와 가토 간의 알력은 이미 조선에도 알려져 있다. 1번대와 2번대 대장인 둘은 일본의 지배자 도요토미의 총애를 다투는 심복들이다. 이윽고 박성국이 말했다.

"좋다. 넌 지금부터 내 포로다."

"아닙니다."

정색한 하나가 천천히 머리를 가로저었다.

"동맹 관계라고 해두시지요. 포로가 되어 끌려갈 수는 없습니다."

"너는 이미 수하의 절반가량을 잃었고 포위되었다. 다 죽을 수도 있다."

"두 왕자를 구할 기회를 놓치시렵니까? 가토군이 한양 도성의 배후를 치면 이여송의 오만 군은 전멸합니다."

"네 입을 열게 하지 못할 것 같으냐?"

"제가 이렇게 순순히 나온 이유를 모르십니까? 항복하려고 그랬을까요?"

틈을 주지 않고 서로 맞받아서 칼끝을 드러내는 것 같은 대화가 딱 끊겼다. 박성국의 차례에서 끊긴 것이다. 말을 잠깐 멈춘 박성국이 다시 입을 열었다.

"네 조건을 듣자."

"두 왕자를 구출한 후에 저를 놓아주시지요."

"좋다."

박성국이 말했을 때 하나가 말을 이었다.

"제 수하는 모두 돌려보내주시지요. 모두 데려가면 소문이 날 뿐만 아니라 거추장스럽습니다."

"오히려 가토군에게 알려지지 않을까?"

그러자 하나가 쓴웃음을 짓더니 천천히 머리를 저었다.

"내 수하는 가토군을 증오합니다."

"향도는?"

"내 수족이나 다름없소. 믿을 만합니다."

"……."

"그럼 내 수하들을 보내도 되겠습니까?"

하나가 묻자 박성국이 머리를 끄덕었다.

"좋다."

‡

"아씨."

이맛살을 찌푸린 한조가 주위부터 둘러보고 말을 이었다.

"연락은 어떻게 하시렵니까?"

"그것은 걱정하지 않아도 된다. 내가 포로가 되어 가는 것은 아니니까."

"박성국은 잔인무도한 놈입니다."

힐끗 뒤쪽에 시선을 준 한조가 목소리를 낮췄다. 바로 삼십 보쯤 위쪽 바위 위에 박성국이 앉아 있는 것이다. 그리고 관군 오십여 명이 주위를 둘러싸고 있는데 모두 이쪽을 주시하고 있다. 제각기 무기를 들고 서 있는 것이 당장이라도 덮칠 것처럼 살기가 등등하다.

"한조."

낮게 부른 하나가 긴 숨을 뱉었다.

"향도가 몇 명 남았느냐?"

"향도는 넷이 죽어 여덟이 남았고, 대원도 넷이 죽고 다섯이 남았습니다."

대원이란 하나와 함께 일본에서 온 밀정대원을 말한다. 한조의 시선이 다시 박성국을 스치고 돌아왔다.

"저놈이 우리 대원부터 골라 죽였습니다, 아씨."

"내가 떠나면 네가 향도들의 입을 막아라. 알겠느냐?"

놀란 한조가 잠깐 하나의 눈동자를 들여다보았다.

"아씨, 향도라지만 우리 수족과 다름없이 단련시켰습니다."

"믿을 수 없다."

차갑게 말한 하나가 한조를 마주 보았다.

"없애라."

"예, 아씨."

어깨를 부풀렸다가 내린 한조의 눈이 번들거렸다.

"몸 보중하시오, 아씨."

‡

그 시각에 광해는 연천 분조에서 손님을 맞고 있었는데, 사시(오전 10시경)쯤 되었다. 손님은 행재소의 정철이 보낸 의금부 경략 조응수다. 그는 종사품 당하관이었지만 목숨을 걸고 한양성 주변과 강원도 일대의 왜군 포위망을 뚫고 이곳에 왔다. 때는 1593년 선조 26년 2월 초. 왜란 두 해째요, 만 일 년이 가깝게 되는 터라 조선 땅 전역은 왜군에게 유린당했으니 마치 개 떼에게 갈가리 찢긴 토끼 꼴이다. 가족 친지 중에 죽지 않은 자가 없고 겁탈에서 벗어난 가족이 없는 터라 왜인의 씨가 조선 땅에 뿌려졌다는 소문까지 돌았다.

"주상께선 건녕하신가?"

먼저 광해가 임금 선조의 안부를 물었더니 돌아오는 대답이 묘했다.

"행재소가 시끄럽기만 하고 건녕하지 못합니다."

"그게 무슨 말인가?"

광해가 물었고 양반집을 사용하는 터라 열 평도 안 되는 대청 안의 고관들이 긴장했다. 그때 조응수가 말했다.

"방어사, 병마사, 관찰사, 순무사巡撫使란 당상관 무장들 중 단 한 놈도 쓸 만한 놈이 없습니다. 주상의 옆에 붙어 앉아 제 인맥만 감싸고도는 간신배뿐입니다."

조응수는 사십대 중반으로 평양성 싸움에서 왜적의 조총에 어깨를 맞아 왼쪽 팔이 아직도 불편했다. 조응수가 머리를 들고 광해를 보았다.

"저하, 지금 조선을 지탱하는 것은 수군 이순신과 외롭게 싸우는 용장 몇 명뿐이올시다. 대감께서는 이것을 반면교사로 삼으라는 부탁을 하셨습니다."

"잘 알겠네."

"전라도순찰사 권율이 행주산성에서 왜군을 대파했습니다. 명장입니다."

소문을 들었지만 행재소에서 온 관인으로부터 듣게 되자 청 안에서 탄성이 일어났다. 두 손으로 청 바닥을 짚고 엎드린 조응수가 광해를 보았다.

"한데 고니시는 한양 도성에 은거했고, 곧 가토군도 합류한다고 합니다."

다시 분위기가 가라앉았을 때 조응수가 말을 이었다.

"가토는 임해군과 순화군을 내놓을 테니 조선 땅을 떼어달라는 서찰을 보냈습니다. 임해군도 함께 주상께 서찰을 보냈는데 만일 들어주지 않는다면 가토가 왜국으로 데려간다고 했다는 것입니다."

"그 서찰을 주상께서 읽으셨는가?"

광해가 묻자 조응수는 머리를 숙인 채 대답했다.

"가토의 서찰은 주상께서 읽으셨으나 임해군의 서찰은 글씨체가 다른 데다 강압에 의해 쓰인 것 같다는 중신의 의견으로 주상께 드리지 않았습니다."

"내가 있었다면 형님의 글씨체를 알 수 있을 텐데."

광해가 혼잣말처럼 말했으나 아무도 말을 붙이지 않았다.

"저하."

다시 머리를 든 조응수가 광해를 보았다. 조응수는 정철이 보낸 사신이다. 조응수가 품에서 붉은색 비단에 싸인 서신을 내밀었다.

"대감께서 명에 사은사로 떠나시기 전에 드리는 서신입니다."

3장

조선무장(朝鮮武將)

강원도에는 온전한 폐가가 많은 편이다. 가토의 2번대가 파죽지세로 북상하면서 민가를 약탈하지 않은 때문이기도 하고 백성 중에서 부역자가 많은 것도 그 이유가 된다. 저녁 무렵, 박성국의 악귀군은 강원도 청도 근방의 야산 기슭에서 야영 준비를 한다. 이틀 동안 남하했는데, 가토의 2번대가 한양성을 향해 급히 남하하고 있기 때문이다. 지금 가토는 청도의 서남방 백여 리 지점에 본진을 두고 있는데, 본대의 병력이 만 명을 상회했다. 조선 중심부에서 가장 강력한 전력이다. 민가의 사랑채 안에서 바가지에 담긴 쌀밥과 나물 찬으로 저녁을 먹던 박성국이 마루에 앉아 밥을 먹는 차동신에게 물었다.

"척후는 아직 안 왔느냐?"

"예, 아직 안 왔습니다."

차동신이 바가지를 내려놓고 박성국을 보았다. 가토군의 전력을 탐색하러 내보낸 척후가 아직 돌아오지 않은 것이다. 고개를 돌린 박성국이 마당 옆쪽 건물을 보았다. 그곳이 하나의 거처다.

"식사 끝나면 하나를 데려오너라."

"예, 대감."

차동신이 다 먹은 빈 바가지를 들고 일어섰다. 하나는 이제 손님 대접을 받아 방도 혼자 쓰고 식사도 따로 한다. 다시 차동신이 마루 앞에서 기척을 냈을 때는 술시(밤 8시) 무렵이다.

"대감, 하나가 왔습니다."

"들라고 해라."

박성국이 말하자 곧 방문이 열리더니 하나가 들어와 윗목에 앉는다. 차동신이 마루 밖에서 얼쩡거렸으므로 박성국이 불렀다.

"뭘 하느냐? 너도 들어오너라."

"예이."

서둘러 들어온 차동신이 옆쪽에 앉자, 박성국이 하나를 보았다. 양초 불꽃이 흔들리다가 곧게 타올랐다.

"네 주군이 고니시렸다."

"그렇습니다."

하나가 박성국의 시선을 받은 채 대답했다.

"제 부친도 고니시 님의 가신입니다."

"그렇다면 네 행동은 고니시의 지시를 받은 것이렸다!"

박성국의 눈빛이 강해졌다. 그러자 하나가 시선을 내렸다.

"지시는 받지 않았습니다."

"네 독단은 아닐 것이다. 너 같은 족속은 제 뜻대로 움직이지 않아."

"그렇습니다."

머리를 든 하나가 다시 박성국을 보았다.

"일을 치르고 사후에 말씀을 드려도 되는 일이었습니다."

"무슨 일을 말인가?"

"임해, 순화군을 구출해서 다시 조선 조정으로 보내는 일 말씀이오."

"가토가 두 왕자를 잡고 있는 이유가 무엇이라고 생각하는가?"

"고니시 님께 주도권을 빼앗기지 않으려는 것이 아닐는지요."

"주도권이라니? 자세히 말해보라."

하나가 다시 머리를 들었다.

"가토 님은 우리 주군이 조선 왕실과 가깝다고 의심하고 있습니다."

"가깝다니?"

"오해하고 계신 것이지요."

"……."

"그래서 두 왕자를 잡아 조선을 두 조각으로 나누든지, 새 왕조를 세우고 그 후견인이 되겠다는 것이오."

"미친놈이군."

혼잣소리로 말한 박성국이 하나에게 물었다.

"그렇지 않으냐?"

"맞습니다."

"네 주군 고니시는 조선의 누구와 내통하고 있느냐?"

"그게 무슨 말씀입니까?"

놀란 하나가 눈을 크게 떴을 때 박성국의 이맛살이 찌푸려졌다.

"네가 조금 전에 그러지 않았느냐? 고니시가 조선 왕실과 가깝다고?"

"가토 님의 오해라고 했소."

"인빈 김씨냐?"

그 순간 하나가 입을 꾹 다물더니 박성국을 지그시 보았다. 당돌한 태도다.

"작년에 겪지 않으셨습니까?"

하나가 되물었으므로 박성국이 이맛살을 찌푸렸다.

"무엇을 겪었단 말이냐?"

"세자 저하의 암살 미수 사건 말입니다."

"……."

"배후가 인빈이라는 것은 대감께서도 아시겠지만 우리도 다 압니다."

박성국의 시선을 받은 하나의 눈빛이 더 강해졌다.

"그리고 가토 님도 마찬가지지요."

박성국은 시선만 주었지만 별장 차동신은 점점 좌불안석이다. 별장의 귀로 듣기에 너무 엄청난 사건인 것 같다. 그럴수록 하나의 목소리는 차분해졌다.

"인빈이 임금을 부추겨 아직 콧물도 마르지 않은 정원군을 세자로 봉한다면 조선 백성이 동요할 것을 예상했겠지요. 그럼 가토 님은 임해군을 세자로 내세우고 후견인이 되는 것입니다."

"그럼 그때는 우리 세자께선 인빈 일당의 손에 돌아가신 후가 되겠군."

박성국이 잇새로 말하니 하나가 눈썹 하나 까딱하지 않고 대답했다.

"지금도 세자께선 인빈의 과녁에서 벗어나지 못하고 계시지 않습니까? 대감께서 이렇게 세자 저하를 떠나 밖에서 떠도시는 것도 그 때문이 아닙니까?"

‡

"그렇다면 고니시가 세자 저하를 보호한다는 말입니까?"

하나를 방으로 데려다주고 돌아온 차동신이 다시 윗목에 꿇어앉아 물었다. 찬바람이 방 안을 휘몰아 촛불이 일렁거리다가 똑바로 섰다. 차동신의 시선을 받은 박성국이 쓴웃음을 지었다.

"저년이 조금은 과장했다. 그러나 가토와의 경쟁은 사실이다."

"대감, 왜국의 밀정한테서 그런 말을 듣자니 부끄러워서 귀를 막고 싶습니다."

박성국이 촛불만 보았으므로 차동신의 말이 이어졌다.

"왜적이 조선 팔도를 유린하고 있는데 왕실은 후계 다툼으로 암살을 기도하다니요."

"……."

"공을 세운 무장이라도 당파가 다르면 그 공을 지우고, 도망친 놈을 승진시켜 의병들의 비웃음을 사는 일이 비일비재하오. 이러고도 임금이 왕좌에 앉아 있다니요?"

"닥쳐라!"

"평양성을 탈환한 지 한 달이 되었지만 임금은 왜군 잔병이 무서워서 내려오지도 않았다고 합니다."

"내가 편지를 쓸 테니 너는 내일 아침에 세자께 전하고 오너라."

불쑥 박성국이 말하자 차동신은 어깨를 부풀렸다가 내리면서 입을 다물었다.

"하나한테 들은 이야기를 쓸 테니 너도 세자께서 물으시면 대답을 해라."

‡

조선의 한양 도성은 고니시 유키나가의 거성居城이나 마찬가지다. 2월 중순, 고니시가 조선왕의 거처이던 경복궁 내전에 앉아 앞에 엎드린 가신 아베 산자에몬을 맞는다. 술시(밤 8시경) 무렵, 고니시의 표정이 굳어 있다. 전세가 불리한 것이다. 명의 대군을 이끈 이여송을 벽제관에서 대패시켰지만 조선 의병이 모기 떼처럼 달려들고 있다. 닷새 전, 행주산성에서 조선 장수 권율에게 대패한 것이 결정적이다. 더욱이 바다에서는 조선 해군의 이순신이 2월에만 네 차례나 왜군 수군을 격파했다.

"주군, 드릴 말씀이 있소."

엎드린 아베가 말하자 고니시는 주위부터 둘러보았다. 그러고는 나지막이 말했다.

"사이토만 남고 모두 나가라."

사이토는 고니시의 중신이며 보좌역이다. 모두 자리에서 일어나 방을 나갔고 안에는 셋이 남았다. 아베가 마룻바닥에 두 손을 짚고는 고니시를 보았다.

"주군, 하나코가 포로로 잡혔소이다."

"무엇이?"

고니시가 눈을 부릅떴고 사이토는 숨을 죽였다. 아베가 말을 이었다.

"자진해서 포로로 잡힌 것 같습니다."

"말장난 말아, 아베."

쉰줄에 접어든 중신 사이토가 이맛살을 찌푸리며 꾸짖었다.

"주군 심기가 좋지 않으시다. 요점만 말해."

"말씀드리겠소."

아베가 똑바로 고니시를 보았다.

"하나코가 보낸 전령에 의하면 세자 광해의 심복 박성국에게 자진해서 포로가 됐다고 하오."

"……."

"그것은 박성국을 이끌어 가토 님의 진중으로 들어갈 예정이라는 것입니다."

"……."

"박성국은 가토 님이 아끼던 초승달귀신 다무라를 죽였고, 이시다 휘하의 별동군을 흔들어놓았습니다."

"가토 님의 진중에는 뭣하러 잠입한다는 것이냐?"

사이토가 묻자 아베가 목소리를 낮췄다.

"두 왕자를 빼낼 계획이라고 합니다."

"……."

"박성국이 지금 가토 님을 쫓고 있습니다, 주군."

그때 고니시가 처음으로 입을 열었다.

"나는 네 말을 안 들었다. 사이토, 네가 아베하고 상의해라."

☦

해시(밤 10시경)가 지난 시간이어서 주위는 조용하다. 화천 근처의 산골짜기 마을에 임시 분조를 차려놓은 광해의 거처는 농가의 사랑채다. 아랫목에 앉은 광해가 문밖 마루에 엎드린 차동신을 바라보고 있다. 방 안 윗목의 좌우에는 수행대신 유홍과 이조참판 윤시욱이 앉아 있는데 분위기가 무겁다. 방금 차동신으로부터 받은 박성국의 편지를 읽은 것이다. 유홍과 윤시욱도 편지를 돌려 읽은 후여서 광해가 입을 떼기만 기다리고 있다. 이윽고 광해가 차동신을 보았다.

"그, 하나라는 왜군 밀정의 말이 사실이라면 이미 조선 내부는 왜국에 샅샅이 드러나 있다고 봐야 되겠구나."

차동신은 머리만 숙였다. 판단할 처지가 아니었기 때문이다. 광해도 기대하지 않은 것 같다. 머리를 돌린 광해가 유홍을 보았다.

"대감, 어찌하면 좋겠소?"

광해의 시선을 받은 유홍이 길게 숨을 뱉었다. 유홍은 이제 일흔 살. 우의정과 도체찰사를 겸직하고 있는데 광해를 따라 풍찬노숙 風餐露宿을 해오는 바람에 병색이 완연했다.

"행재소에는 가시지 마십시오."

외면한 채 유홍이 말을 이었다.

"백성뿐만 아니라 의병들도 세자 저하를 의지하고 있습니다. 행재소의 무리는 이제 명군이 왔으니 다시 파와 당을 모으고 권력 다툼을 시작하겠지만 다 부질없습니다."

광해의 시선을 받은 유홍이 주름이 가득 덮인 얼굴을 들고 웃었다. 임금이 한양 도성을 떠날 때 백성들은 앞에서 울부짖다가 나중에는 조롱했다. 임금이 떠난 한양성은 성난 백성들의 방화와 약탈로 폐허가 되었다. 경복궁, 창덕궁은 불에 타 뼈대만 남았고 홍문관도 백성들의 방화로 승정원일기와 사초가 잿더미로 변했다. 백성들은 조선 왕조를 불사른 것이나 같다. 광해의 시선이 차동신에게 옮겨졌다.

"박 도순변사가 너에게 물으면 정직한 대답을 들을 수 있을 것이라고 했다."

차동신이 숨을 죽였고 광해가 물었다.

"강원도의 민심이 어떻더냐?"

"예, 백성들은 반으로 나뉘어 있습니다."

준비를 했는지 차동신이 바로 대답했다.

"반으로?"

눈을 가늘게 뜬 광해를 보자 차동신이 납작 엎드리며 말했다.

"예에, 왜군에게 붙은 향도 일당과 쫓기는 백성, 두 무리로 나뉘었습니다."

"……."

"향도 일족은 무리를 지어 잘살면서 왜군 세상이 되기를 바랍니다. 반면 쫓기는 백성 무리는 숨어 사는데 의병이 되거나 굶어 죽는 지경입니다."

"어허."

정승 유홍의 입에서 깊은 한숨이 터져 나왔다. 윤시욱은 외면한 채 입을 열지 않는다. 그때 다시 광해가 묻는다.

"백성들은 조정을 어떻게 생각하느냐?"

"예."

머리를 다시 숙인 차동신이 입을 열지 않았으므로 광해가 마침내 길게 숨을 뱉고 말했다.

"내가 도순변사에게 편지를 써줄 테니 들고 가거라."

"예."

"오느라고 고생 많았다."

그러자 차동신의 눈에서 닭똥 같은 눈물이 후두둑 떨어졌다. 세자한테서 치하를 받았기 때문이 아니다. 세자의 모습이 안쓰러웠기 때문이다. 유홍이 이번에는 소리 죽여 숨을 뱉었다. 왕족은 신하가 당연히 해주는 것으로만 알고 자란다. 광해 또한 마찬가지다. 구중궁궐에서 손끝 하나 까딱하지 않고 살았다. 유홍도 세자의 입에서 이런 치사는 처음 들은 것 같다. 세자가 직접 전란의 민생을 겪으면서 신하, 백성들이 겪는 고초를 알게 되었기 때문이다.

‡

"별동군의 일부입니다!"

하나가 낮게 말하더니 손으로 마당에 꽂힌 깃발을 가리켰다.

"사나다의 휘하 부대인 것 같습니다. 저 깃발을 사나다 진막에서 본 기억이 납니다."

밤이었지만 마당에서 타오르는 화톳불에 비친 깃발은 선명하게 드러났다. 흰 바탕에 검은색 나뭇잎이 세 개의 새 발톱처럼 그려져 있다. 박성국이 주위를 둘러보았다. 이곳은 가평 청계산 줄기 밑의 마을이다. 십여 호쯤 되는 마을은 온통 왜군으로 들끓고 있는데 기마군이다. 박성국이 혼잣말을 했다.

"도합 삼십 기로군."

둘은 마을에서 이백 보쯤 떨어진 골짜기 위쪽 산 중턱에 서 있는데 술시(밤 8시경) 무렵이다. 마을에서 밥과 고기 냄새가 바람결에 실려왔다. 왜군이 저녁을 먹는 것이다. 하나가 머리를 돌려 박성국을 보았다. 별빛을 받은 두 눈이 반짝였다.

"어떻게 하시겠습니까?"

기마군이 남진하다가 왜군을 만난 것이다. 척후의 보고를 받은 박성국이 하나만 데리고 왜군의 숙영지를 탐색하려고 온 것인데 부대는 일 리(약 500미터)쯤 뒤쪽의 개울가에서 대기 중이다. 박성국이 하나와 눈을 맞추고 말했다.

"포로를 한 명 잡아서 적의 동태를 알아야겠다."

"그러려면 병사를 불러야 하지 않습니까?"

하나가 묻자 박성국은 머리를 저었다.

"혼란에 빠지면 도망치게 될 것이다."

"지난번 내 숙소를 기습했던 방법을 쓰시려오?"

하나의 시선을 받은 박성국이 쓴웃음을 지었다.

"밀정단보다 저놈들의 방비가 더 잘되어 있을까?"

박성국이 등에 멘 각궁을 빼내 손에 쥐었을 때 하나가 물었다.

"제가 도와드릴 일이 있습니까?"

"네가 왜군을 잡겠단 말이냐?"

"그럴 수도 있지요."

다시 시선이 부딪쳤고 박성국이 허리에 찬 칼을 풀더니 칼집째 하나에게 건네주었다.

"이 칼을 지니고 있도록."

지금까지 하나는 무기를 지니지 못했다. 칼을 받아 쥔 하나의 얼굴에 웃음이 떠올랐다.

"저한테 주십니까?"

"그 칼은 세자께서 하사하신 칼이다. 잠시 빌려주는 것이야."

박성국이 당치 않은 소리 말라는 표정을 지었지만 하나가 다시 웃었다. 어둠 속에 흰 이가 드러났다. 하나에게 힐끗 시선을 준 박성국이 앞쪽을 응시하며 말했다.

"너는 내 우측으로 내 시야를 벗어나지 말도록 해라."

"알겠습니다."

그때 박성국이 발을 떼었으므로 하나가 긴장했다. 백 보쯤 앞에 왜군의 경비병이 나와 있는 것이다.

‡

사카이 산부로는 사나다의 부하로 이번 전쟁이 인생을 바꿔놓았다. 본래 작년 4월 초, 조선 땅에 상륙했을 때 사카이는 사나다의 말을 끄는 종이었는데 한 해도 안 지나 기마군 삼십 기를 이끄는 사무라이가 된 것이다. 사카이는 그동안 주인 사나다의 목숨을 두 번이나 구했을 뿐만 아니라 조선 병사의 귀를 칠십여 개나 벤 전적을 세웠다. 감동한 사나다가 이시다 모리후사에게 고하자 이시다는 사카이를 이십 석짜리 무사로 봉하고 이름까지 지어준 것이다. 힘이 장사인 데다 마술과 검술에 능한 사카이는 종이었을 때 산三이라고 불렸기 때문에 가문의 문장에도 나뭇잎을 세 개 그려놓았다.

"조선 계집을 하루 종일 찾지 못하다니. 내일은 산속 깊숙이 들어가볼 테다."

방에 들어가 저녁을 먹으면서 사카이가 투덜거렸다. 앞에는 흰 밥과 구운 돼지고기가 놓였는데 사냥으로 잡은 멧돼지다. 사카이는 사나다의 척후대장 격으로 본대에서 십 리 거리를 두고 앞장서서 남진하는 중이다. 사나다는 별동대장 이시다의 선봉장 구실이었으니 사카이가 별동대의 최선봉인 셈이었다.

"대장, 앞쪽 산골짜기가 꽤 깊습니다. 숲이 무성하고 개울물이 흐르니 피란민이 틀림없이 있을 겁니다."

같이 밥을 먹던 다라이가 말했다. 다라이는 척후대의 부대장이지만 정식으로 영지를 하사받은 사무라이는 아니다.

"생각이 나시면 저하고 둘이 골짜기를 뒤지러 가봅시다. 아마 빈손으로 돌아오지는 않을 것이오."

"이놈아, 내가 사무라이가 되려고 수십 번 지옥불 속에 들어갔다 나왔다. 그런데 네놈 꼬임에 빠져 목이 잘려야겠느냐?"

사카이가 눈을 부라렸다. 오 척 단신이었지만 사카이는 팔이 길고 힘이 장사다. 거기에다 여색女色을 밝혀 조선 여인을 수없이 사냥했지만 오늘 저녁은 빈손으로 돌아왔다. 그러나 마흔 줄의 다라이가 능글맞게 웃었다. 다라이는 사카이와 십년지기로 같은 종 출신에 나이가 사카이보다 십여 살이나 많다.

"대장, 본대에서 누가 올 것도 아니고 부하를 시키는 것도 아닌데 누가 뭐라고 합니까? 계집 두어 명 잡아 와서 맛도 보고 넘겨주면 부하들도 기뻐서 날뛸 거요."

"그래볼까?"

"아직 초저녁이오. 긴 밤을 벼룩이나 잡으면서 보내시려오?"

"이놈이 몹쓸 놈이군 그래."

"순찰을 나간다고 하고 나갑시다. 한 시진이면 넉넉히 돌아올 거요."

그러자 사카이가 자리에서 일어섰다.

"잠깐만."

경비병과 오십 보쯤 거리로 다가갔을 때 박성국이 손을 들어 하나를 멈춰 세웠다. 숨을 죽인 하나가 나무둥치 사이로 민가 밖으로 나오는 두 사내를 보았다.

"저놈들이 밖으로 나온다."

박성국이 바위에 몸을 붙이고 나지막이 말했다. 왜군 둘은 갑옷을 벗고 저고리에 조끼 차림으로 다리에는 각반을 찼다. 그러나 각각 허리에 칼을 찼고 뒤를 따르는 병사는 손에 창을 들었다. 눈을 가늘게 뜬 박성국이 몸을 돌리면서 말했다.

"저놈들을 잡기로 하자."

그러려면 마을에서 거리를 두는 것이 낫다. 박성국을 따라 뒤로 물러나면서 하나가 물었다.

"정찰 나가는 것일까요?"

"두 놈은 갑옷을 벗었고 간단한 경장 차림이야."

뒤를 살핀 박성국이 방향을 잡아 앞으로 나가면서 말을 잇는다.

"자세히 보아라."

"저는 잘 안 보입니다."

"시력이 나쁘군."

혼잣소리로 말한 박성국의 발길이 골짜기로 향했다. 두 사내는 거침없이 다가오고 있는데 방향이 이쪽이다. 거리는 백오십 보 정도가 되었으므로 하나는 어둠 속이라 가물가물했다. 박성국이 이제는 달리기 시작했고, 하나가 뒤를 따른다. 사내들과의 거리가 점점 멀어졌고 마을의 불빛도 희미해졌다. 둘이 골짜기 안쪽으로 이백 보쯤 더 들어갔을 때 박성국이 멈춰 서더니 바위에 등을 붙였다. 이제는 민가의 불빛도 보이지 않는다. 골짜기 안은 더 어두웠지만 안쪽으로 깊숙하게 이어졌다. 손에 쥔 활에 살을 메기면서 박성국이 말했다.

"골짜기 안쪽에 피란민이 있는 모양이구먼."

하나는 호흡만 조정했고 박성국이 앞쪽을 응시한 채 낮게 말을 이었다.

"저놈들은 피란민 사냥을 나온 거다. 그렇지, 품고 잘 여자를 잡으려는 게야."

그때 앞쪽에서 인기척이 났다. 두 놈이다.

‡

"픽!"

소리가 났으므로 사카이는 주춤했다가 다시 발을 떼었다. 그때 이번에는 뒤쪽에서 뭔가 부딪치는 소리가 났다. 머리를 돌린 사카이가 다라이를 보았다. 다라이는 풀숲 위에 몸을 구부리고 있다. 넘어진 것 같다.

"이봐, 다라이, 나무에 걸렸느냐?"

이맛살을 찌푸린 사카이가 옆으로 다가갔다. 그 순간 왈칵 피 냄새가 맡아졌으므로 사카이는 발을 멈췄다. 그때였다. 어깨에 격심

124

한 통증을 받은 사카이가 한 걸음 뒤로 물러섰다. 화살에 맞았다.

"으윽."

신음을 뱉은 사카이가 허리에 찬 칼을 뽑으려고 했지만 화살이 박힌 오른쪽 팔이 들리지 않는다.

"윽!"

다시 사카이의 입에서 신음이 터졌다. 이번에는 왼쪽 어깨에 화살이 박힌 것이다.

"이, 이놈!"

분함보다 갑자기 엄습한 두려움으로 사카이가 뒤로 물러서며 으르렁거렸다. 서른 해를 살면서 처음 느낀 두려움이다.

‡

다음 날 저녁, 한양성 북방 양주 근처까지 남하한 가토군 본진 안. 가토 기요마사가 진막에서 별동대 대장 이시다 모리후사를 맞는다.

"무슨 일이냐?"

포로로 잡힌 경주 기생 영호가 뒤에서 어깨를 주무르고 있는데 좌우에는 가신들이 벌려 앉았다. 가토의 표정은 사납다. 눈을 가늘게 떴고 입 끝이 아래로 무겁게 처져 있다. 그것을 본 이시다가 어깨를 폈으나 얼굴이 굳어졌다.

"주군, 드릴 말씀이…."

"해라."

"제 수하 중에 사나다라는 놈이 있습니다."

"그래서?"

"그 사나다의 정찰대장으로 사카이란 자가 있습니다."

"그놈의 부하까지 말할 셈이냐?"

가토가 어깨를 부풀렸을 때 기생 영호가 주무른다는 것이 살을 비틀었다. 머리를 돌린 가토가 버럭 소리쳤다.

"물러가라!"

놀란 영호가 도망치듯이 물러갔을 때 이시다가 머리를 떨구고 말했다.

"사카이가 실종되었소. 부대장과 함께 야영지 밖으로 정찰을 나갔다가 부대장은 화살에 맞아 죽고 그놈은 실종되었습니다."

"……."

"조선군 의병에게 당한 것 같습니다."

가토가 보료에 등을 붙였다. 진막 안은 조용해졌다. 아무도 입을 열지 않는다. 요즘 가토는 심기가 불편하다. 명의 오만 지원군이 오면서부터 전세가 뒤집혔기 때문이다. 해상전은 개전 초부터 조선의 이순신에게 연전연패를 당했지만 육상전은 파죽지세로 조선왕이 피신한 의주 지역만 남기고 석권한 상태였다. 그러던 것이 이제는 한양성에 집결하라는 도요토미 히데요시의 지시를 받고 남하하는 중이다. 가토의 침묵에 압박감을 느낀 이시다가 다시 입을 열었다.

"주군, 사카이의 경솔한 행동 때문에 당한 것입니다. 나머지 정찰대는 사나다의 본대로 무사히 귀환했습니다."

그때 가토가 머리를 돌려 왼쪽 줄의 사내에게 말했다.

"곤베이, 다 들었을 테니 네가 말하라."

‡

"예, 주군."

어깨를 펴고 대답한 사내가 바로 밀정단 두목 곤베이다. 이시다가 숨을 죽였고 진막 안에는 무거운 정적이 흘렀다.

"지난번 다무라 부대를 전멸시킨 조선군 부대는 광해의 측근 무장 박성국이었소이다."

가토는 이미 내용을 알고 있는 것 같다. 눈을 감은 채 조는 시늉을 했는데 곤베이의 말이 이어졌다.

"박성국은 정예로만 오십여 기를 휘하로 거느리고 있는데 동남쪽에서 아군 선봉을 향해 북상하고 있습니다."

곤베이의 시선이 이시다와 부딪쳤다. 곤베이는 이시다의 휘하지만 밀정단을 이끌고 있다. 전시여서 가토에게 직접 보고하는 터라 측근이 되어 있다.

"사카이의 실종은 박성국과 관계가 있습니다. 곧 아군의 동향을 알려고 박성국이 끌고 갔을 가능성이 많습니다."

그때 가토가 감았던 눈을 뜨고 이시다를 보았다.

"또 있어."

가토가 곤베이에게 지시했다.

"다 말해줘라, 곤베이."

"예, 주군."

어깨를 편 곤베이가 몸을 이시다 쪽으로 돌렸다.

"고니시 님의 밀정대장 하나코가 박성국하고 같이 있습니다."

이시다가 눈을 치켜떴고 무장들이 술렁거리다가 곧 조용해졌다. 곤베이의 목소리가 진막 안을 덮었다.

"고니시 님 밀정단 소속의 향도한테서 입수한 정보입니다. 하나코의 측근들은 입을 막으려고 내막을 아는 향도들을 몰사시켰지만 둘이 살아남아 저한테 왔습니다."

"……."

"지금 하나코는 박성국과 함께 우리 군을 쫓고 있습니다. 사카이가 실종된 것은 박성국과 하나코의 소행입니다."

이제 이시다의 얼굴이 벌겋게 상기되었다. 자신도 모르는 사이에 치부가 드러난 느낌을 받은 것이다. 그것도 자신의 부하인 곤베이에 의해서 밝혀졌다. 더구나 자신보다 먼저 주군에게만 보고가 되었다. 그때 가토가 이시다를 지그시 보았다.

"이시다, 알겠느냐?"

이시다가 그저 머리만 숙였을 때 가토의 말이 쏟아지듯 나왔다.

"그놈, 박성국과 하나코라는 년의 목적은 내가 잡은 임해군, 순화군의 탈취다. 그것들은 틈새를 비집고 들어온 것이니 모두 방비를 단단히 하도록."

모두 엎드렸고 가토의 목소리가 더 굵어졌다.

"앞으로 불은 불로 상대한다. 그놈들의 토벌 책임자는 곤베이다."

박성국이 하나가 그린 지도에서 시선을 떼고 물었다.

"이시다 모리후사의 본진까지는 알았지만 가토의 중군中軍 배치는 알 수가 없군 그래."

"가토 님은 일본 제일의 무장이라는 자부심을 갖고 있지요."

박성국의 시선을 받은 하나의 얼굴에 희미하게 웃음기가 떠올랐다.

"그래서 본진의 중군은 숨기지 않습니다. 중군이 있을 자리에 놔두지요. 거의 변형을 시킨 적이 없습니다."

박성국의 얼굴에 쓴웃음이 떠올랐다. 조선 땅에서 양군兩軍의 정면 대결은 거의 없었을 것이다. 그러니 가토의 자만심은 더욱 커졌을 것이 뻔하다. 하나가 지도 위쪽 가토군의 본진 중심을 둘째 손가락으로 짚었다.

"이곳에 두 왕자가 있습니다."

산 중턱에 쳐놓은 진막에 둘이 들어가 있다. 깊은 산속, 해시(밤 10시경) 무렵이어서 주위는 짙은 적막에 덮여 있다. 박성국의 시선이 지도를 짚은 손가락에 머물고 있었으므로 하나는 손을 떼었다. 같이 생활한 지 오늘로 엿새째. 항상 군관 둘이 옆에 붙어 있기는 했지만 포로 취급은 하지 않는다. 이렇게 진막에 둘이만 있는 것도 이제 어색하지 않게 되었다. 그때 박성국이 물었다.

"가토에게 접근하려면 어떻게 하는 것이 낫겠나?"

"가토군의 군기는 가장 엄중합니다."

박성국이 머리를 끄덕였다. 과연 그렇다. 사로잡은 사카이는 끈질기게 버텼지만 결국 이시다군의 배치와 무장 등 모든 것을 자백하고 죽었다. 그러나 사카이는 하급 무사다. 가토의 본진에 대해서는 하나가 오히려 더 잘 안다. 하나가 말을 이었다.

"밤에 숙영지로 숨어드는 수밖에 없는데 제 생각에는 인원이 많을수록 더 위험합니다."

"내 생각도 그렇다."

"가토 님은 곧 한양성으로 입성할 것입니다."

박성국의 시선을 받은 하나가 말을 이었다.

"그럼 한양성 안에 고니시 님과 함께 계시겠는데 양군이 겹쳐서 혼란스러울 것입니다. 그때를 이용하는 것이 낫지 않겠습니까?"

"……."

"저보다도 한양성 지리를 잘 아시겠지요. 거기에다 은폐물도 많을 테니까요."

"그렇게 하지."

머리를 끄덕인 박성국이 상체를 세우고 하나를 보았다.

"전시 상황이 어떻게 될 것 같나?"

"저는 모릅니다."

바로 대답한 하나가 옆얼굴을 보인 채로 말을 이었다.

"저는 밀정일 뿐입니다. 대국大局을 판단할 위치도 아니고 그렇게 해서도 안 됩니다."

✝

"왕자, 임금께 편지를 쓰시지요."

가토가 말하자 노무라가 통역했다. 노무라는 부산진에서 오랫동안 왜관에 머물면서 조선 정세를 염탐한 터라 정세에도 밝고 조선말도 능통하다. 임해는 얼굴을 굳히더니 노무라에게 물었다.

"뭐라고 쓴단 말이오?"

말을 들은 가토가 보료에 상반신을 기울였다. 둘은 마주 보고 있는데 예의상 가토가 윗목을 차지했다. 술시(밤 8시경) 무렵이어서 방에 양초를 켜놓았다. 가토가 한 마디씩 분명하게 말했다.

"이 가토가 왕자들을 데리고 일본으로 들어간다고 다시 한 번 쓰시오. 지난번 편지는 조선왕이 읽지 않은 것 같소."

노무라의 말을 들은 임해군이 어금니를 물었다. 임해군은 당시 스무 살. 광해보다 한 살 위다. 다시 가토의 말이 이어졌다.

"왕자들을 풀어주는 조건은 현 상태에서 싸움을 멈추고 평양성 이북은 조선왕이, 남쪽은 일본군이 장악한다는 합의를 하는 것이오."

노무라의 통역을 들은 임해가 몸을 굳혔다. 임금이 받아들일 리가 없는 것이다. 임금에게는 이미 세자 광해가 있고, 무릎 위에서 노는 정원군도 있다. 임금이 이름도 잊어먹을 만큼 왕자 공주가 많은 것이다. 가토의 말이 이어졌다.

"왕자, 그렇게 쓰시오. 오늘 밤에 쓰시면 이번에는 틀림없이 조선왕이 받을 수 있도록 하리다."

"조선왕, 아니, 우리 주상께서는."

마침내 임해가 마른 목소리로 말했다.

"이 조건을 들으실 리 없습니다. 장군께서도 알고 계시지 않소?"

통역의 말을 들은 가토가 소리 없이 웃었다. 그러나 눈은 번들거리고 있다.

"압니다."

"아시면서 왜 그렇게 편지를 보냅니까?"

"나는 그 내용을 명의 이여송에게도 보낼 작정이오, 왕자."

노무라의 통역이 끝나기를 기다린 가토가 다시 말을 이었다.

"아마 이여송의 생각은 다를 거요. 벽제관에서 패한 이여송은 두 번 다시 우리 일본군과 대적하기 싫을 테니까."

임해는 눈만 끔벅였고 가토의 말이 이어졌다.

"이여송에게는 평양 이남을 새로운 조선왕인 임해군께 맡길 예정이라고 하겠소. 평양 위쪽은 조선왕과 세자 광해의 몫으로 넘겨줍시다."

"……."

"어떻소? 조선 땅을 둘로 나눠서 절반은 명의 보호를 받는 조선왕과 세자 광해, 그리고 나머지 절반은 일본의 보호를 받는 임해대왕이 통치하는 것이지요."

가토는 일부러 대왕이라고 힘을 주어 말했다. 임해는 길게 숨을 뱉었다. 구중궁궐 깊숙한 곳에 박혀 있던 임해에게는 그저 딴 세상 이야기 같았다. 그래서 저절로 어깨가 늘어지는 것이다. 전혀 상상하지 못한 일이 닥치면 정신이 멍해지고 한숨이 나오는 법이다.

✝

"고니시가 세자의 배후에 있는 거야."

거처로 돌아가면서 가토가 잇새로 말했다. 2월 하순. 한양성 동북방의 양주에 머물고 있는 가토는 곧 고니시와 합류해야 한다. 고니시의 1번대는 한양성에서 각지에서 모여든 왜군들과 함께 전력을 보강하고 있다. 가토가 뒤를 따르는 나가시마에게 말을 이었다.

"박성국이 하나코를 데리고 있는 것이 그 증거다. 하나코 그년이 자진해서 합류했다니까 말이다."

"주군, 고니시 님은 조선왕 측근과도 통하고 있습니다. 수시로 밀서를 주고받는다고 들었습니다."

다가선 나가시마가 말하자 가토의 얼굴에 웃음이 떠올랐다.

"그놈은 어떻게든 나를 망하게 하려고 음모를 꾸미겠지만 놈은 약점이 더 많아. 도요토미 히데요시 님의 똥이나 치우던 놈이 으스대는 꼴을 더 이상 못 봐주겠다."

"주군, 어떻게 하실 겁니까?"

"조선왕의 그 첩년한테 그 사실을 알려주는 거다. 고니시가 광해를 밀고 있다고 말이야."

"과연."

어둠 속에서 나가시마가 이를 드러내며 웃었다.

"그렇게 하면 조선왕의 애첩, 인빈이 광해를 죽이려고 하겠습니다."

"곤베이의 말을 따르면 이미 여러 번 죽이려고 한 것 같다."

가토가 앞쪽을 응시한 채 말을 이었다.

"그렇지 않아도 조선 조정은 동인이네 서인이네로 나뉘어서 전쟁 중에도 저희들끼리 치고받는 상황이야. 왕실 내부에서도 줏대 없는 조선왕이 첩의 치마폭에 휘둘려 세자를 정해놓고도 우리가 물러가면 그 첩의 아들을 세자로 추대한다는 소문이 돌고 있다."

"광해도 알고 있겠지요?"

"물론이지."

가토가 쓴웃음을 지었다.

"그래서 조선왕의 행재소로 돌아가지 않고 밖에서 맴도는 거다."

‡

"이순신이 이번 달에 남해에서 네 번 싸워 네 번 다 왜선을 격파했습니다."

행재소에서 온 종사관 김언수가 보고했다. 술시(밤 8시경) 무렵, 여주 근처의 민가 안. 이곳은 산골짜기지만 양반집이어서 청이 제법 넓고 컸다. 전前 이조판서 유영서의 본가인데 모두 피란을 갔지만 육십여 칸의 저택도 온전했다. 그래서 안채는 광해가 내실로 썼고 유홍 등 대신들은 사랑채, 관리는 행랑채와 바깥채에 자리를 잡았다. 안채의 청 안에는 예닐곱 명의 고관이 둘러앉았는데 행재소에서 온 종사관은 둘이다. 그중 선임인 김언수가 말을 이었다.

"웅천 등지에서 왜선 이백여 척을 불사르고 수급 백여 급을 베었습니다. 따라서 왜적은 해상길이 막혀 보급품 수급에 극심한 혼란을 겪고 있습니다."

"장하다."

광해가 머리를 크게 끄덕였다.

"이순신이 조선을 살리고 있구나."

"저하."

김언수가 정색을 하고 광해를 보았다.

"분조를 찾으려고 사흘을 헤맸습니다. 원주까지 갔다가 하마터면 왜군에게 잡힐 뻔했습니다."

"그런가?"

"주상께서 고생이 너무 심하다고 하시면서 행재소로 돌아오시라고 하셨습니다."

광해가 시선만 주었으므로 김언수가 말을 이었다.

"두 왕자까지 포로가 된 상황이니 세자께서는 더욱 옥체를 보중하셔야 할 것입니다."

"전하께서 한양 도성에 돌아오실 때까지 기다릴 거네."

불쑥 광해가 말하자 김언수는 당혹스러운 표정을 지었다.

"하오나, 저하, 주상께서는 세자가 옆에서 친정親政하시기를 바라고 계십니다. 더욱이 몸이 편치 않으신 터라…."

"어디가 편찮으신가?"

우상 유홍이 끼어들었으므로 김언수가 머리를 들었다. 사십대 초반의 김언수는 형조정랑刑曹正郎을 지내다가 왜란을 맞았는데 지금은 팔도도순찰사 한응인 휘하의 종사관이다. 김언수가 노 정승의 똑바로 얼굴을 보았다.

"계속 신열이 있으시어 수라를 제대로 드시지 못합니다."

"그것은 이미 십여 년 전부터 그러셨네. 그대가 별시문과別試文科
에 급제하기도 전 일이지."

애송이는 입을 닥치라는 말이었다. 얼굴이 벌겋게 달아오른 김
언수가 시선을 내렸을 때 광해가 부드러운 표정으로 말했다.

"먼 길 왔으니 오늘 밤은 푹 쉬게."

‡

잠이 깜박 든 광해가 문득 깨어나 눈을 떴다. 꿈속인지 누군가 부
르는 소리를 들은 것 같다. 그때 문밖에서 낮은 목소리가 울렸다.

"저하, 주무십니까?"

깊은 밤이다. 자시(밤 12시경)가 조금 넘었다.

"누구냐?"

광해가 상반신을 일으키며 묻자 문밖에서 대답했다.

"저하, 별장 안남기입니다. 종사관 신경진이 은밀히 뵙자고 합니
다."

"내가 잠이 깜박 들었다. 안으로 들라."

옷을 벗지도 않고 있던 터라 광해가 고쳐 앉으면서 말했다. 신경
진은 김언수와 함께 온 종사관이다. 곧 방문이 열리는 기척이 나더
니 먼저 안남기가 들어와 방 안의 불을 켰다. 그러자 지평持平 신경
진이 문지방 앞에 엎드렸다.

"안으로 들라."

광해가 말하자 신경진이 윗목으로 들어와 두 손은 방바닥을 짚고 광해를 보았다. 신경진은 사십대 중반으로 청렴하고 강직한 성품인데 지금은 지평으로 임금을 모시고 있다. 광해가 어릴 때 병조좌랑을 지내던 신경진을 본 적이 있다. 그러나 김언수의 눈치가 보여서 알은척도 하지 않고 있었던 것이다. 광해가 먼저 입을 열었다.

"그대, 네 해 만인가?"

"예에, 저하."

광해의 말을 들은 순간 눈물을 쏙 빠뜨린 신경진이 머리를 들었다.

"저하, 옥체 보중하십시오."

"그대도 전란 중이니 조심하라."

"저하, 드릴 말씀이 있어서 은밀히 뵙자고 왔습니다."

"말하라."

신경진의 시선이 구석에 앉은 안남기를 스치고 지나갔다. 그때 광해가 말했다.

"안 별장은 내 목숨을 지켜주는 시위다. 괜찮다."

"저하, 주상께로 가시면 안 됩니다."

목소리를 낮춘 신경진이 번들거리는 눈으로 광해를 보았다.

"그 말씀을 드리려고 소신이 분조행을 자원한 것입니다."

"네 얼굴을 보고 짐작했다."

쓴웃음을 지은 광해가 말을 이었다.

"김언수가 한응인의 심복이라는 것도 알고 있다."

"저하, 이제 명군이 도성을 회복하면 인빈의 악당들이 저하를 노릴 것입니다."

눈을 치켜뜬 신경진이 말을 이었다.

"인빈의 치마폭에 놀아나는 간신들이 도처에 깔려 있어서 저하의 목숨이 위태롭습니다."

그러고는 신경진이 품에서 편지를 꺼내 두 손으로 바쳤다. 꽤 두툼하다.

"저하, 소신이 주상을 옆에서 모시는 동안 기록한 내용입니다. 소신이 들은 대로만 기록했으니 저하께서 참조하소서."

"고맙다."

편지를 받은 광해가 펼쳐 보고는 숨을 들이켰다. 선조가 대면한 대신들의 대화 내용이 적혀 있는 것이다. 이것으로 누가 충신이고 누가 당파만 챙기는 간신이며 누가 역적인지도 가릴 수가 있는 것이다.

"애썼다. 고맙구나."

목이 멘 광해가 겨우 말하니 신경진의 눈에 다시 눈물이 맺혔다.

"저하, 용기를 잃지 마소서. 참혹한 전란을 겪고 있는 백성을 생각하소서. 그것이 군주의 소임임을 잊지 마소서."

"오냐. 알겠다."

광해의 눈에도 마침내 눈물이 맺혔다.

✝

"아니, 저것들이."

쓴웃음을 지은 가토가 눈을 좁혀 뜨고 아래를 보았다. 오시(낮 12시) 무렵, 가토의 본군은 지금 남양주 북쪽의 천마산 중턱에서 잠시 쉬는 중이다. 그런데 아래쪽 황무지를 한 무리 조선 기마군이 달려가고 있는 것이다.

"한양성을 정찰하고 가는 것 같습니다."

옆에 서 있던 보좌역 기리시다가 말했다.

"잘 훈련된 기마군입니다."

그 말에 가토가 결심을 굳혔다.

"머저리 같은 나가시마 놈."

조선 기마군을 놓친 선봉대장 나가시마를 욕하고 나서 가토가 머리를 돌리고 소리쳤다.

"미우라 있느냐!"

"예, 주군."

바로 대답 소리가 들리더니 뒤쪽에서 젊은 장수가 다가왔다. 가토가 총애하는 미우라 겐지다. 스물다섯, 아버지 모리의 뒤를 이어 가토의 중신重臣이 된 미우라는 이번 전쟁에서 발군의 공을 세웠다. 조선 장수의 머리를 벤 것만 해도 열네 급. 작년 10월에는 가토가 떼어준 기마군 삼백을 이끌고 함경도 웅천성을 함락했다. 가토가 다가선 미우라에게 황무지를 가리키며 말했다.

"나가시마 놈이 저놈들을 놓친 것 같다. 가서 잡아라."

"옛!"

"내 위사偉士 오십 기를 끌고 가거라!"

"예!"

"내가 북을 쳐서 나가시마의 후위와 이시다의 본대 병력으로 저 황무지 앞뒤를 막을 테다. 그러면 저놈들이 다시 이쪽으로 쫓겨올 것이다."

가토의 얼굴에 웃음이 떠올랐다.

"네 사냥 솜씨 좀 보자꾸나. 한양성으로 들어가기 전에 조선군 을 사냥하라."

‡

북소리가 다급하게 울리자 하나가 머리를 들며 박성국을 보았 다. 볼이 붉게 달아올랐고 눈이 반짝였다.

"나리! 앞뒤를 막습니다!"

"알고 있다!"

박성국이 말고삐를 채어 말을 속보로 걷게 하자 뒤를 따르는 기 마군도 속력을 줄였다. 기마군은 이제 황무지의 중심을 지나고 있 다. 하나가 말을 몰아 옆에 바짝 붙었다.

"산 위에서 환히 내려다보일 테니 이제 곧 뒤쪽도 막을 것입니 다."

"그렇다."

박성국이 얼굴을 펴고 웃었다.

"내가 네 해 동안 북방의 벌판에서 여진 기마군과 싸웠다."

"나리, 가토의 기마군은 삼천이 넘습니다."

"가토가 한낱 오십 기를 상대로 삼천의 군사를 모두 내려보내겠느냐?"

그때 북소리가 다시 울렸다. 이번에는 소리가 다르다. 잠깐 귀를 기울이던 박성국이 머리를 돌려 뒤를 따르는 박끝쇠와 차동신에게 소리쳤다.

"자, 놈들이 우리를 앞뒤로 막는다!"

황무지로 들어온 것은 의도적이다. 가토의 중군 앞을 가로질러 자존심을 건드릴 계획이었는데 들어맞은 것 같다.

"자, 따르라!"

말머리를 왼쪽으로 비튼 박성국이 내달리기 시작하자 오십 기의 기마군이 뒤를 따른다.

"이열 종대로!"

앞장서 달리면서 박성국이 소리치자 기마군은 두 개 종대로 나누어졌다. 선두에는 별장 박끝쇠와 차동신이 섰고, 박성국과 하나는 맨 앞에 나란히 달린다.

"나리 어쩌시려고."

하나가 다시 소리쳤다. 지금 박성국이 이끄는 기마군은 곧장 산 기슭 쪽으로 돌진하고 있기 때문이다. 앞쪽 산에는 무수한 깃발이 펄럭이고 있는데 바로 가토의 본진, 중군이다. 가토 기요마사가 도사리고 있는 곳이다. 산과의 거리는 칠백여 보. 나무 사이로 꾸물거리는 왜군의 모습이 다 보인다. 그때 박성국이 말했다.

"보라! 놈들이 나온다!"

하나도 거의 동시에 보았다. 산속의 가토 중군에서 인진人陣의 기마군이 쏟아져 나오고 있는 것이다. 모두 갑옷을 갖췄고 투구까지 써서 위용이 넘쳐흘렀다.

"오십 기다!"

박성국이 말머리를 돌리면서 다시 소리쳤다.

"뒤로!"

고삐를 차인 말이 앞다리를 들고 서더니 몸을 비틀면서 뒤로 돌았다. 먼지가 구름처럼 일어났다.

"달려라!"

박성국의 외침에 꼬리가 머리가 된 기마군이 되돌아 달리기 시작했다. 맨 후미가 된 하나가 옆을 달리는 박성국을 보았다. 박성국은 등에 멘 각궁을 손에 옮겨 쥔 참이었다.

"나리!"

하나가 문득이 불렀을 때 박성국의 얼굴에 웃음이 떠올랐다. 그러나 입을 열지 않는다.

‡

"저놈."

가토의 입에서 낮은 외침이 터졌다. 갑자기 가슴이 답답해졌기 때문이다. 이것은 백전노장의 감感이라고 해야 맞다. 이쪽의 미우라가 이끈 기마군이 쏟아지듯 달려갔을 때 놈들은 부딪쳐야 정상이다. 그런데 기다렸다는 듯이 달아난 것이다. 함정이다. 겨우 오십 기로 함정을 판다는 것이 우습지만 유인해가는 셈이다. 그런데 좌우로 대군이 좁혀 오는데 대체 어디로? 앞쪽은 강이다. 빠져 나갈 길이 없다. 그때였다. 옆에 서 있던 가토의 보좌역 기리시다가 말했다.

"놈들이 속도를 늦춥니다."

과연 그렇다. 눈의 초점을 잡은 가토는 이쪽과 조선군의 후미가 이백 보쯤 거리로 좁혀진 것을 보았다. 그 순간이다. 가토가 머리를 돌려 기리시다를 보았다.

"기리시다, 박성국의 기마군이 오십 기라고 했느냐?"

"그렇습니다, 주군."

대답부터 한 기리시다의 얼굴이 노렇게 굳었다. 기리시다는 그제야 느낀 것이다.

"주군, 그렇다면."

"내 앞에서 이 정도 시위를 할 배짱이 있는 놈이라면 그놈 같다."

"과연⋯."

그때였다. 기리시다와 잠깐 대화를 나누느라 한눈판 사이 가토는 함성을 듣는다. 아니, 놀란 탄성이라고 해야 옳다. 머리를 돌린 가토는 말에서 떨어진 기마 무사를 보았다. 누구인가?

"아니, 저."

놀란 기리시다의 외침이 울렸다.

✝

하나는 숨을 삼켰다. 옆을 달리는 박성국이 두 번째 화살을 겨누고 있다. 몸을 돌려 뒤쪽을 겨누고 쏘는 것이다. 말고삐를 안장에 걸어놓은 채였지만 말은 일정한 속도로 달리고 있다.

"쌕."

화살이 시위를 튕겨 나가는 소리가 들렸으므로 하나의 시선이 뒤쪽으로 옮겨졌다.

"앗!"

하나의 입에서 저절로 탄성이 터졌다. 이제는 기마군 주장主將 오른쪽 무사가 말에서 굴러떨어졌다. 화살 두 대에 두 명. 이번에는 얼굴에 살이 박혔다. 거리가 일백이십 보 정도로 가까워졌기 때문에 다 보인다.

"휙! 휙!"

화살 두 대가 옆을 스치고 지났지만 어림없다. 일본군 활은 큰 데다 화살도 길다. 시위 줄 탄력이 약해서 사정거리가 짧고 화살이 길어서 속도도 느리다. 하나가 조선 각궁과 철궁을 여러 벌 가져가 고니시에게 바쳤지만 일본군은 익숙해지지 않았다. 수백 년간의 습성은 버리기 힘든 법이다. 대신 조총을 만들었다.

"팅!"

다시 세 번째 화살이 날아갔다.

"아앗!"

뒤쪽에서 탄성이 울렸으므로 하나가 다시 돌아보았다. 화살이 주장을 맞혔다. 그러나 겨드랑이다. 갑옷 사이의 빈틈으로 화살이 박힌 것이다. 주장은 신음을 토하며 손에 쥔 칼을 다른 손으로 옮겨 쥐었지만 말의 달리는 속도가 늦춰졌다. 그때 박성국의 네 번째 화살이 날아갔다.

"쌕!"

‡

"아앗!"

외침은 기리시다의 입에서 터졌다. 달리던 미우라가 땅바닥으로 던져지듯 떨어진 것이다. 먼지 속으로 뒹군 미우라의 몸도 보이지 않았다.

"이놈."

다음 순간 가토가 자리를 차고 일어났다.

눈을 부릅뜬 가토가 말채찍으로 아래를 가리켰다. 아끼는 장수가 살에 맞았다.

"곤도! 저놈을 잡아라!"

곤도는 가토 중군의 장수로 위사장도 겸해 오백 석 정도의 녹봉을 받는 중신이다.

"예엣!"

고함치듯 대답한 곤도가 어지럽게 명령을 내리는 사이에 다시 기마군 둘이 떨어졌다. 미우라까지 다섯. 그런데 조선 기마군은 멀어졌지만 맨 뒤쪽 두 놈이 백 보 거리를 두고 달리면서 이쪽을 사

냥하는 것이다. 그렇다. 사냥이다. 쫓기면서 이쪽을 사냥한다. 이쪽
은 낚시에 꿰인 고기처럼 끌려가면서 사냥을 당하고 있다.

"아앗!"

주위에서 탄성이 또 울렸고 그 사이에 또 한 명이 떨어졌다. 그러
고 보니 두 놈은 좌측으로 돌아 뛰고 있다. 그때 말에 오른 곤도가
이백여 기의 기마군을 이끌고 달려 내려갔다. 급했기 때문에 대오
도 정비하지 못하고 무리를 지어 달린다. 그러나 엄청난 기세다. 그
때 가토는 황무지 좌우에서 좁혀오는 기마군을 보았다. 이시다와
나가시마의 부대다. 가토의 북소리를 듣고 황무지 좌우를 휩쓸면서
달려갔기 때문에 먼지가 하늘을 덮었다. 그때 가토가 탄식했다.

"이게 무슨 꼴이냐."

그제야 정신이 든 것이다. 조선군 오십여 기를 잡으려고 가토군
은 거의 이천 기의 기마군을 동원했다.

‡

"자, 가자."

박성국이 소리쳤을 때 하나는 정신이 번쩍 들었다. 지금까지 화
살 열한 발을 쏘았지만 단 한 발도 빗나가지 않았다. 박성국 옆에
붙어 있었기 때문에 다 보았다. 가토군 주장은 두 발을 맞고 말에
서 떨어졌다. 기마군사는 아홉. 모두 속수무책으로 당했다. 신궁이
다. 여진군을 상대로 싸우는 조선 북방군이 마술과 궁술에 뛰어나
다는 소문을 들었지만 오늘 처음 보았다. 조선에 이런 무장이 있다

니. 그때 뒤쪽에서 요란한 말굽 소리가 울렸으므로 하나가 달리면서 머리만 돌렸다. 그 순간 하나는 숨을 들이켰다. 대大부대가 몰려오고 있다. 좌우에서 좁혀 온다. 조금 전 북소리를 듣고 협공을 해오는 것이다. 이미 조선 기마대는 일 리쯤 앞쪽을 달리고 있어서 좌우에서 좁혀 오는 가토군을 피할 수는 있겠다. 그러나 그들도 강을 건너야 한다.

"나리, 좁혀 옵니다!"

조급해진 하나가 소리쳤을 때 박성국이 얼굴을 펴고 웃었다.

"빈틈은 있는 법. 좌측을 보라!"

박성국이 소리치며 좌측을 가리켰다.

과연 좌측으로 접근해 오는 기마군의 아래쪽이 비었다. 그곳을 메우려고 좌측 기마군은 속력을 내고 있다. 그때 박성국이 상반신을 돌리더니 뒤를 향해 연거푸 세 발의 화살을 날렸다. 백 보쯤 떨어진 거리였는데 한 발도 빗나가지 않았다. 두 발을 말 두 마리에 맞혀 기수까지 땅바닥에 내동댕이쳤고, 한 발은 기수의 목을 꿰뚫었다. 말이 넘어지는 바람에 뒤를 따르던 말 세 마리가 함께 엉켜 넘어졌다. 날아온 화살을 활등으로 쳐내면서 박성국이 소리쳤다.

"전군 좌측으로!"

박성국이 소리치며 말머리를 좌측으로 틀자 하나가 뒤를 따른다. 차동신과 박끝쇠가 이끄는 조선 기마군은 이제 강물로 뛰어들고 있다.

✝

　두 필의 말이 우측 이시다의 기마군에 막혀 보이지 않았을 때 어깨를 늘어뜨린 가토가 의자에 앉았다. 주위가 조용해졌고 보좌역 기리시다는 주춤거리다가 옆쪽으로 비켜섰다. 이제 아래쪽 들판은 자욱한 먼지에 뒤덮여 가끔 햇볕에 반사되는 창검만 보일 뿐이다. 말굽 소리가 지진처럼 울렸고 장수들의 외침이 아득하게 들린다. 가토가 어깨를 늘어뜨리면서 말했다.

　"저놈이 이곳에서 기다리고 있었군. 처음부터 말이야."

　기리시다가 숨을 죽였고 가토의 말이 이어졌다.

　"저 황무지를 놈의 공연장으로 사용하려고 말이다."

　기리시다의 시선이 다시 황무지로 옮겨졌다, 육 리쯤 되었는데 조선 기마군은 다 건너간 것 같다. 단 한 명의 손실도 없이 가토의 면전에서 시위를 하다가 돌아간 셈이다. 그리고 그 두 놈은? 우측으로 시선을 돌렸지만 먼지에 뒤덮인 황무지에서 찾아낼 수가 없다. 가토가 기리시다의 궁금증을 풀어주었다.

　"양쪽에서 포위한다지만 빈틈은 있게 마련이야. 일각(약 15분)도 안 되는 사이에 놈은 대군의 본진을 휘젓고 사라졌다. 놈은 나한테 수모를 주는 것이 목적이었다."

　"주군, 그렇다면…."

　"조선 무장의 진면목을 보여주려는 의도도 있었을 것이다."

　"박성국이 말씀입니까?"

　"그렇다."

황무지의 먼지가 조금 가시면서 윤곽이 드러났다. 기마군이 황무지를 가득 메운 것이다. 그런데 움직임이 둔해져 있다. 서로 엉켜 몰려다니는데 마치 쫓던 짐승을 놓친 사냥개 떼 같았다.

"박성국이 강을 건너간 모양이군."

혼잣소리로 말한 가토가 쓴웃음을 지었다.

"구경 잘했다."

‡

그날 밤, 한양성 동북방으로 이십 리 떨어진 지점의 산기슭에서 숙영을 하던 가토의 진막 안이 술렁거렸다. 해시(밤 10시경) 무렵이다. 평상복으로 갈아입은 가토가 보료에 비스듬히 앉아 앞쪽에 엎드린 사내를 보았다. 주위에는 가신들이 둘러앉아 있는데 분위기가 무겁다. 엎드린 사내는 조선인 향도로 곤베이의 부하다.

"말씀드려라."

뒤쪽에 선 곤베이가 말하자 사내가 머리를 들었다.

"예, 마을에서 그자를 만났습니다. 그자가 자신이 도순변사 박성국이며 낮에 천마산 아래쪽 황무지에서 일본군 열둘을 사살한 장본인이라고 했습니다."

사내의 일본어는 유창했다. 가토는 묵묵히 듣기만 했고 사내의 말이 이어졌다.

"그자가 장군께 드리라는 편지입니다."

사내가 품에서 헝겊에 싼 서신을 꺼냈는데 위쪽에 서 있던 보좌역 기리시다가 받아 들었다. 진막 안의 분위기는 을씨년스러웠다. 낮에 두른벌이라 불린 황무지에서 박성국에게 당한 후유증이 예상외로 컸기 때문에 오후 동안 장수들은 좌불안석이었다. 돌아오는 도중에 가토는 장수들을 여러 번 꾸짖었고, 황무지에서 허점을 보인 이시다의 휘하 장수 노무라의 머리를 채찍으로 후려치기도 한 것이다. 그때 가토가 기리시다에게 말했다.

"어디, 그놈이 뭐라고 했나 듣자. 읽어보아라."

"예, 주군."

헛기침을 한 기리시다가 서신을 펴고 읽는다.

"조선국의 종이품 도순변사 박성국이 일본국 가토 기요마사 공에게 보냅니다."

서신을 보낸다, 로 읽을 수도 있지만 기리시다는 정중하게 표현했다. 진막 안은 숨소리도 들리지 않았고 기리시다의 목소리가 울렸다.

"공이 포로로 잡은 조선국 왕자 임해, 순화군을 석방해주시는 것이 무인武人의 도리인 줄 압니다. 두 왕자를 데리고 있는 것은 공에게 불이익은 될지언정 전혀 도움이 되지 못할 것입니다."

"가소로운 놈."

쓴웃음을 지은 가토가 외면한 채 재촉했다.

"계속해라."

"두 왕자를 이용하려는 공의 계획은 무모하고 단순합니다. 삼척동자도 알 수 있을 것입니다. 만일 두 왕자를 풀어주시면 공은 잃는 것보다 얻는 것이 많아질 것입니다. 그것을 일일이 글로 적을 수는 없습니다. 마을로 대리인을 보내주시면 상의할 수가 있을 것입니다."

읽기를 마친 기리시다가 머리를 들고 가토를 보았다.

"밑에 박성국의 서명이 있습니다."

"건방진 놈."

다시 잇새로 말한 가토의 시선이 향도에게 옮겨졌다.

"그놈이 네 마을로 찾아왔어?"

"예, 신시(낮 4시경)에 기마군 오십여 기를 이끌고 마을로 들어왔습니다."

향도가 납작 엎드린 채 말을 이었다.

"저희들을 잡아 묶더니 저를 뽑아 이곳으로 보낸 것입니다."

부역자 마을인 터라 평시처럼 논밭을 경작하며 여자도 있고 아이도 뛴다. 그곳에 진입한 박성국의 악귀군은 침입자나 같았을 것이다. 향도의 얼굴에 분한 표정이 떠올랐다.

"대감께서 저희 마을을 구해주십시오. 마을 주민들이 붙잡혀 있소이다."

‡

진막 안에는 셋이 남았다. 가토와 기리시다, 그리고 밀정단 두목 곤베이다. 가토가 눈을 치켜뜨고 곤베이를 보았다.

"곤베이, 차라리 네놈이 박가 놈한테 잡혀 있는 것이 나을 뻔했다."

당황한 곤베이가 눈만 껌벅였고 가토의 말이 이어졌다.

"고니시의 밀정단장 하나코란 년이 지금 그놈 옆에 붙어서 내 험담을 하고 있지 않으냐? 박가 놈이 부역자 마을을 짚은 것도 그 년이 알려줬기 때문일 것이다."

"……."

"곤베이, 네가 기리시다를 호위하고 그 마을로 가라."

가토가 말하자 둘은 납작 엎드렸다.

"나는 내일 곧장 한양성으로 들어갈 테니 그놈을 만나고 오도록."

"주군."

입안의 침을 삼킨 기리시다가 가토를 보았다.

"그자를 만나 뭐라고 합니까?"

"그놈의 조건을 들거라."

내쏘듯 말한 가토가 지그시 앞쪽을 보았다. 눈동자의 초점이 멀어졌다. 가토는 단순하고 무모한 것 같지만 결단력이 빠르며 결심하면 바로 실행한다. 그렇다고 경솔하지는 않다. 아무나 히데요시의 시동에서 일국—國의 영주가 되는 것이 아니다. 가토의 말이 이어졌다.

"그놈, 박성국은 나와 고니시 사이의 알력도 다 아는 놈이다. 물론 하나코란 년이 말해주었겠지. 하나코 그년은 박성국의 등에 타고 내 약점을 쑤시려고 하겠지만 박성국이 놀아날 놈은 아니다. 그러니."

가토가 번들거리는 눈으로 기리시다를 보았다.

"대국大局을 논해라. 어느 것이 정도正道인지 상의해보도록 해라.

그것이 그놈과의 자리에 어울린다."

기리시다는 영주의 보좌역이다. 무슨 말인지 금방 알아듣고는 머리를 숙였다.

"과연 그렇습니다, 주군."

"고니시 따위 이야기는 꺼내지도 마. 내 위신만 깎인다."

"명심하겠습니다, 주군."

"박성국이가 오늘 낮에 내 앞에서 무력시위를 한 것은 이 제의를 위해서다. 놈은 목숨을 걸고 공연을 했어. 그래서 관객의 시선을 끈 것이지."

가토의 얼굴에 쓴웃음이 번져갔다.

"한편으로 생각하면 가련하기도 하다."

‡

"가토군이 한양성에 들어갔습니다."

박끝쇠가 다가와 말했을 때 박성국은 머리만 끄덕였다. 오시(낮 12시경) 무렵이다. 기마군은 비룡산 골짜기 안에 들어와 있었는데 이곳에서도 한양 도성은 삼십 리 떨어진 곳이다. 박끝쇠는 가토군의 동향을 살펴보고 온 것이다.

"이제 한양성에 왜군이 다 모였습니다."

박끝쇠가 말하더니 힐끗 옆쪽 바위에 앉은 하나에게 시선을 주었다. 하나는 가죽신의 끈을 매는 중이었다.

"나리, 대성마을에 군관 셋을 보냈습니다. 둘러보고 곧장 돌아오라고 했소."

"잘했다."

"다 몰살해버렸어야 했습니다."

불쑥 박끝쇠가 말했을 때 하나가 머리를 들고 이쪽을 보았다. 그러나 박끝쇠는 어깨를 부풀렸다.

"그놈들은 왜군보다 더 나쁜 역적들입니다. 조선인 사냥에 앞장서서 약탈한 음식으로 배를 불려 모두 얼굴에 기름기가 자르르 흐르고 있지 않았습니까?"

"저녁때까지 쉬라고 해라."

박성국이 불쑥 말하자 박끝쇠가 입을 다물었다. 부역자 마을을 그대로 두고 온 것을 말하는 것이다. 가토군의 부역자 마을은 삼십여 가구에 주민이 백오십여 명 되었는데 모두 혈색이 좋고 전란 중인데도 임산부가 여럿이었다. 젊은 남자는 대부분 가토군의 향도로 나가 있어서 몇 사람 보이지 않았지만 여자와 아이는 다 남았다. 박성국의 기마군이 수색한 결과 집집마다 양식이 가득 차 있었고 양반집 가구와 금붙이까지 찾아냈다. 약탈품이다. 왜군보다 조선 땅 물정을 잘 아는 터라 양반집을 약탈해온 것이다. 살육이 뒤따른 것은 당연했다. 박끝쇠가 물러갔을 때 하나가 박성국을 보았다.

"나리, 가토 님께 뭐라고 쓰셨습니까?"

"이야기할 것이 있다고 했다."

박성국이 나무둥치에 몸을 기대고 앉으면서 말했다.

"대성마을로 사람을 보내면 만나겠다고 했다. 그래서 장교들을 보낸 것이야."

"무슨 말씀을 하시려오?"

"두 왕자를 돌려보내라고 할 것이야."

박성국이 차분해진 얼굴로 하나를 보았다.

"왕자 다섯을 갖고 있어도 쓸데없는 짓이라는 이야기를 해줄 거다."

하나의 얼굴에 쓴웃음이 떠올랐다.

"가토가 들어줄까요?"

"나는 세자 저하의 측근이다."

정색한 박성국이 하나를 보았다.

"나는 저하를 위해서라면 무슨 짓이든 다 한다. 조선을 일으킬 분은 저하뿐이시다."

"……."

"지금의 임금은 그 그릇이 아니다."

혼잣소리처럼 말했지만 하나는 들었다. 숨을 들이켠 하나가 시선을 주었지만 박성국은 외면해서 옆모습만 보였다.

‡

이여송은 벽제관에서 대패한 후에 개성에 머무르다가 평양으로 돌아가 회군할 구실을 찾기에 급급했다. 벽제관 싸움에서 왜군에게 포위되어 구사일생을 한 터라 조선 땅이라면 진절머리가 난 상태다. 왜군의 위력을 실감한 것이다. 그래서 명 황제에게 왜군은 이십여 만이며 자신은 병이 들었으니 교체를 바란다는 상소문을 써 보내고 움츠러들었다. 한양 도성에는 이제 왜군 전 부대가 집합했는데 명목상의 총사령관은 8번대 대장이 우키다 히데이에다. 벽제관 싸움에서 이여송의 대군을 격파한 왜군 대장은 6번대 대장인 고바야카와 다다가게였는데 지휘관 사이에서도 강경파와 협상파로 나뉘었다. 강경파는 고바야카와, 가토 등이었고 협상파는 고니시가 주축이다.

"이여송은 입만 가진 돼지일 뿐이고, 오만 군사는 이제 삼만으로 줄었소. 조선군이야 오합지졸이니 이 기회에 다시 북상합시다."

고바야카와가 말했지만 고니시는 입술만 내밀고는 대답하지 않았다. 경복궁의 청 안이다. 한때는 조선 임금이 앉았던 용상은 치우고 왜군 장수들이 둥글게 둘러앉아 있다. 고바야카와의 시선이 고니시를 거쳐 구로다, 후쿠시마, 우키다를 훑고 지나갔다. 가토는 고니시 옆에 앉아 있다.

"이제 전력全力이 모였으니 일본군은 천하무적이요, 그것을 벽제관에서 증명하지 않았습니까? 북상합시다."

그때 고니시가 머리를 들었다.

"도요토미 히데요시 태합 전하의 명이요."

그 순간 청 안의 분위기가 굳어졌다. 모두의 시선이 모였는데 특히 총사령인 우키다와 2번대 대장 가토의 얼굴이 굳어 있다. 고니시가 말을 이었다.

"한양성에서 명군과 강화 회담을 하라는 명을 받았소."

"어떤 조건으로 말인가?"

우키다가 묻자 고니시는 주저하지 않고 대답했다.

"현 상태에서 고착시키는 것이오."

"현 상태라면 한양성 이북을 명군에게 내준다는 말이오?"

우키다가 다그치듯 물었을 때 고니시의 얼굴에 희미하게 웃음이 떠올랐다.

"그렇습니다. 하지만 상황에 따라 조금 달라질지 모릅니다. 조선 백성은 이제 이씨 왕조에 대해 존경심을 품고 있지 않으니까요. 시간은 우리 일본 편입니다.

"말도 안 되는 소리."

가토가 고니시의 말을 막았다. 그러나 목소리는 낮다.

"각지에서 의병이 일어나는 데다 해상은 이순신이 장악해서 제대로 보급도 받지 못한 상황이오. 이런 상황에서 강화 회담에나 매달리라니? 그것은 귀하가 전의를 상실했기 때문이오."

그러고는 가토가 고니시를 향해 지그시 웃었다.

"평양성 싸움에서 혼이 났기 때문이겠지."

"왕자 둘을 잡고 있으니 마치 조선왕의 후계자가 된 것처럼 착각하시는군."

고니시의 말도 칼로 내리치는 것 같다.

"하지만 태합 전하의 명이시니 거역하실 분은 어디 한번 나서보시오."

청 안이 조용해졌다. 나서기는커녕 숨을 크게 뱉는 사람도 없다.

✠

　장교 김손이 다가서자 복동이 머리를 숙였다.

　"기다리고 있었소."

　신시(낮 4시경), 김손이 마상에서 잠자코 복동을 내려다보았다. 대성마을 입구의 개울가에서 빨래하던 아녀자들이 둘을 힐끗거리고 있다. 몇 년 만에 보는 장면인가. 전란 중이어서 보통 마을에서는 한낮에 아녀자들이 이렇게 개울가로 나오지 못한다. 그것에 은근히 부아가 난 터라 김손의 눈길이 사나웠다.

　"그래, 다녀왔느냐?"

　김손이 거칠게 묻자 복동은 한 걸음 다가와 섰다. 복동이 가토를 만나고 온 향도인 것이다.

　"오늘 저녁 술시(밤 8시)경에 이곳으로 사람을 보낸다고 했소."

　"이곳으로?"

　"그렇습니다."

　"그래놓고 함정을 파려는 것 아니냐?"

　"나는 모르겠으니 오시든지 말든지 알아서 하시오."

　"쳐 죽일 역적놈들."

　"어차피 죽을 목숨, 굶어 죽으나 역적으로 몰려 죽으나 마찬가지오."

　김손을 힐끗 올려다본 복동이 몸을 돌리면서 말을 잇는다.

　"다만 죽을 때까지 배부르고 편한 세상을 살아가는 게 좋소."

　김손이 칼자루를 쥐었지만 이 소식을 빨리 알려야 한다. 따질 여유가 없다.

‡

술시(밤 8시경)가 조금 지났을 때 대성마을 입구의 개울가에 모닥불이 피워졌다. 그믐밤이어서 어두웠던 주위가 밝아졌다. 모닥불 주위에 선 사내들의 모습도 드러났다. 모두 셋이었다. 허리에 칼을 찼지만 조선인 차림이다. 그것을 본 박성국이 천천히 머리를 끄덕였다.

"그럼 다녀오겠다."

"나리, 그럼 소인은 이곳에 있겠습니다."

박끝쇠가 확인하듯 말하더니 몸을 돌려 어둠 속으로 사라졌다. 대성마을에 들어간 왜군은 모두 여섯이다. 거기에다 모닥불까지 피워 모습을 드러낸 것이다. 이미 주위는 샅샅이 탐색한 터라 매복한 왜군은 없다. 박성국이 발을 떼자 차동신이 옆을 따른다. 둘이 마을로 들어가는 것이다.

"대감, 가토가 밀사를 보낼 줄은 소인은 예상하지 못했습니다."

차동신이 바짝 붙어 서며 말했다.

"가토가 직접 나와야 대감과 격이 맞는 것이 아닙니까?"

"그럴 리가 있느냐?"

쓴웃음을 지은 박성국이 앞쪽을 응시했다. 이제 모닥불과의 거리가 삼십여 보로 가까워지면서 경비를 서던 왜군이 눈치를 챈 것 같다. 셋이 모두 이쪽을 응시하고 있다.

"누구요?"

마침내 누군가 소리쳐 물었으므로 차동신이 대답했다.

"협상하러 왔다."

그러자 그중 하나가 주춤거리더니 마을 쪽으로 내달렸고 서 있던 둘 중 한 명이 이쪽을 향해 소리쳤다.

"기다리고 있었소!"

셋 다 향도다.

4장
삭탈관직(削奪官職)

집 안으로 들어선 박성국이 마루에서 막 일어서는 두 사내를 보았다. 마당에는 모닥불을 피워놓아서 사내들의 모습이 환하게 드러났다. 두 사내 모두 털조끼에 조선식 바지를 입었고 다리에는 사냥꾼처럼 가죽 덮개를 둘렀지만 왜인이다. 조선인 평균치보다 작은 키에 팔이 길고 눈꼬리가 올라가 있다. 각각 허리춤에 칼을 찼는데 왜검이다. 손잡이가 길며 날이 좁고 긴 왜검은 한눈에 보아도 안다. 다가간 박성국 앞으로 왜인 하나가 먼저 마당으로 내려서며 맞았다.

"어서 오십시오."

왜말을 했지만 박성국을 안내해 온 향도가 통역했다.

"내가 가토 기요마사 님의 보좌역 기리시다올시다."

두 손을 모아 쥔 사내가 정중한 태도로 말했으므로 박성국이 예의를 갖췄다.

"도순변사 박성국이오."

"종이품 대감이시군요."

기리시다가 알은체를 하자 박성국이 쓴웃음을 지었다.

"자, 이쪽으로 오시지요. 밖은 아직 춥습니다."

손을 들어 안쪽 방을 안내한 기리시다가 앞장을 섰고, 박성국은 뒤를 따랐다. 마을은 조용하다. 주민들이 모두 집 안에 박혀 숨을 죽이고 있는 것 같다. 박성국은 차동신과 함께 방으로 들어섰다.

"자, 이쪽으로."

기리시다는 박성국에게 아랫목을 가리켰다. 아랫목이 상석인 줄을 아는 눈치다. 박성국이 사양하지 않고 벽에 등을 붙이고 앉았을 때 차동신은 옆쪽에 모로 앉았다. 기리시다는 박성국의 정면에 앉았으며 곤베이는 차동신과 마주 보는 위치다. 그런데 통역을 한 향도는 방에 들어오지 않았다. 그때 곤베이가 처음 입을 열었다.

"제가 통역하겠습니다."

조선말이 유창해서 조선인 향도인 줄 알고 박성국이 머리만 끄덕였다. 군불을 땐 방바닥은 따뜻했다. 기리시다가 박성국을 지그시 바라보았다. 기리시다는 사십대 중반쯤으로 중키에 어깨가 넓다. 눈매가 날카롭고 피부가 검지만 눈은 맑다.

"지난번 천마산에서 귀공의 모습을 보았습니다."

나지막이 말했지만 곤베이는 굵은 목소리로 통역했다. 박성국은 희미하게 웃음만 머금었고, 기리시다의 목소리가 이어졌다.

"주군께서는 굉장한 용사라고 하셨습니다."

"눈에 띄려는 행동이었는데 성공한 것 같소."

박성국이 말하자 통역하는 곤베이의 얼굴이 굳어졌다. 기리시다가 물었다.

"그렇습니까? 그 이유를 물어도 되겠습니까?"

"내가 누구란 것을 알리고 나서 이렇게 면담을 신청하려는 것이었소."

"무슨 이야기를 하실 겁니까?"

"임해군, 순화군을 돌려보내주시면 세자께서 가토 공의 신세를 잊지 않겠다고 하셨소."

"그 구체적인 내용을 들어봅시다."

기리시다가 정색하고 박성국을 보았다.

"어떻게 그 신세를 갚으실 계획입니까?"

"가토 공을 일본국 주장主將으로 인정해드리지요."

곤베이의 통역을 들은 기리시다가 눈썹을 모으고 박성국을 보았다. 그러더니 숨을 두 번 쉬고 나서 빙그레 웃었다.

"지금은 주장이 아니란 말씀이오?"

"고니시 님이 대표가 되어 협상하고 있지 않습니까?"

"주장으로 인정받아서 무슨 이득이 있다고 그러시오?"

"그것은 가토 님이 궁리하실 일이오."

기리시다가 잠깐 말을 멈추더니 박성국을 보았다.

"주군께서 대국大局을 논하라고 하셨으니 묻겠소. 세자께서는 진정한 세자 노릇을 하고 계십니까?"

"아니오."

박성국의 대답을 들은 기리시다가 정색했다. 긴장한 표정이다.

"그런데 어떻게 역할을 하시려오?"

"서로 도웁시다."

"돕다니."

어깨를 부풀렸다가 내린 기리시다가 다시 묻는다.

"그것이 세자 저하의 말씀이오?"

"그럴 리가 있소? 내 의견이오."

"적과 돕다니? 반역을 하자는 말이오?"

"적의 적은 아군이오."

뱉듯이 말한 박성국이 눈을 치켜뜨고 기리시다를 보았다.

"그대의 주군은 고니시의 적이며 내가 모시는 세자 저하께서는 반역 도당들의 암살 대상이 되었소. 당분간 손을 잡고 그 칼날을 피하자는 말이오."

기리시다는 통역이 끝났지만 말을 잃었고 다시 박성국의 말이 이어졌다.

"향도 수가 증가하고 있지만 그에 못지않게 의병도 늘어나고 있소. 명군을 제외하더라도 조선 땅이 금방 넘어가지 않는다는 것을 이젠 알 것이오."

그때 기리시다가 천천히 머리를 끄덕이더니 문득 떠올랐다는 표정을 짓고 박성국을 보았다.

"귀공께서 고니시 님의 밀정대장 하나코하고 같이 계시지 않습

164

니까?"

"그렇소."

"하나코로부터 여러 가지 정보를 들으신 것 같은데요. 그렇지 않습니까?"

"여러 가지 도움을 받았소."

기리시다의 시선을 받은 박성국이 빙그레 웃었다.

"하나코로부터 가토군 내막을 들었소. 그리고 하나코는 내 포로요."

"좋습니다."

허리를 편 기리시다가 이를 드러내고 웃었다.

"바로 주군께 보고드리지요. 연락은 이곳 대성마을로 하겠습니다."

‡

사시(오전 10시경) 무렵, 아직도 비룡산 줄기의 골짜기에 머물고 있던 박성국의 거처 마당으로 하나가 들어섰다. 박성국은 어젯밤 대성마을에 다녀온 후로 하나를 지금 처음 만난다.

"나리, 잘 다녀오셨습니까?"

마루에 앉은 박성국에게 다가선 하나가 인사를 했다. 이제 하나는 박성국을 대하는 태도가 자연스럽다. 토방 밑에 선 하나가 박성국을 올려다보았다.

"누구를 만나셨습니까?"

"기리시다라는 보좌역이야."

"중신입니다. 가토 님의 측근이죠. 통역은 누가 맡았습니까?"

"얼굴이 넓고 키가 크더구먼. 코가 작고 주걱턱이었어. 조선인 같았네."

"곤베이입니다. 가토 님의 밀정대장이죠."

쓴웃음을 지은 하나가 말을 이었다.

"제 이야기가 나왔지요?"

"내 포로라고 했어."

"그럼 아닌가요?"

"내가 도움을 받았다고 했으니 짐작할 것이다."

"상관없습니다."

차분한 표정으로 말한 하나에게 박성국이 말했다.

"세자 저하께 돌아갈 작정인데 그대도 함께 가야겠다."

놀란 듯 하나가 머리를 들었지만 입을 열지는 않았다. 집 안에는 둘뿐이었지만 박성국은 목소리를 낮췄다.

"너는 수년간 밀정으로 조선 땅 구석구석을 다 돌면서 민생을 보았다. 세자께 조선 민심을 알려드리는 데 너만한 인물이 없다."

"……."

"세자 저하를 뵙고 나면 널 보내주마."

그때 하나가 얼굴을 펴고 웃었다.

"살려 보내십니까?"

"약속했지 않느냐?"

자리에서 일어선 박성국이 혼잣소리처럼 말했다.

"세자 저하의 근황은 이미 다 알려져 있을 테니 더 이상 숨길 것
도 없다."

‡

2월 말에 가토군까지 한양 도성으로 들어간 후부터 전선은 교착
상태가 되었는데 고니시가 명의 심유경과 강화 협상을 시작했기
때문이기도 했다. 가토 또한 교섭에 적극적으로 나선 것은 고니시
와의 경쟁심도 한몫했을 것이다. 박성국이 광해 앞에 엎드린 것은
두 달 반 만이다. 술시(저녁 8시경) 무렵, 이곳은 광주 근처의 이름
도 없는 작은 마을 안, 광해는 분조를 수없이 옮기는 터라 짐도 적
어서 유랑민 같다. 방 윗목에 엎드린 박성국의 눈에서 눈물이 흘러
내렸다. 세자의 옷차림이 상민 차림보다 더 남루했기 때문이다. 무
명 바지저고리를 입었는데 빨긴 했지만 풀을 먹이지 못해서 늘어
졌다. 그동안 얼굴은 야위었는데 눈빛만 강해졌다. 광해는 조숙한
편이었지만 이제 열아홉이다. 그러나 박성국의 눈에는 십 년쯤 더
나이 들어 보였다. 방 안의 좌측 벽 쪽에는 우상 유홍이 앉아 있었
는데 그동안 얼굴에 검버섯이 늘어났다.
"저하, 신 박성국이 뵙습니다."
박성국이 겨우 인사를 올렸더니 광해가 머리를 끄덕였다.
"잘 왔다."
"그동안 옥체 건녕하셨습니까?"
"너도 고생 많았다."

박성국이 손등으로 눈물을 닦고 붉어진 눈으로 광해를 보았다.

"저하, 고니시의 밀정대장 하나코를 데려왔습니다. 왜인 밀정대장이 본 조선 동향을 들으시지요."

팔이 안으로 굽는 것처럼 조선인은 제 습성을 모르고 넘길 수도 있다. 광해의 시선이 박성국의 뒤쪽 마루에 엎드린 하나에게로 건너갔다.

"가까이 불러라."

광해가 지시하자 박성국이 하나를 불러 옆에 엎드리게 했다. 절을 한 하나가 머리를 들자 광해가 말했다.

"남장을 했어도 미색이 드러난다."

"황공합니다."

제꺽 대답한 하나가 머리를 떨구었으므로 광해가 물었다.

"조선 땅에 얼마나 있었느냐?"

"일곱 해가 되었습니다."

"조선말을 조선인처럼 하는구나."

"황공합니다."

"나이는 몇이냐?"

"스물다섯입니다."

"네 아비가 고니시의 가신이라고?"

"예, 저하. 아베 산자에몬입니다."

"너도 가신이냐?"

"예, 저하."

"그래, 네가 보기에 조선이 곧 망하겠더냐? 정직하게 말해다오."

광해의 표정이 긴장으로 굳어졌다. 머리를 든 박성국이 그제야 광해의 모습이 열아홉 제 나이로 돌아왔다고 느꼈다. 그러나 그런 생각도 잠시, 박성국도 초조하게 하나의 대답을 기다렸다. 그때 하나가 대답했다.

"예, 평양성을 함락할 때까지는 몇 달 안에 조선이 망할 것으로 믿었습니다."

"허어, 그런데?"

"천민과 상민, 탐관오리에게 억압받던 백성들이 일제히 봉기할 줄 믿었지만 그렇게 되지 않았습니다."

"왜군이 잔혹했기 때문이 아니냐?"

"예에, 그런 점도 있습니다."

머리를 든 하나가 말을 이었다.

"잔혹하다고 소문이 났지만 오히려 의병이 더 일어났습니다. 조선인이 유약하며 독하지 못하다고 진단했지만 잘못되었습니다. 짓밟아도 살아나는 잡초 같습니다."

"……."

"끈질기고 강합니다. 불씨가 꺼지지 않고 끊임없이 솟아납니다."

"……."

"왕조를 증오하다가도 왕조를 위해 목숨을 바칩니다."

숨을 고른 하나가 말을 이었다.

"칼 한번 휘두른 적이 없던 문관이 의병대장이 되어서 앞장을 서고 죽습니다. 저도 예상하지 못했습니다."

그때 박성국은 숨을 들이켰다. 광해의 눈에서 눈물이 흘러내리고 있었기 때문이다. 초점이 먼 눈으로 앞쪽을 보는 광해는 눈물이 흐르는 것을 느끼지 못한 모양이다. 그것을 본 하나가 몸을 굽혔을 때에야 광해가 눈의 초점을 잡았다. 그제야 눈물을 깨닫고는 손등으로 눈을 씻었다.

"내, 눈이 매워서 그런다."

그렇게 광해가 말했을 때 이번에는 늙은 유홍이 주름진 손으로 얼굴을 쓸었다. 방 안의 촛불이 일렁거렸다.

‡

"광해는 어디에 있는가?"

선조가 묻자 유성룡이 대답했다.

"예, 며칠 전 가평에서 전령이 다녀갔습니다. 그러니 아직 가평에 있는 줄로 아옵니다."

이곳은 평안도 안주목牧이다. 정삼품 목사의 관할지여서 객사가 컸고 전란 중에도 파괴되지 않아서 선조는 더 남하하지 않고 한 달 가깝게 머물고 있다. 청에 불을 환하게 밝혀놓아서 좌우에 벌려 앉은 대신들의 면면이 다 드러났다. 이제는 모두 제법 의관을 갖췄고 격식도 따르고 있다. 그러나 어찌 대궐에 비할 것인가? 당상관과 당하관이 뒤섞였고 궁인이 청 밖에서 서성댄다. 그러나 선조는 이곳이 마음에 든 것 같다. 후궁이 거의 다 모였기 때문인지도 모른다. 그때 유성룡 옆에 서 있던 팔도도순찰사 한응인이 입을 열었다.

"저하, 박성국이 정사품 선전관에서 한 해 만에 종이품 도순변

사에 올랐습니다. 세자께서 분조를 거느린다 하시지만 유례가 없
는 일입니다. 더욱이….”

숨을 가눈 한응인이 상기된 얼굴로 선조를 보았다.

“박성국은 행재소의 부름을 받고도 핑계를 대고 아직까지 오지
않았습니다. 이는 삭탈관직하고 매를 때려 귀양을 보내고도 남을
중죄입니다. 치죄하소서.”

청 안이 조용해졌다. 정철이 있었다면 변론을 해주련만 이미 명
에 사은사로 떠나 이 자리에 없다. 아니 있었다면 한응인이 감히
입도 떼지 못했을 것이다. 선조는 한응인의 말이 끝나기도 전에 격
앙된 상태였다. 눈썹이 치솟았고 입 끝은 실룩거렸다. 올해 마흔
둘, 장년으로 이제 재위 스물여섯 해째다.

“선전관을 부르라.”

선조가 갈라진 목소리로 말했을 때다. 좌의정 윤두수가 나섰다.

“전하, 그동안 박 순변사는 대공大功을 여러 번 세웠습니다. 분
조에서 온 서신이 아니옵고 강원도 각 지방 수령들이 보내온 승전
기록이 여섯 건이나 됩니다.”

윤두수는 각 수령으로부터 보고된 상소를 집합하고 있다. 한응
인의 안색이 변했다. 그러나 윤두수는 당년 환갑을 지난 나이다.
삼십대의 새파란 한응인이 대들 만한 상대가 아니다. 윤두수가 말
을 이었다.

“특히 가토군의 유명한 장수인 초승달귀신 다무라와 그 수하를
몰살한 데다가 크고 작은 승전담이 의병과 관군의 사기를 진작시
키고 있습니다. 이때 행재소의 부름에 응하지 않았다는 죄를 묻는

다면 관민의 원망을 듣게 될 것입니다."

"나라의 기강이…."

하면서 한응인이 나섰을 때 이번에는 유성룡이 입을 열었다.

"당분간 보류하는 것이 나을 것 같습니다. 전하, 서둘러서 득이
될 일이 아니옵니다."

한응인의 시선이 주위를 훑었지만 눈을 마주치는 인사가 없다.
어깨를 부풀렸다가 내린 한응인이 입을 다물었고 선조가 갈라진
목소리로 발했다.

"세자가 단속을 잘했으면 이런 일이 일어나지 않았다."

‡

"그까짓 왜놈 목을 몇 개 베어 온 것이 대수냐?"

인빈 김씨가 눈을 치켜떴다. 술시(밤 8시경) 무렵, 인빈은 방금 내
관 안유동으로부터 낮에 청에서 일어난 일을 낱낱이 들은 것이다.
내관 안유동은 인빈의 심복이다. 인빈이 손을 써서 안유동의 처남
최박을 훈련도감 휘하 장교로 넣었으며 동생 안석동은 별궁 하인
으로 식구가 먹고산다. 안유동은 이전부터 인빈의 사가私家 하인이
었으니 인빈이 죽으라면 죽는 시늉까지 해야 하는 관계다. 안유동
이 머리를 들고 인빈을 보았다.

"마마, 회의가 파하고 나서 경상병사 박두복이 좌상 윤두수에게
말하는 것을 소인이 들었습니다."

"뭐라더냐?"

"세자를 근위군이 호위해야 된다는 것이었습니다. 경호군이 삼십뿐이어서 위험하다는 것입니다."

"미친놈일세."

인빈이 안유동을 쏘아보았다.

"의병, 관군이 다 옆에 있는데 친위군을 거느린단 말인가? 이곳 주상께서도 호위군을 다 모아도 백 명 남짓이야."

머리를 든 인빈이 문 쪽에 서 있는 상궁 여씨를 보았다.

"네가 한 대감한테 다녀와야겠다."

"예, 마마."

다가선 여씨가 허리를 굽혀 듣는 시늉을 했다. 이젠 익숙해져서 이것이 은밀한 내용인 줄을 아는 것이다. 인빈이 목소리를 낮추고 말했다.

"시각이 급하다고 전해라. 그러면 안다."

"예, 마마. 그렇게만 전합니까?"

"그렇다. 그러면 안다."

인빈의 두 눈이 번들거렸다.

"명은 광해를 세자로 인정하지 않아."

혼잣소리지만 여 상궁은 물론이고 안유동도 다 들었다.

‡

김난은 고생을 많이 겪은 때문인지 어지간한 일에는 동요하지 않는 편이다. 그러나 박성국이 오랜만에 집에 돌아온 후부터는 눈에 띄게 표정이 밝아졌다. 어머니 한씨가 좋은 일이 있느냐고 은근히 놀릴 정도였다. 오늘도 한씨가 시장에서 구해온 생선을 다듬으면서 김난에게 묻는다.

"나리께선 또 언제 떠나신다더냐?"

"내가 어찌 알겠소? 난리 중이니 무장이 집에 있는 것이 이상하지요?"

"그럼 너는 나리가 노상 밖으로만 도시는 게 좋으냐?"

"누가 그렇다오?"

"네 말이 그렇잖아?"

안마당 끝 우물 옆에는 모녀 둘뿐이어서 말이 거침없다. 신시(낮 4시경) 무렵이다. 이곳 광주 근처의 마을까지 분조를 여러 번 옮기는 동안 김난의 삼대三代는 주인 없는 안댁 살림처럼 불안했다. 분조에 남은 박말복이 별장 행세를 하면서 제 주인댁 모시듯이 지극정성으로 보살펴주었지만 그것이 더욱 좌불안석이었다. 박성국이 어떻게라도 된다면 바로 끈 떨어진 연 신세가 될 것임을 알기 때문이다. 어머니 한씨가 주춤거리며 다가온 손녀 옥이에게 배추 뿌리를 깎아주면서 다시 말을 이었다.

"그래, 요 며칠간은 나리가 세자 뵈러 가시면 잠깐씩 졸더구나. 네가 과하게 보채는 것 아니냐?"

"뭐가요?"

눈을 흘긴 김난이 손을 저어 옥이를 우물가에서 쫓아냈다. 다섯 살짜리 옥이는 착해서 보채지도 않는 아이다. 옥이가 우물가를 떠나자 얼굴이 빨갛게 달아오른 김난이 목소리를 낮췄다.

"어머니도, 내가 뭘 보챘다고 그러시오?"

"내가 다 안다. 며칠 사이에 네 얼굴이 활짝 피었다."

"뭐가 피었단 말이오?"

"밤의 방사가 좋으면 다 그런다."

"별소리를 다 하오."

"네 몸이 좋은 걸 어미인 내가 모른단 말이냐?"

"아이고, 남이 듣소. 그나저나….."

어깨를 늘어뜨린 김난이 시선을 내렸다.

"뭔 일이 있는 게냐?"

한씨가 재촉하자 김난이 길게 숨을 뱉었다.

"어머니 이를 어쩌면 좋소?"

‡

하나의 숙소는 마을 외곽의 병영 안이다. 병영이라고 했지만 민가 십여 채를 군사들의 숙소로 만든 것으로 울타리도 없다. 하나는 두 칸짜리 초가 한 채를 배당받아 혼자 숙식했는데 장교 둘이 사립문 밖의 골목에서 번을 섰지만 감시가 아니라 보호하는 것 같았다. 이쪽에 등을 보인 채 느슨하게 서 있는 것이 그렇고, 하나의 출입이 자유로웠기 때문이다. 그런데 저녁 유시(저녁 6시경)가 되었을 때 번을 서던 장교들이 와락 긴장했다. 도순변사가 다가왔기 때문이다. 도순변사 박성국은 세자 경호군의 총책이며 종이품 당상관으로 주변 무반들의 지휘자이기도 하다. 아무리 하급 장교들이라지만 모두 박성국이 세자 광해의 최측근인 것 정도는 알고 있다. 장교들의 예를 받은 박성국이 잠자코 사립을 밀치고 초가 안으로 들어섰다.

"있느냐?"

좁은 마당에 서서 부르자 부엌에서 하나가 나왔다. 바지저고리 차림의 남장이었지만 머리에 두른 수건 밑으로 고운 얼굴이 드러났다.

"오셨습니까?"

두 손을 모으고 허리를 굽혀 절하는 것이 꼭 양반집 하인 모습이다. 머리를 끄덕인 박성국이 발을 떼면서 말했다.

"방으로 들어가자."

"예."

대답한 하나가 서둘러 앞장을 서더니 토방으로 뛰어올라 먼저 마루로 오른다. 방에 앉을 자리를 마련하려는 것이다. 이곳에 거처를 정해준 후로 박성국이 오늘로 두 번째 찾아왔는데 지난번에는 마당에 서서 잠깐 둘러보면서 이야기를 했을 뿐이다. 잠시 후에 둘은 방 안에서 마주 보고 앉았다. 밖은 어스름했지만 방은 어두워서 하나가 반 토막쯤 남은 양초를 켰다. 한 평짜리 방 안 아랫목은 따뜻했고 정갈했다. 가구가 이부자리 한 채에 소반 한 개뿐이었으니 정돈할 것도 없기 때문이다. 박성국의 시선을 받은 하나가 두어 번 눈을 깜박였다. 무릎을 꿇고 앉았지만 두렵거나 수줍은 기색도 없다. 시선을 받은 채 말을 기다리고 있다. 이윽고 박성국이 입을 열었다.

"나는 종이품 도순변사 직임을 받았지만 조선 조정에 나가 당상, 당하로 나뉘어 설 생각이 없는 사람이다."

하나는 눈만 깜박였고 숨을 쉬는 것 같지도 않다. 박성국도 몸을 굳힌 채 말을 이었다.

"나는 이제 다시 세자 저하를 떠나 일을 해야겠다."

"……."

"먼저 한양 도성에 가야하는데 너도 함께 가야겠다."

하나는 여전히 입을 열지 않는다. 다만 눈빛이 가라앉아 있다. 눈이 깊어진 것 같기도 하다. 어깨를 늘어뜨린 박성국의 목소리가 방을 울렸다.

"내가 세자 저하께 형님인 임해군과 이복동생인 순화군 두 왕자분을 구출하겠다고 말씀드릴 테다. 두 분이 가토를 따라 한양 도성에 가 계실 테니 내가 침투하려는 게야."

"어려우실 것입니다."

마침내 하나가 말했다.

"가토 님의 진중은 호위무사단의 경호가 엄중합니다. 수백 년 전란을 거친 터라 일본군의 주군 경호를 조선에서는 상상할 수도 없을 것입니다."

"그럴 것이다."

쓴웃음을 지은 박성국이 머리를 끄덕였다.

"그러나 변두리 한 곳쯤은 허물 수도 있지 않겠느냐?"

"나리."

하나의 눈이 더 깊어졌다. 목소리도 가라앉아 있다.

"임해군, 순화군을 구해내는 것이 나리의 목숨과 바꿀 만큼 급한 일입니까? 가토 님은 두 분 왕자를 죽이지는 않습니다. 다만 인질로 이용할 뿐이지요. 두 분을 죽이면 조선 백성의 분기를 일으키게 된다는 것을 가토 님은 알고 계십니다. 왜 서두르십니까?"

"나는 다시 이곳을 떠나야 한다."

박성국의 목소리에는 이제 억양이 없어졌다.

"그것이 세자 저하께도 이롭다."

숨을 들이켠 하나가 입을 열었다가 다시 다물었다. 잠깐 외면하던 박성국이 머리를 들고 하나를 보았다.

"너를 한양 도성에서 풀어주마."

‡

술시(밤 8시경)가 되었을 때 광해가 청으로 나오자 기다리고 있던 박성국이 허리를 꺾었다. 진사 집 사랑채 청이어서 좁았지만 깔끔했고 창호지도 찢어진 곳이 없다. 머리를 끄덕인 광해가 자리에 앉으면서 시선이 박성국 뒤쪽으로 옮겨졌다. 어두웠지만 청 바깥의 마루 끝에 서 있는 사내가 보인 것이다.

"그래, 무슨 일인가?"

광해가 요즘은 박성국에게 해라를 하지 않는다. 가끔 존대를 섞어 쓰는 것이 박성국에게는 더 불편하다. 무릎을 꿇고 앉은 박성국이 광해를 보았다. 광해 옆쪽에 양초 두 개가 켜져 있어서 청 안은 침침하고 불꽃이 흔들렸다.

"저하, 밖에 있는 자는 행재소에서 왔습니다. 안으로 들게 하옵소서."

박성국이 청하자 광해가 고개를 끄덕였다.

"들게 하라."

박성국이 머리를 돌려 사내를 부르더니 뒤쪽에 대고 눈짓을 했다. 그러자 어둠 속에 서 있던 별장 차동신과 박끝쇠가 청의 문을 닫았다. 사내가 들어와 박성국의 뒤쪽으로 비스듬히 꿇어앉았고 청 안에는 셋이 앉았다. 심상치 않은 기색을 눈치챈 광해의 표정도 굳었다. 촛불의 일렁거림이 멈췄을 때 광해가 물었다.

"저자는 누구냐?"

"예, 저하. 이자는 행재소 내궁의 인빈 마마 시중을 드는 여씨라는 상궁의 심부름꾼입니다."

박성국이 가라앉은 목소리로 말했다. 인연이 길어서 천천히 말했지만 광해는 금방 알아들었다.

"여 상궁은 내가 알지. 도성의 궁에서 만난 적도 있다."

"그 여 상궁이 이자를 저에게 보내 전갈을 전해왔습니다."

"여 상궁이?"

광해가 박성국을 보았다.

"그대에게?"

"예, 저하."

광해의 시선을 받은 채로 박성국이 말을 이었다.

"여 상궁과의 인연은 말씀드리지 못하오나 저에게 여러 번 내막을 알려주었으니 믿어주십시오."

"그런가?"

"예, 저하. 이자의 말을 직접 들어주소서."

광해가 머리를 끄덕이자 박성국이 옆으로 비켜 앉으면서 사내에게 말했다.

"아뢰어라."

"예에."

사내는 여 상궁의 동향으로 복돌이라고 했다. 세자 앞에는 처음 나섰지만 궁 출입을 밥 먹듯이 한 터라 주눅이 들지는 않았다. 청 바닥에 납작 엎드린 복돌이 얼굴만 들고 말했다.

"소인은 의금부 도사 휘하의 장교로 행세하오나 관직은 없사온데 궁에서 내준 통행패로 한양 도성서부터 궁 밖 심부름은 다 해봤사옵니다."

청산유수여서 광해가 입을 조금 벌린 채 듣기만 했다.

"이번에는 상궁 여씨의 심부름으로 이곳 도순변사 나리께 드릴 전갈을 갖고 나흘 밤낮을 달려 행재소에서 이곳까지 왔사옵니다."

"전하께선 지금 어디 계시냐?"

"안주에 계십니다."

"무고하시냐?"

"예, 무고하십니다."

"전갈이 무엇이냐?"

"예, 인빈께서 곧 도순변사 박성국 나리를 역모로 엮으려고 준비하는 중이옵니다. 장교 둘을 거짓 증인으로 만들어 도순변사가 무고한 의병장들을 향도로 몰아 죽인 것, 강원도 향관과 수령들을 학살한 것에 대한 죄를 물을 예정입니다."

"강원도의 향관 학살이라니?"

광해가 묻자 박성국이 대답했다.

"왜군 선봉대가 양반과 도망친 지방 수령들을 살해한 일입니다."

그것이 하나 일당의 소행이라고 말할 수는 없는 노릇이다. 조정에 보고가 올라가자 인빈과 주변 무리에게 박성국을 옭아맬 계기가 된 것이다. 박성국이 그 주변에서 활약했으니 이보다 더 좋은 기회가 없다. 다시 복돌의 말이 이어졌다.

"정삼품 함경도 병마사로 승진한 임우재가 지난번에 왜군에 대승을 거두고도 도순변사로부터 모함을 당했다면서 전하께 탄원서도 낼 계획입니다. 이미 인빈이 전하께 내실에서 다 말씀드려 놓았기 때문에 언관들과 함께 상소를 하면 도순변사는 성치 못하실 것이라는 여 상궁의 전언이올시다."

"내 이놈들을."

광해의 얼굴이 금방 붉게 상기되었다. 눈을 치켜뜬 광해가 박성국을 보았다.

"너는 내 옆에 있어라. 아무도 너를 건드리지 못한다."

"저하."

머리를 숙였다 든 박성국이 두 손으로 청 바닥을 짚었다. 박성국이 광해를 똑바로 보았다.

"저하, 소신이 함경도 변경에서 여진 땅으로 넘어가지 않고 있었던 것은 저하를 한 번만이라도 뵙고 싶었기 때문입니다."

청 안은 이제 숨소리도 들리지 않았고 박성국의 목소리가 이어

울렸다.

"이제 세자 저하를 모시게 되었으니 소원을 다 이루었습니다."

"도순변사, 들어라."

광해가 말했지만 박성국이 서둘러 잇는다.

"저하, 소신이 이제 밖에서 저하를 모시도록 해주십시오. 소신이 밖에 나가 있는 것이 세자 저하뿐만이 아니라 소신에게도 이롭습니다."

광해가 박성국에게 시선을 준 채로 입을 열지 않았다. 세 살 때 어머니를 잃고 궁중에서 온갖 눈치를 받고 자란 광해. 박성국의 말뜻을 모르겠는가? 그러나 외롭게 자란 터라 믿고 의지할 상대에 대한 애착이 더욱 강한 법이다. 박성국을 응시한 광해의 두 눈시울 이 붉어지기 시작했다. 박성국이 밖에서 돕겠다는 것은 곁을 떠난 다는 의미다. 관직도 다 놓고 일개 무반이 되어 돕겠다는 말인 것 이다. 죽어도 공신功臣이 되지 않고 이름 없이 사라진 군사처럼 그 저 흙이 된다는 뜻이다. 이제 앞으로는 공식 석상에서 박성국을 만 날 날이 없을지도 모른다.

"도순변사."

다시 부르는 광해의 목이 어느덧 메어 있다.

"내가 너 하나를 지켜주지 못할 것 같으냐?"

광해가 눈을 치켜떴지만 고였던 눈물방울이 떨어졌다. 그것을 본 박성국이 머리를 숙이다가 청 바닥에 이마를 부딪쳤다. 복돌은 아까부터 납작 엎드린 채 숨소리도 죽이고 있다. 박성국이 청 바닥 에 대고 말했는데 말이 잇새로 나왔다.

"저하, 소신이 혼이 되어서라도 저하를 지키겠소이다."

‡

그날 밤, 자시(밤 12시경)가 조금 넘었다. 주위는 조용해서 먼 곳 산속의 부엉이 소리까지 들린다. 가끔씩 지나는 기척은 순라군이거나 당직을 맡은 무반에게 달려가는 전령이다. 분조는 자주 이동했지만 이제 기강이 잘 잡혀 있다. 바로 작은 조정, 갈라져 나온 조정 역할을 제법 수행한다는 뜻이다. 이곳은 말만 떠들썩한 대장군, 팔도도순찰사, 병마절도사 따위가 없는 대신 각 소임을 맡은 정사품 이하 별장이 많다.

"나리."

갑자기 옆에서 김난이 부르는 바람에 박성국은 머리를 돌렸다. 방 안의 불은 꺼놓았지만 어둠 속에 김난의 눈동자가 보였다. 박성국의 시선을 받은 김난이 수줍게 웃었다.

"주무시지 않는 걸 알고 있었습니다."

박성국이 팔을 뻗어 김난의 어깨를 당겨 안았다. 김난은 옷을 다 벗기를 싫어해서 언제나 속치마는 걸친다. 넓은 속치마를 걷어 올리면 바로 알몸이 되는 것이다.

"무슨 생각을 하십니까?"

김난이 묻자 박성국이 가볍게 헛기침을 했다.

"잠깐 그대 생각을 했소."

"제 생각을요?"

김난이 몸을 붙였다. 이미 한 차례 정사를 치른 터라 열기도 아직 남아 있는 상태다. 박성국이 손을 뻗어 김난의 젖가슴을 움켜쥐었다.

"나리."

김난이 가쁜 숨을 뱉으면서 말했다.

"저도 드릴 말씀이 있습니다."

"그럼 그대가 먼저 말해보구려."

박성국의 손이 이제는 아랫배를 더듬었으므로 김난이 몸을 비틀었다.

"나리께서 먼저 하시면 제가 하지요."

그때 박성국이 김난의 몸 위로 오르며 말했다.

"내가 내일 다시 떠나야 할 것 같소."

김난은 잠자코 박성국의 어깨를 움켜쥐면서 다리를 벌렸다.

"이곳에는 차 별장이 남아서 그대를 돌봐줄 거요. 세자 저하께서도 그대가 내 내실인 줄 알고 계시오."

그 순간 박성국의 몸이 들어왔으므로 김난은 입을 딱 벌렸다. 방안에 가쁜 숨소리와 함께 신음이 터져 나오기 시작했다. 다시 김난은 신음을 막으려고 벗어놓은 옷자락을 입에 물었다. 김난의 치켜뜬 두 눈은 초점을 잃었지만 눈가는 젖어들고 있었다. 입에 문 옷자락을 흔드는 김난의 모습이 격렬했으므로 박성국은 더욱 달아올랐다. 방 안의 열기도 뜨겁게 달아올랐다.

✠

넷이다. 황무지의 마른 풀숲을 헤치며 넷이 종대로 걷고 있다. 넷 모두 상민 행색으로 등에는 제각기 등짐을 멨는데 먼 길을 가는지 차림새가 간단하다. 넷 다 손에 길고 굵은 지팡이를 쥐었고 바람과 추위를 함께 막을 수 있는 두건을 썼다. 상제들이 쓰는 두건을 길 떠날 때 쓰기 편하게 개조한 것이다. 앞장서 길을 가는 사내는 박말복, 본래 하나코의 향도였다가 박성국에게 잡힌 후에 성까지 받고 별장이 되었다. 맨 앞장을 선 것은 하나코의 옆에 있지 않으려고 자원했기 때문이다. 그 뒤를 박성국, 하나, 박끝쇠의 순으로 걷는다. 세 박씨와 하나코인 셈이다. 신시(낮 4시경) 무렵, 아침부터 걸은 터라 넷이 주파한 거리는 팔십 리 정도. 아직 마을은 보이지 않았지만 하남 근처일 것이다.

"오늘은 이 근처에서 쉬고 내일 한양성에 들어가도록 하지."

박성국이 말했을 때다. 앞장서 걷던 말복이 멈춰 서더니 낮게 소리쳤다.

"왜군이오!"

이번에는 말복이 먼저 보았다. 경사가 심한 황무지여서 앞쪽의 왜군을 말복이 먼저 본 것이다. 풀숲에 엎드린 넷은 그 백 보쯤 앞을 가로로 횡단하는 왜군 예닐곱 명을 보았다. 보군이다. 보군이 순찰을 돌 정도면 부대가 가까운 곳에 있다는 증거다. 앞쪽을 눈여겨보던 하나가 말했다.

"피하는 게 낫겠습니다. 저 보군들은 저녁밥을 가지러 가는 중입니다."

"그렇군."

박성국이 몸을 굽힌 채로 물러섰다.

"뒤로 돌아가 우회하자."

이번까지 네 번 왜군을 보았지만 모두 기마 정찰군이었다. 한양 도성이 가까워졌다는 증거다. 넷은 뒤로 삼백 보쯤 물러났다가 서남쪽으로 방향을 고쳐 잡았다. 한강 남쪽 방향이다.

"나리, 한양 도성의 상민은 모두 향도가 되어 있을 것입니다."

말복이 말했을 때 뒤를 따르던 하나가 꾸짖었다.

"이놈 닥쳐라. 일본군이 다 너 같은 향도를 뽑는다더냐? 골라 뽑는다."

아직도 하나에게 주눅이 든 말복이 입을 다물었으므로 끝쇠가 너털거리며 웃었다.

"천하의 박말복이 뱀 앞의 쥐 꼴이 되는구나. 이놈, 네가 앞장서는 이유를 이제 알겠다."

그 말대답도 못하고 박말복이 앞장서서 걷는다. 박성국은 말복의 등을 보면서 분조에 놔두고 온 김난의 얼굴을 떠올리고 있다. 아침에 떠나오면서 제 어미 치마폭을 잡고 숨어 있던 옥이를 잡아 안아 들었더니 놀란 옥이가 울상을 지었다. 그것을 본 김난의 얼굴에 눈물이 맺혔고 뒤쪽에 서 있던 한씨는 저고리 고름으로 눈물을 찍었다. 옥이를 안아 든 박성국이 말했다.

"옥이야, 너는 내 딸이니라. 박옥이다."

김난이 마침내 손끝으로 눈물을 닦았고 박성국이 말을 이었다.

"종이품 도순변사 박성국의 딸이니라. 잘 기억해두어라."

이것은 분조에 남아 있는 주변 사람들에게 보내는 통고였다. 박성국은 그때의 김난과 한씨의 얼굴을 떠올리며 걷는다.

‡

그 시간에 분조의 박성국 사가私家에서 한씨가 방에 누워 있는 김난의 옆으로 다가와 앉는다. 김난은 박성국이 떠난 후부터 몸살 기운이 있다면서 자리를 펴고 누워 잔 것이다.

"하루 종일 누워 있으려느냐? 점심때 이 참판 댁에서 귀한 미역을 가져왔구나, 미역국을 끓였으니 좀 먹어라."

김난이 들은 체도 안 했지만 머리맡에 다가앉은 한씨가 말을 이었다.

"자, 이제 말 좀 하자. 나리께 말씀은 드렸겠지?"

"······."

"그랬으니 아침에 옥이를 안고 그런 말씀을 주신 것이지. 그렇지 않으냐?"

"······."

"암, 이제 옥이도 박씨 성이 맞지. 너는 종이품 영감 부인이다. 나리께서 세자 저하께도 말씀을 드렸다고 하지 않느냐?"

"어머니."

눈을 뜬 김난이 한씨를 보았다.

"이제 눈 떴구나. 왜 부르느냐?"

"나리께 말씀 안 드렸소."

"무엇이?"

숨을 들이켠 한씨의 얼굴이 하얗게 굳어졌다.

"아니, 네 배 속의 자식 이야기를 말씀드리지 않았단 말이냐?"

한씨가 비명처럼 말했을 때 김난이 자리에서 일어나 머리를 매만졌다.

"전장에 나가시는 나리께 부담을 드리기 싫었소."

"애야."

김난이 말을 이으려는 한씨를 쏘아보았다. 차가운 시선이었으므로 한씨는 숨을 들이켰다. 김난이 입을 열었다.

"어머니, 내 배 속의 아이는 내가 어떻게든 키워낼 것이오. 그것이 나리를 위하는 길이고 나를 위하는 길이기도 합니다."

김난이 열기 띤 눈으로 한씨를 보았다.

"미역국이 먹고 싶소. 주시오."

‡

산속의 폐가에는 방이 두 칸밖에 없었으므로 저녁을 먹고 나서 박성국이 말했다.

"밤에 추우니 밖에 나가 있을 것 없다. 방에서 번을 서도록 하자."

그러고는 하나에게 말했다.

"너는 안방으로 들라."

방이 두 개였으니 그것이 자연스럽다. 끝쇠와 말복은 시치미를 뚝 떼고 있었지만 심장 박동이 빨라졌을 것이다. 박성국과 하나의 첫 동침이 될 것이기 때문이다. 그러나 그날 밤 방에 든 박성국은 소가죽 등짐 덮개를 펼치더니 곧장 잠이 들었다. 방이 좁아서 한 자쯤 거리를 두고 누운 하나는 침만 열심히 삼키다가 선잠이 드는 바람에 늦잠을 잤다. 아침에 깨어보니 박성국이 마루에 나가 있었다. 밀정을 오래 지낸 데다 검술에도 일가견이 있는 하나다. 인기척을 알아채지 못할 리 없건만 박성국 또한 고수高手인 터라 수에서 밀렸다고 봐야 할 것이다. 요령 좋은 끝쇠가 빈집 부엌에서 찾아낸 그릇으로 물을 끓였고 마른 고기를 풀어 익힌 고깃국을 먹으면서 박성국이 말했다.

"한양 도성에서 왜장을 잡아 죽이겠다."

옆에 앉은 하나는 두 손으로 든 고깃국을 내려다보고만 있다. 박성국이 말을 이었다.

"두 왕자를 구해낼 방법도 알아볼 것이며 왜군과 내통하는 반역자도 찾을 터이다."

앞쪽의 끝쇠와 말복은 딴전을 피우고 있는데 선뜻 말을 받기가 어려운 분위기였기 때문이다. 박성국이 하나에게 물었다.

"넌 고니시한테 돌아가면 무사할 수 있겠느냐?"

"제가 가져가는 소득이 있지 않습니까?"

하나가 되묻자 박성국은 쓴웃음을 지었다.

"나를 이용했다고 할 작정이냐?"

"그렇습니다."

"고니시가 믿을까?"

"사실이니까 믿을 것입니다."

끝쇠와 말복은 열중했지만 영문을 알 수 없어서 숨이 막힌 표정이 돼간다. 그때 박성국이 말했다.

"그렇다면 너는 더 큰 성과를 가져가야 할 것이다."

"제가 돕지요."

정색한 하나가 말을 이었다.

"한양성까지 저를 데려가신 이유를 알고 있습니다."

하나가 내세울 공이란 박성국을 시켜 가토군을 괴롭힌 것이 될 것이다, 실제로 박성국은 초승달귀신 다무라 등 왜군 수십 명을 죽였고, 가토의 면전에서 왜장을 죽이고 조롱했다. 그 사실은 조선군보다 왜군에 먼저 알려져서 가토군의 위상에 큰 상처를 남겼다. 그러고나서 가토 보좌역 기리시다와 단독 회담까지 했지만 아직 회답은 받지 않았다. 하나가 고니시에게 보고할 거리는 많다. 박성국이 마시다 만 고깃국 그릇을 내려놓았다. 하나로부터 받은 박성국의 소득이 있다면 가토군의 동향을 알게 된 것과 함께 지금까지 고니시군이 인빈과 내통한 증거를 확인한 것이다. 그것은 여 상궁과 말복을 통해서도 알게 되었지만 총책 하나가 시인해주었다. 그리고 이제 고니시와 인빈을 잇는 비선秘線이 끊어졌다.

"자, 가라."

박성국이 몸을 일으켰다. 오늘 밤 안으로 왜군이 총집결해 있는 한양 도성에 숨어들 작정이다.

✝

2월 29일에 가토 기요마사가 한양성에 들어온 후부터 고니시는 마음이 편치 않았다. 왜군은 하시마 히데카스의 제9번대까지 조선에 진입했지만 명목상 총대장은 8번대 대장 우키다 히데이에다. 군사력 면으로 보면 모리 데루모도의 7번대가 삼만여 명, 5번대 후쿠시마 마사노리가 이만사천여 명, 2번대 가토는 만여 명, 일번대 고니시가 만구천에 가까운 병력이었으나 우키다는 만 명으로 가장 적다. 히데요시가 가토와 고니시의 경쟁을 감안하고 우키다를 세워놓았지만 현실은 다른 법이다. 더구나 명과의 화평 교섭을 고니시에게 맡기는 바람에 가토의 불만은 높아졌다. 히데요시가 제 휘하에 가토와 고니시를 두고 경쟁을 시킨 경우와는 다른 것이다. 오늘도 고니시는 우키다가 주재하는 회의에서 가토의 공격을 받고 말다툼을 했다. 가토는 이제 대군이 모였으니 오합지졸인 명군을 치고 평양성을 회복하자는 것이었다. 고니시가 태합 히데요시의 지시를 받아 명과 회담하는 것이라고 해도 가토는 태합에게 잘못된 보고를 했기 때문에 이 지경이 되었다는 것이다. 우키다의 중재로 다툼은 끝났지만 고니시는 이 상태로는 전쟁을 제대로 이끌 수 없음을 실감했다. 가토의 의견에 동조하는 분위기의 대장들이 보였기 때문이다.

"우물 안 개구리 같은 놈."

말을 타고 숙소인 경복궁으로 돌아오면서 고니시가 뱉듯이 말했다.

"조선 땅도 벅차기만 한데 대륙으로 들어간다면 얼마나 더 큰 난관이 있는지, 그 머리로는 가늠이 안 된단 말인가? 그놈은 새대가리를 달고 있어."

고니시는 지금 가토를 욕하고 있다. 그때 옆을 따르던 사이토가 목소리를 낮추고 말했다.

"주군, 가토 님은 명에 들어가실 생각은 없는 것 같습니다."

고니시의 시선을 받은 사이토가 쓴웃음을 지었다.

"함경도에 계실 때 명에서 관리 둘이 넘어와 길 안내를 하겠다고 했답니다. 그랬더니 가토 님은 필요 없다면서 베어 죽이라고 했다는군요."

"필요 없다고 했느냐?"

"예. 가토군 선봉대장 나가시마의 진중에서 나온 정보이옵니다. 확실합니다."

"그렇군."

"임해군, 순화군을 내세워서 계획을 세우는 것 같습니다."

"글쎄 그놈이, 그 새대가리로…."

말을 그친 고니시가 입맛을 다셨다. 표정이 굳어 있다.

‡

"저하."

우의정 유홍의 목소리가 떨렸다. 주름진 얼굴도 상기되어 있다.

"저하, 도순변사는 충신이며 용장勇將입니다. 국난에 임해 이런

192

인재를….”

“아니, 국난이니 더욱 국기國基를 세워야 옳습니다.”

단호하게 말한 광해가 청 안에 둘러앉은 대신들을 보았다.

“내가 비록 연소하고 덕망과 인품이 모자라지만 도리는 깨우치고 있소. 도순변사 박성국이 몇 번 공을 세웠다고 하지만 행재소의 부름에 응하지 않은 데다 여러 가지 분란을 일으킨 죄를 물어 직職을 회수하고 경력도 몰수해 분조에서 퇴출시키기로 결정했소. 그것을 적어 행재소의 주상께 보내주시기 바라오.”

그러고는 광해가 자리를 차고 일어섰다. 더 이상 듣지 않겠다는 태도여서 대신들은 아연했다. 그러나 어찌할 것인가? 세자의 명이다.

‡

그날 밤 방에 누워 있던 김난이 문밖의 인기척에 눈을 떴다.

“누구요?”

“마님, 차 별장입니다.”

차동신이다. 차동신은 이제 선전관청 소속의 정육품 별장으로 승급되어 있다. 옷매무새를 갖추고 호롱불을 켠 김난이 방을 나올 때까지 시간이 조금 걸렸다. 김난은 종이품 도순변사의 내실 마님인 것이다. 그러니 흐트러진 모습을 보여주면 안 된다. 온갖 역경을 겪은 김난은 의연했다. 김난이 방문을 열었을 때 동시에 건넌방 문이 열리면서 어머니 한씨도 나왔다. 다 듣고 있었기 때문이다.

마루에 선 김난은 차동신 뒤쪽에서 어른거리는 그림자를 보았다. 그때 차동신이 옆으로 비켜서며 말했다.

"세자 저하께서 오셨습니다."

놀란 김난이 버선발로 마루에서 토방으로 뛰어내려서는 어쩔 줄 모르고 멈칫거리다가 곧 무릎을 꿇었다. 한씨도 뒤따라 내려서더니 김난 뒤에 숨듯이 엎드렸다. 그때 광해가 다가와 섰다. 자시(밤 12시경)가 조금 못되었다. 짙은 어둠에 덮인 사방은 조용하다. 방에서 새어나온 호롱불 빛에 광해의 얼굴이 드러났다. 그때 광해가 말했다.

"도순변사는 충신이다."

머리를 든 김난은 광해의 두 눈이 번들거리는 것을 보았다. 광해가 말을 이었다.

"그러니 그대는 걱정하지 않아도 된다. 내가 도순변사 내실 대접을 해주라고 할 테니까."

그러더니 주춤거리다가 외면하고 말했다.

"간신들 때문이다."

광해가 몸을 돌렸을 때 김난이 복받쳐 오르는 감동을 참지 못했다. 그래서 광해의 등에 대고 말했다.

"저하, 옥체 보중하소서."

낭군 박성국과 광해가 일심동체인 것을 깨달았기 때문에 이런 말이 나온 것이다.

‡

"태평성대올시다."

거리에 나갔다 온 끝쇠가 마루에 앉으면서 말했다. 한낮, 오시(낮 12시)쯤 되었다. 3월 초순이었지만 아직 나뭇가지에 새순이 나오지 않았다. 지난겨울 추위가 길게 이어졌기 때문일 것이다.

"거리에 나다니는 남녀는 모두 상민 복색이고 양반 행차가 없어진 대신 가끔 왜군 장수가 지납니다."

이곳은 남산 밑의 아전 마을로 이른바 아전골이다. 아전은 상민으로 관아의 하급 관리를 맡았는데 탐관오리와 결탁하면 민폐가 가장 심했다. 그런데 왜군이 한양 도성을 점거한 지 일 년이 돼가면서 아전골에 다시 활기가 일고 있다. 일반 천민 출신의 향도보다 조선 체제의 속사정을 잘 아는 아전 출신의 향도가 왜군들에게 유용했기 때문이다. 게다가 시류에 영합하는 아전들의 사교성이 일조했을 것이다.

"이곳 아전골의 아전은 이번 난리 통에도 두어 명밖에 죽지 않았습니다."

집주인인 아전 배성규가 말했다. 사십대 후반의 배성규는 하나의 숨겨놓은 정보원이다. 어젯밤 아전골의 배성규 본가에 도착한 넷은 식객으로 신세를 지고 있다. 그러나 사랑채와 행랑채까지 갖춘 열두 칸짜리 집인 데다 양식도 풍족했다. 하나가 대주였기 때문이다. 배성규가 하나를 향해 말을 이었다.

"그 두어 명도 난리 초기에 임금이 도망치고 나서 천민들이 폭

동을 일으켰을 때 조선인한테 맞아 죽었습지요. 그 후로는 아전골이 왜군에 붙어 다시 융성하고 있습니다."

파주목牧에서 이방 노릇을 하던 배성규도 마찬가지다. 왜군이 한양성을 점령하자 바로 하나에게 포섭되어 관의 기밀을 알려주었다. 배성규는 박성국의 일행 셋이 모두 하나의 수하인 줄로만 안다. 박성국도 하나가 그렇게 믿도록 하는 것이 낫다고 했기 때문에 놔두었다. 어깨를 편 배성규가 마루에 둘러앉은 일행을 보았다. 방금 시내를 정찰하고 돌아온 끝쇠가 태평성대라고 비꼬아 말한 것을 그대로 믿는 것 같다.

"태평성대가 맞습니다. 첫째 한 해 동안 상민한테 노역이 없어졌고 온갖 세금도 없어졌으니까요."

배성규가 말했을 때 하나가 머리를 끄덕였다. 그러나 그것은 부역자에게만 해당된다.

"가토군의 진용과 장수들의 거처를 알아야겠네."

화제가 자연스럽게 바뀌었다.

‡

그날 밤 자시(12시) 무렵, 누워 있던 박성국이 어둠 속에 대고 물었다.

"왜 왔느냐?"

방 안은 짙은 어둠에 덮여 있다. 깊은 밤이어서 저택 안은 조용하다. 오늘은 바람이 조금 센 날이어서 처마 끝의 풍경이 흔들리면

196

서 가끔 울린다. 그러나 방 안에서 대답이 돌아오지 않았다. 대신 부스럭거리며 옷 벗는 소리가 발치에서 들렸다. 박성국이 다시 천장에 대고 묻는다.

"그냥 가는 것이 부담되더냐?"

그러나 이번에도 대답은 없다. 옷 벗는 소리가 그치더니 이불 끝이 들리면서 몸이 들어왔다. 하나다. 하나는 바지만 벗고 들어온 것이다. 옆에 붙은 하나가 잠자코 박성국의 바지끈을 풀었다. 방 안에는 부스럭거리는 소리만 들렸다. 누운 채 박성국은 하나가 바지끈을 풀도록 내버려두었다. 이윽고 끈이 풀렸고 하나의 손이 바지를 끌어내렸다. 그러더니 이미 단단하게 발기된 박성국의 양물을 두 손으로 움켜쥐었다. 하나의 거친 숨소리가 방을 울리고 있다. 그때 박성국이 상반신을 일으켜 하나의 몸 위에 올랐다. 하나가 다리를 벌려 맞으면서 감싸 쥐고 있던 양물을 제 골짜기에 붙였다. 거친 숨결이 건조한 목구멍을 통해 쇳소리로 뱉어지고 있다. 박성국은 거칠게 하나의 몸 안으로 진입했다. 순간 하나가 입을 딱 벌렸다가 곧 이를 악물고 한 손으로 소리를 막는다. 그러나 숨을 참지는 못했다.

"하아."

숨소리와 함께 처음으로 비명 같은 탄성이 뱉어졌다. 두 손으로 박성국의 어깨를 움켜쥔 하나가 이제는 허리를 흔들기 시작했다.

"아."

탄성이 방 안에 울리기 시작했다. 곧 방 안은 뜨거운 열기와 탄성으로 가득 찼다. 그러고는 거친 숨소리와 함께 끝없이 이어지고 있다.

‡

다음 날 아침, 배성규의 하녀가 차려준 아침상을 물린 끝쇠에게 말복이 다가왔다. 진시(아침 8시경) 무렵이다.

"나리께서 부르시오."

자리를 차고 일어선 끝쇠가 사랑채로 다가가 토방 밑에 서서 묻는다.

"나리, 부르셨습니까?"

그때 방문이 열리면서 박성국이 내다보았다. 끝쇠 뒤에는 말복이 서 있었고 마당에는 둘뿐이다.

"오늘 저녁부터 일할 테니 너희 둘이 먼저 나가 상황을 살피고 오너라."

긴장한 둘의 시선을 받은 박성국이 말을 이었다.

"하나는 아침 일찍 돌려보냈지만 수시로 정보를 준다고 했다."

하나를 보내고 일을 시작하는 셈이다. 끝쇠와 말복이 서로의 얼굴을 보다가 곧 같이 머리를 끄덕였다. 그들에게는 하나가 옆에 없는 편이 낫다.

‡

"간계요."

인빈 김씨가 눈을 치켜뜨고 말했지만 팔도도순찰사 한응인은 시선을 내린 채 대답하지 않았다. 방금 한응인은 분조에서 보내온 광

198

해의 밀서 이야기를 했다. 우의정 유홍을 시켜 임금께 보낸 광해의 '분조 보고'에 박성국의 퇴출이 적혀 있었던 것이다. 광해는 박성국의 직을 몰수하고 분조에서 내보냄으로써 행재소 무리와의 확전擴戰을 차단했다. 분란의 근원을 제거해버린 것이다. 임금 선조는 광해의 조치를 읽고 나서 만족한 얼굴로 잘했다고, 칭찬까지 했다는 것이다. 인빈이 목소리를 높여 말을 이었다.

"대감, 생각해보시오. 광해가 총신寵臣을 그리 쉽게 내치다니, 믿겨지시오? 이것은 세 살짜리 어린애라도 일부러 내보낸 것이라고 믿을 것이오."

"……"

"그런데 주상께 그렇다고 말씀 올린 대신이 하나도 없었단 말입니까?"

인빈의 얼굴이 상기되었다.

"대감도 한 말씀 안 하셨단 말씀이오?"

"마마."

마침내 한응인이 머리를 들고 인빈을 보았다. 눈빛이 가라앉아 있다.

"도순변사 박성국은 직을 내놓았다고 하니 이제 백의건달입니다. 또한 경력도 몰수해 이름까지 없어졌으니 신하로서는 죽는 것보다 더한 처사가 되었습니다."

"아니 그래도, 대감."

인빈이 말을 내놓다가 입을 다물었다. 관리는 경력과 직으로 세상에 나선다. 이름 앞에 붙은 이것을 위해 목숨까지 버리는 것이 관리다. 충신, 간신이 다 그렇다. 오히려 간신이 경력과 직을 더 탐한다. 인빈은 이런 한응인의 말을 실감할 수는 없었지만 어쩌겠는가? 순변사 박성국은 표적에서 사라졌다. 인빈에게는 죽어 없어져야 진실로 사라진 꼴이 되지만 지금은 어쩔 수가 없다. 인빈이 외면한 채 말했다.

"그럼 이제 광해 주변은 비어 있겠습니다그려."

이렇게 자위하는 수밖에.

‡

"오셨습니까?"

미우라는 아침에 마을 나간 사람이 돌아온 것처럼 맞았지만 한조는 얼굴이 상기되었고 눈물이 글썽거렸다.

"아씨, 별일 없으셨소?"

"이놈아, 아씨가 무어냐?"

꾸짖었지만 하나의 얼굴에 웃음이 떠올랐다. 남대문 안쪽 사대부들이 살던 저택들은 대부분이 폐가가 되어 있었는데 미우라와 한조는 그중 번듯한 삼십여 칸 대저택에 자리 잡고 있었다. 미시(낮 2시) 무렵이다. 사랑채의 청에 앉은 하나가 정색하고 미우라에게 물었다.

"아베 님은?"

아버지 아베 산자에몬을 말하는 것이다.

"예, 지금 정찰대를 이끌고 파주에 계십니다."

머리를 끄덕인 하나가 다시 물었다.

"곤베이는?"

"서대문 근처의 민가에 있다고 합니다."

가토의 밀정단 두목 곤베이가 근거지를 노출할 리는 없다. 그것은 이쪽도 마찬가지다. 그때 미우라가 말했다.

"사이토 님께서 두목 소식을 여러 번 물으셨습니다."

이미 이곳에 오기 전에 도성 상황을 둘러보고 온 길이다. 하나가 쓴웃음을 짓고 말했다.

"내가 돌아왔다면 가토 님이 시비를 걸어오실 테니 입들 다물고 있거라."

‡

홍문관 부제학 최성연은 난리가 일어나자 임금 선조로부터 독전관의 직임을 받고 전라도, 충청도, 경상도를 떠돌았다. 거의 한 해가 다 되어가는 지금 황해우병사黃海右兵士가 되어 곡산에 머물고 있는데 휘하에는 관군 이백여 명에 의병 육백 명으로 천 명도 안 되었다. 최성연이 이렇게 바깥 임지任地로만 떠돈 것은 세자 광해의 경연 스승이라는 이유밖에 붙일 것이 없다. 광해가 분조로 떨어져 나갈 적에 분조로 보내달라고 조정에 청을 넣었던 것이 엎친 데 덮친 꼴이 되었다. 동인이 장악한 조정에서는 오히려 최성연의 임지를 광해의 분조에서 먼 쪽으로만 배정한 것이다.

"이보게 종사관, 왜군은 몇인가?"

최성연이 묻자 종사관 이연호가 다가와 대답했다.

"예, 육백 명이 조금 못 됩니다. 그러나 조총병이 이백, 기마군이 이백, 칼과 창으로 무장한 돌격대가 이백이니 잘 갖춰진 부대이옵니다."

종사관 이연호는 사십대 초반으로 최성연과는 한 해가 넘게 동고동락한 처지다. 종육품의 말직未職으로 학문은 글을 겨우 읽고 쓰는 정도지만 전라도 바닷가에서 오랫동안 왜구와 부대낀 터라 실전 경험이 뛰어났다. 그간에 세운 공으로 따지면 벌써 몇 계단을 뛰어올라야 했으나 그저 최성연의 신임만으로도 만족하는 우직한 무반이다. 최성연이 지도를 펴놓자 이연호와 종오품 도사 고한주, 정오품 현령 박만홍, 의병장 정석영이 모여 섰다. 이들이 황해우병사 최성연의 장수들이다. 오후 신시(낮 4시경) 무렵, 이연호가 적의 동태를 살피고 돌아온 것이다.

"왜적이 우리를 얕보는 것이오."

현령 박만홍이 말했을 때 의병장 정석영이 머리를 가로저었다. 정석영은 환갑을 넘긴 나이다. 흰머리에 흰수염이 가슴까지 내려왔다. 황해도 수안의 토호土豪로 진사과에 합격한 후에 벼슬살이를 하지 않고 늙어가다가 난리를 만났다. 임금이 야반도주를 하며 북상하자 의병을 일으켰는데 평소 인심을 얻은 양반이어서 의병이 천오백 명까지 모였다. 그러다 슬하의 두 자식과 손주 하나를 잃고 지금은 자식 하나에 손주 둘, 의병 육백 명이 남은 것이다. 조정에서는 정석영에게 정사품 병마우후 직임을 주었지만 사양하고 받지 않았다. 모두의 시선을 받은 정석영이 말했다.

"이틀 전부터 가안벌에서 노닥거리는 꼴이 우리를 유인하는 것이오. 작년 가을에 가안벌에서 왜군 한 개 부대를 우리가 공격한 그 빚을 갚으려는 것 같소."

"가안벌에서 그런 일이 있었습니까?"

겨울에 우병사 직을 맡은 터라 최성연이 긴장한 얼굴로 물었다. 최성연을 따라온 이연호도 모르기는 마찬가지다. 정석영이 쓴웃음을 지었다.

"그때 의병 천이백, 관군 사백여 명으로 왜군 칠백 명을 공격했소."

"어떻게 되었습니까?"

"아군이 패퇴했지만 시기가 적당해서 오백여 명의 사상자를 냈습니다."

정석영이 수염을 손으로 쓸어내렸다.

"내 아들 하나에 손주 하나를 같이 잃었지요."

"……"

"왜군은 이백여 명의 전상자를 냈으니 육전에서 꽤 큰 손실을 입은 셈이오. 나중에 들으니 구로다 나가마사가 살아 돌아온 왜장을 베어 죽이려고 했답니다."

"구로다의 3번대였군요."

그때 종사관 이연호가 말했다.

"나리, 멸악산맥 끝자락에서 함경도 병마사 휘하의 관군 오백여 명이 남하하고 있습니다. 그들과 연합해서 좌우를 치면 승산이 있습니다."

"옳지."

평소에 감정 표현이 드물던 도사 고한주가 머리를 끄덕이며 동의했고 정석영도 지도를 지그시 내려다보면서 말했다.

"우병사께서 결단하시지요. 함경도군이 때맞춰 협공해준다면 작년의 분을 풀겠습니다.

‡

"이것 봐. 전시의 군은 끊임없이 움직여야 한다."

어깨를 편 곤베이가 사나다를 노려보았다. 넓은 얼굴이 술기운으로 붉어져 있는데 턱을 치켜들어서 주걱턱이 더 드러났다. 오늘 곤베이는 대소검을 찼고 가슴에 가문의 문장인 신信자를 수놓은 겉옷을 걸쳤다. 술잔을 든 곤베이가 말을 이었다.

"주군 말씀이 옳아. 고니시는 겁쟁이야. 우리 모르게 제 잇속만 챙기는 협상을 하고 있는지도 모른다."

"그런데도 태합께선 그런 여우를 신임하시다니."

사나다가 맞장구를 쳤다. 둘은 가토 진중에서 열린 지휘관 회의를 마치고 나온 참이다. 자주 부딪치긴 하지만 호흡이 맞고 성격도 비슷한 둘이 진영 밖의 조선인 주막을 차지하고 술을 마시는 중이다. 술시(밤 8시)가 지난 시간이다. 주모는 처음에는 왜장 둘을 맞아 질색했지만 곤베이가 금화 한 냥을 먼저 주고 술과 안주를 가져오라고 하자 신바람이 났다. 주막 손님은 향도가 대부분이지만 금화 한 냥이면 백 명 손님 값이다. 있는 고기를 다 내놓았고 술도 깨끗한 것만 바쳤다. 주막 밖에서 왜군들이 지키고 선 터라 손님은 둘뿐이다.

"이여송이는 벽제관에서 대패한 후로 아예 평양성에 박혀서 나오지를 않고 조선 임금은 한양, 평양성에서 백성들을 속이고 야반도주를 한 까닭에 겁이 나서 돌아오기를 주저하는 상황이야. 고니시가 협상을 고집하는 것은 반역이야."

마침내 이렇게까지 말이 비약되긴 했지만 이것이 가토군 장수들의 심중이다. 곤베이가 술잔을 들고 소리내어 웃었다.

"맞다. 고니시는 반역자다."

이번에는 사나다가 술잔을 내려놓고 말했다.

"명군은 이미 전의를 잃었어. 그것은 조선 백성도 다 알아. 이 기회에 그대로 밀고 올라가면 이번에야말로 명까지 삼킬 수가 있다고."

사나다는 가토군의 선봉장 이시다 모리후사의 가신이다. 선봉군의 선봉을 맡아온 터라 저돌적인 성격이 더욱 격렬해졌다. 사나다의 목소리가 주막을 울렸다. 그때였다. 곤베이는 사나다의 뒤쪽에서 다가오는 사내를 보았다. 사내는 부엌 쪽에서 나왔는데 처음에는 주모 기둥서방인 줄 알았다. 어둠 속에서 나타난 사내가 거침없이 다가왔기 때문이다. 그러나 사나다의 두 발짝쯤 뒤에서 드러난 사내와 시선이 마주친 순간 곤베이는 들고 있던 술잔을 떨어뜨렸다. 박성국이다. 그 순간 박성국이 허리에 찬 칼을 뽑아 들면서 뛰어올랐다.

"앗!"

외침은 곤베이의 입에서 터졌다.

"촤악!"

그다음 순간 칼로 물을 베는 소리가 울렸는데 그것은 사나다의 목이 베어지면서 피를 뿜어내는 소리였다.

"아앗!"

곤베이가 일어나면서 허리에 찬 칼을 빼 들었지만 서툴렀다. 다리의 중심이 잡히지 않았고 따라서 팔이 흔들렸다. 그때였다. 사나다를 베고 나서 두 발로 토방을 디딘 박성국이 이번에는 어느새 치켜든 칼로 곤베이의 머리를 겨누고 내려쳤다.

"엇!"

곤베이는 검술의 달인이다. 몸을 틀면서 칼을 세워 막았지만 팔이 흔들린 터라 칼의 각도가 비틀렸다.

"쩍깍!"

곤베이의 칼이 잘려 끊어지는 소리가 그렇게 났다. 일본도는 잘 단련된 명검이 많지만 조선 땅 함경도의 조선검은 삼만육천 번을 벼려 쇠를 벤다. 곤베이의 칼을 자른 조선검이 어깨에서 반대편 허리까지를 비스듬히 베었다.

"아…."

곤베이의 마지막 호흡이 흩어졌다. 뼈와 살까지 통으로 베어진 곤베이가 쓰러지더니 갈라진 배에서 오장이 다 쏟아져 나왔다.

‡

고니시가 앉아 있는 자리에서 작년 같은 때 임금 선조가 대신들을 바라보고 있었다. 조선 대신들이 앉았던 자리를 지금 사이토와 하나코가 차지하고 있다. 청의 사방 문을 닫았고 기둥마다 대황초를 켜놓아서 밝다. 고시니의 뒤쪽에 칼잡이 시동 대신 근위무사 둘이 석상처럼 서 있는 것이 달라졌다. 고니시가 요즘 긴장하고 있다는 증거일 것이다. 부채 끝으로 팔걸이를 툭툭 치면서 하나의 머리위쪽을 응시한 채 고니시는 한동안 입을 열지 않았다. 지금 하나는 귀환 인사를 하고난 참이다. 조선 세자 광해의 직속 무장 박성국에게 자진해서 포로가 되었다가 돌아온 모양이 된다. 이윽고 고니시의 눈동자에 초점이 잡히더니 하나를 보았다.

"무엇을 이루었느냐?"

고니시가 불쑥 물었으나 하나는 주저하지 않고 대답했다.

"조선 세자 광해의 신뢰를 얻었사옵고, 조선 무장 박성국을 끌어들였습니다."

"박성국은 지금 어디 있느냐?"

"한양 도성 안에 있습니다."

"그렇다면 박성국이 세자로부터 방출당한 것을 너도 알고 있으렷다?"

"예, 주군."

"임금과 측근, 인빈의 칼끝을 피하기 위한 수단인가?"

"그렇습니다, 주군."

칼로 찌르고 막는 것 같은 문답이 계속되었다.

"박성국이 앞으로 어떻게 할 것 같은가?"

"일본군 중에 전쟁을 주창하는 놈들을 하나씩 제거해 나갈 것입니다."

"나는 살겠느냐?"

두 손을 청 바닥에 붙인 하나가 대답 대신 말을 잇는다.

"조선 간신들을 제거할 것입니다."

"좋지 않다. 그놈들이 바로 내 시종이지 않으냐."

"인빈 일당들까지 죽일지도 모릅니다."

"……."

"박성국은 명궁名弓이며 검술의 달인입니다. 기마술에 능하고 병법에 통달했습니다. 사심이 없고 덕이 많아서 상하의 존경을 받습니다."

"내가 없는 것만 갖고 있구나."

"세자를 위해 모든 것을 다 버린 인물입니다."

"그자한테 몸을 주었느냐?"

고니시가 불쑥 물었지만 하나가 이번에도 주저하지 않고 대답했다.

"예, 주군."

"마음도 주었구나."

"예, 주군."

"그러나 이루지 못할 인연이군."

"예, 주군."

그때 가신 하나가 허리를 숙이고 다가오더니 사이토에게 귀엣말을 하고 뒷걸음질로 물러갔다. 사이토가 머리를 들고 고니시를 보았다.

"주군, 조금 전에 가토 님의 진영 앞 주막에서 가토 님의 밀정단 대장 곤베이와 가신 사나다가 칼에 베어 살해되었습니다. 둘 모두 단칼에 목과 몸통이 베어졌다고 하오."

말이 끝났을 때 고니시의 시선이 하나에게로 옮겨졌다. 고니시의 시선을 그대로 받은 하나의 눈동자는 흔들리지 않는다. 그러자 고니시가 빙그레 웃었다.

5장
난중무사(亂中武士)

"나리, 병서兵書를 읽으십니까?"

마루를 지나던 이연호가 문득 걸음을 멈추고 물었더니 최성연이 책을 덮었다. 낡은 책이다.

"무료해서 그래."

그러나 최성연의 얼굴에 쑥스러운 웃음이 번졌다. 해시(밤 10시경)가 돼가고 있다. 황해도 곡산의 반半관군은 읍에서 십여 리쯤 떨어진 야산 기슭에 진을 쳤는데 민폐를 끼치지 않으려는 황해우병사 최성연의 배려다. 마루 끝에 앉은 이연호가 저도 면구한지 외면했지만 말을 내놓았다.

"나리, 몸부터 돌보시지요. 그런 병서는 읽지 않으셔도 나리께선 지장智將이요, 용장勇將이십니다."

"허어, 남이 들을까 겁난다. 괜한 소리 말게."

놀란 최성연이 손까지 젓더니 책을 소반 밑으로 숨겼다. 최성연은 문신이다. 다른 의병장도 대부분이 문신인 상황이지만 최성연은 남달랐다. 끊임없이 병서를 읽고 전술을 연구했다. 그래서인지 최성연이 이끄는 부대는 손실이 적다는 소문이 났다. 그때 이연호가 정색하고 말했다.

"나리, 전략을 세우시면 내일 중으로 무갈의 관군에 다녀와야 할 것 같습니다. 그들이 진을 닦은 지 얼마 되지는 않지만 또 이동한다면 낭패이옵니다."

"그래서 내가 병서를 보고 있었다."

최성연이 머리를 끄덕이며 말했다.

"관군을 이끄는 지휘관이 함경도 병마사 임우재 휘하의 병마만호와 도사라니 변방에서 여진과 자주 싸운 장수들 아니겠는가? 우리가 허술하면 안 되네."

"함경도 무반이 다 그렇습니까? 소인이 보기에는 왜군에 붙는 역적 놈이 많았고, 대부분 도망질치기 바빴소."

"아니다."

정색한 최성연이 머리를 저었다.

"내가 잘 싸우는 함경도 무반을 알지."

"나리, 누굽니까?"

그러나 최성연이 어깨를 들었다가 내리더니 말했다.

"내일 아침에 그대가 무갈의 함경도군에 다녀와주게."

박성국의 이름을 말할 수는 없다. 세자 측근의 이름을 거론한다면 또 인빈 측 간신들의 주목을 받게 되리라.

‡

"네가 주군께 돌아왔다는 소문이 돌면 안 된다."

정찰에서 돌아온 아베 산자에몬이 하나의 인사를 받자마자 말했다. 한양성 안의 남대문 근처에 아베 산자에몬 부대가 있다. 부대라야 병사 칠십여 명에 시중꾼 백 명 정도의 무리인데 왜군 진용은 다 이렇다. 주군 휘하에 가신家臣들이 병사들을 이끌고 모여 대부대를 형성한 것이다. 아베는 고니시군 만구천여 명 중 백 명을 차지한 서열인 것이다. 처음 만구천여 명을 이끌고 부산포에 상륙한 고니시군 전력은 만삼천여 명으로 줄었고, 아베의 부하도 칠십이 남았다. 전쟁은 제 살 깎아 먹는 놀음이라고 아베의 죽은 아비 간토가 말했었다. 아베가 말을 이었다.

"너는 한양성 안에서 그림자처럼 행세하는 것이 옳다."

"압니다, 아버지."

마루 끝에 단정히 앉은 하나가 시선을 내린 채 말했다. 술시(밤 8시경) 무렵, 숙소는 조용하다. 바깥채에서 식사 배급을 하는지 어수선했고 소음이 울렸지만 이곳 안채는 인기척이 없다. 이곳에서는 아베가 주군인 것이다.

"하나코, 이번 전쟁에서 네 공이 가장 컸다고 주군께서 말씀하셨다."

아베가 주름진 얼굴로 하나를 보았다.

"네가 없었다면 일본군의 진격로도 결정하지 못했을 것이며 조선군의 허실을 알지 못했을 것이라고 하셨다."

"……."

"하나코."

아베가 부르자 하나코는 시선을 들었다.

"예, 아버지."

"너, 고향에 돌아가지 않겠느냐?"

"그것은 주군 님의 지시입니까?"

"그렇게 말씀하시지는 않았다."

"안 갑니다. 아버지."

이번에는 아베가 입을 다물었고 하나가 말을 이었다.

"조선 전쟁의 길을 닦았으니까 끝이 날 때까지 있어야지요."

"가토 님의 밀정대장 곤베이와 가신 사나다가 진영 앞에서 참살당한 것을 들었느냐?"

"고니시 님과 함께 있을 때 들었습니다."

아베는 입을 다물었고 하나도 외면했다. 하나는 이제 자신의 처지가 난감하게 되어 있다는 것을 안다. 지금 가토는 눈을 부릅뜨고 범인을 찾을 것이고 만일 자신이 한양성에 돌아와 있다는 것을 알면 당장 박성국과 연관시킬 것이다. 이윽고 하나가 입을 열었다.

"곧 떠나겠습니다. 아버지."

아베의 시선을 받은 하나가 옛날 열 살 무렵에 고향 마을 입구에서 기다리던 아버지를 향해 달려가며 웃던 것처럼 웃었다. 아베의

214

시선이 아스라해졌다.

‡

"임해, 순화군은 진영 깊숙이 박혀 있어서 중신들도 만나지 못합니다."

밖에서 돌아온 말복이 말했다. 한양성에 온 후부터 말복은 물 만난 고기처럼 생기를 띠었는데 하나가 떠난 후부터는 더 큰 물을 만난 것처럼 굴었다. 오늘도 말복은 가토군 진영 주위를 염탐하고 돌아온 것이다.

"엊그제 사건 이후로 경비가 엄중해졌고 기찰譏察이 심해져서 진영 근처에 다가가기도 힘듭니다."

"넌 어떻게 갔느냐?"

듣기만 하는 박성국 대신 끝쇠가 묻자 말복이 빙그레 웃었다.

"기찰하는 놈은 모두 향도들이오. 조선말 모르는 왜군들은 뒤에 섰고, 향도 놈들이 위세를 부린다오."

"그래서?"

"내가 후쿠시마 님 밀정단 행세를 했소. 전에 내가 후쿠시마 님 밀정단 두목과 여러 번 만난 적이 있거든요."

"이제는 조선이 향도와 밀정 세상이 되었구나."

끝쇠가 탄식했을 때 박성국이 물었다.

"내가 이번에 두 놈을 베는 바람에 하나 입장이 난처하게 되었을지도 모른다. 하나 소식은 들었느냐?"

"듣지 못했습니다."

어깨를 움추린 말복이 말하자 박성국이 하늘을 보았다. 유시(오후 6시)가 돼가고 있다.

‡

그 시간에 안주성의 청 밖에서 유성룡이 전前 영상 최홍원, 좌상 윤두수와 셋이 모여 있다. 방금 선조의 주재로 전시 회의를 마쳤지만 셋은 꼭 이렇게 남아 뒤끝을 맺는 습관이 들었다. 회의가 대개 두어 시진(4~6시간)이나 걸리는 데다 어떤 때는 순서가 뒤바뀌고, 또 어떤 때는 지난 일이 다시 나오기도 하는 터라 두서가 없고 느리기 때문이다. 더욱이 사소한 것이라도 보고 안 한 것이 밝혀지면 선조가 불같이 노하는 바람에 육조에서 처리하면 되는 작은 일도 전시라고 다 가져와서 늘어놓는다. 책임지지 않으려는 수작이지만 위에서 바라는 일이니 어쩔 수 없다. 세 정승도 주상이 오죽 답답하면 저러시랴 싶어서 놔두었던 것이 이 지경을 만들었다.

"승지 박청암이 꾸중을 들었지만 내일 다시 아뢰기로 하십시다."

유성룡이 말했지만 두 정승은 대답이 없다. 회의 때 승지 박청암이 이제 안주를 떠나 평양성으로 가서야 한다고 했다가 선조로부터 무엄하다는 호통을 들은 것이다. 선조는 임금의 거처를 가볍게 움직이려 하는 것이 조정과 왕조를 경시하는 것이라고 꾸짖었다. 그때 좌상 윤두수가 헛기침을 했다.

"평양성이 무주공산처럼 되어 있는 지가 두 달이 넘었습니다. 이 좁은 안주성에서 계시기도 불편하실 텐데, 안타깝소….."

그러나 윤두수는 유성룡의 시선을 받지 못하고 말을 그쳤다. 세 정승은 다 알고 있는 것이다. 작년 6월 11일, 임금 선조는 평양성을 지키겠다고 백성들과 한 약속을 깨뜨리고 야반도주를 했다. 당연히 평양 백성의 원성이 하늘을 찌를 듯이 높아졌을 줄은 듣고 보지 않아도 임금은 알 터이다. 임금의 약속을 믿고 평양성에 남아 있던 백성 수만 명은 코를 떼이고 귀가 잘렸으며 찔려 죽고 굶어 죽었다. 그리고 올해 1월 17일, 일곱 달 만에 평양성이 명군의 지원을 받아 수복되었지만 임금은 두 달이 넘도록 위쪽의 좁은 안주성에서 머물며 움직이지 않는 것이다. 그때 작년에 병으로 영상을 사직했으나 기를 쓰고 조정에 머물고 있는 최흥원이 입을 열었다. 최흥원은 예순다섯이다.

"어떻소? 평양성에 백성이 없다고 하는 것이? 주상께서 미안해서 그러신 모양인데 그렇게 말씀드리는 것이….."

"안 됩니다."

외면한 유성룡이 머리까지 가로젓더니 길게 숨을 뱉었다.

"백성 없는 성에 들어가는 것이란 말입니까? 영상께선 마음이 너무 약하시오."

"내가 나이를 너무 먹어서."

쓴웃음을 지은 최흥원도 숨을 뱉는다.

"왜 빨리 죽지도 않는지, 원."

‡

　4번대 시마즈 요시히로의 부대는 남산 뒤쪽의 경사지에 진을 설치했는데 한강이 내려다보였다. 앞쪽에는 좌우로 뻗은 대로가 나 있는 데다 주택가가 정연히 자리 잡고 있어서 도성의 진면목이 드러난 곳이다. 시마즈의 가신 가쓰라는 오백 석 녹봉을 받지만 대를 이어 내려오는 중신 집안이다. 가쓰라의 부친 히가타가 본국의 영지 사쓰마에서 이천 석을 받는 영지 가로家老 중의 하나인 것이다. 시마즈가 마루 밑에 꿇어앉은 가쓰라를 내려다보았다. 시마즈 집안은 규슈 남부 대부분을 장악한 강력한 세력이지만 본토의 중심인 에도에서 떨어져 있는 관계로 패권을 장악하지 못했다. 다케다 신겐, 오다 노부나가, 도요토미 히데요시로 이어지는 패권은 모두 본토 중심 지역에서 일어나고 망했던 것이다. 시마즈의 나이는 이제 쉰아홉, 원정군의 아홉 개 대 대장 중 가장 연장자며 원로다. 고니시나 가토 등 히데요시의 시동 출신으로 일어난 신흥 세력이 아닌 것이다. 시마즈 요시히로는 17대 당주다. 우선 시마즈는 도요토미 히데요시가 말 부리는 종이었을 때부터 영주였다.

　"이봐 가쓰라, 바쿠를 불러라."

　"예, 주군."

　가쓰라가 살았다는 표정을 짓고 벌떡 일어섰다. 사십대 초반의 가쓰라였지만 시마즈 앞에서는 어린애나 같다. 도무지 주군이 어렵기만 하기 때문이다. 잠시 후에 가쓰라는 조선인 차림의 사내와 나란히 마당에 꿇어앉았다. 삼십대 중반쯤의 사내는 건장한 체격으로 청에 앉은 시마즈를 올려다보았는데 겁먹은 것 같지는 않다.

"바쿠, 조사했느냐?"

시마즈가 묻자 사내는 어깨를 부풀렸다가 내렸다.

"영주님 저는 박입니다. 바쿠가 아니올시다."

"바쿠다."

자르듯 말한 시마즈가 정색했다.

"왜군 장수 둘이 참살을 당했으니 도성 안 백성에게 온갖 소문이 다 퍼졌을 것이다. 너희들이 들은 대로 말하라."

사내가 시마즈를 보았다.

"예, 조선 무장의 짓이라고 합니다."

시마즈는 시선만 주었고 바쿠가 말을 이었다.

"가토군이 도성으로 회군하기 전에 강원도에서 한 개 부대가 몰살당했다고 합니다. 가토군은 쉬쉬하고 있지만 그것이 조선 무장의 짓이라는 것입니다."

"광해의 측근, 도순변사 박성국인가?"

시마즈가 묻자 바쿠가 말을 받는다.

"박성국은 박으로 부르시고 저는 왜 바쿠입니까?"

"바쿠, 계속해라."

호흡을 가눈 바쿠가 말했다.

"박성국은 가토 님의 대군 앞에서 기마군 오십여 기로 가토 님의 수하 장수 하나를 활로 쏘아 죽였다고 합니다. 그러고는 십여명의 기마군을 살상하고 유유히 사라졌다고 합니다."

"그것이 도성 백성에게 퍼졌는가?"

"모르는 사람이 없습니다."

"이번 곤베이와 사나다가 참살당한 것도 박성국의 짓으로 믿는
군."

"그렇습니다."

시마즈가 입을 다물었을 때 바쿠가 목소리를 높였다.

"나리, 고니시 님 휘하로 배속된 대마도 병력은 지난달 돌려보
냈습니다. 이제 저희들도 보내주시지요."

"고니시 님은 네 종족을 거의 다 죽였다. 그래서 살아남은 몇 백
명만 보낸 것 아니냐?"

시마즈의 표정이 엄격해졌다.

"나는 요시토시가 나눠준 삼백여 명을 지금까지 소진시키지 않
았다. 그렇지 않으냐?"

바쿠가 시선을 내렸다. 바쿠라고 불린 박의 이름은 박영천, 대마
도 주민이다. 왜란 직전에 히데요시의 명을 받은 고니시 유키나가
는 조선령 대마도를 점령, 대마도주 종성장을 내쫓고 자신의 사위
인 요시토시를 도주에 임명한 것이다. 대마도는 조선 경상도령으
로 주민 대부분이 조선인이며 고려 시대부터 왜구의 집결지 구실
을 한 때문에 왜어를 모르는 주민이 없다. 그래서 고니시는 요시토
시를 시켜 대마도 주민 오천 명을 이번 전쟁에 징용한 것이다. 오
천 명 중 이천여 명이 고니시군에 편입되었고, 나머지는 9번대까
지의 각 군에 나눠졌는데 모두 소모품 취급을 당했다. 조선어만 알
뿐 향도보다 충성도가 낮아 화살받이로 내놓거나 잡역에 쓰다가
버렸다. 그것은 대마도 징용병이 왜군에 비협조적이었다는 뜻이

다. 그러나 시마즈는 다른 번대보다 대마도민 운용 방식이 달랐다. 향도는 공격 업무에 사용하고 대마도민은 정보 수집과 점령지 관리를 맡긴 것이다. 이것이 17대를 이어온 규슈 시마즈 가문의 안목이다. 규슈는 지리적으로 대마도, 조선 땅과 가깝기 때문에 멀리 본 것이다. 그때 다시 시마즈가 말했다.

"바쿠, 너에게 중대한 임무를 주겠다."

어깨를 편 시마즈가 바쿠를 보았다. 엄숙한 표정이다.

"네 대마도군을 동원해서 박성국 그놈을 찾으라."

시마즈의 시선이 옆에 앉은 가쓰라에게 옮겨졌다.

"가쓰라, 너는 바쿠를 적극 지원하도록."

"예, 주군."

가쓰라가 납작 엎드렸을 때 시마즈가 다시 바쿠에게 말했다.

"이번 일만 잘 처리하면 네가 이끄는 시마즈군 소속 대마도군 절반을 먼저 귀국시키마."

‡

상석에 앉은 병마만호 최인석은 어깨가 넓고 팔도 길었지만 검은 얼굴에 귀가 솟았고 눈동자가 흔들렸다. 병마만호면 종사품직으로 함경도 변방에서는 군수, 성주城主를 맡아 부대를 지휘한다. 용맹함만으로 주민까지 통치할 수는 없는 노릇이다. 그러나 지금은 전시다. 이연호는 관상의 어긋남을 참고 정중히 말했다.

"나리, 이곳에서 팔십 리 거리의 가안벌에 왜군 육백이 있습니다.”

“알고 있어.”

최인석이 손톱으로 철판 긁는 듯한 목소리로 말을 잘랐다. 어깨를 편 최인석이 눈을 가늘게 떴다. 입을 굳게 다물어 흡사 쥐 얼굴 같았다.

“우병사께서 보내셨다니, 우리하고 협력하자는 말씀 아닌가?”

“그렇습니다.”

이연호가 말을 이으려고 했지만 손을 들어 막은 최인석이 머리를 저었다.

“우린 이번에 삼도도순찰사가 되신 임우재 나리를 모시도록 되어 있네. 그대도 알다시피 이 부대는 함경도 병마사 휘하 정예군일세.”

“압니다.”

“임 병마사께서 이번에 함경, 평안, 황해 삼도도순찰사가 되시고 나서 각 도를 순방하기로 되어 있다. 그래서 이곳에서 도순찰사의 기별을 기다리고 있었지.”

“……”

“그런데 바로 어제 저녁에 나리께서 내일 오후까지 오신다는 기별을 받았다. 나리가 오시면 평양으로 들어갈 것이네.”

“평양으로 말씀이오?”

이연호가 확인하듯 물었다. 평양은 이제 명의 대군과 조선군이 들어차서 안전지대다. 소규모 왜군이 흩어진 지방을 순시해야 하는 것이 아닌가? 이연호의 시선을 받은 최인석이 헛기침을 했다.

"나리의 명이시니 내가 내막을 알겠는가?"

‡

그 내막은 이연호가 돌아가려고 말고삐를 풀 때 알았다. 옆으로 다가온 부대의 부지휘관 격인 도사 윤오준이 말해준 것이다.

"내가 같이 온 장교한테서 종사관이 온 내막을 들었소."

순찰을 나갔다 왔는지 땀이 밴 얼굴로 윤오준이 말했다.

"이 부대는 지난 반년간 한 번도 전장에 나간 적이 없소. 그러나 공은 여러 번 세워서 여럿이 승급이 되었소."

주위를 둘러본 윤오준이 말을 이었다.

"나는 한 달 전에 회령에서 기마군 육십 기를 이끌고 이 부대에 합류했으나 꾀병이라도 내 빠져나갈 작정이오."

"왜 그렇습니까?"

도사는 종오품직으로 야전군의 현장 지휘관이다. 북방의 전장에서는 대개 앞장을 선다. 이연호의 시선을 받은 윤오준이 목소리를 낮췄다.

"이 부대는 병든 군대요. 내가 데려온 부하들도 모두 오염되었소. 지휘관은 전장을 피해 다니면서 이름 없는 의병이 세운 공적을 주워 행재소에 보고하고 승급이 되오. 그렇게 반년을 떠돌아다니는 부대가 있다는 말이오."

기가 막힌 이연호가 입만 떡 벌렸을 때 윤오준이 헛기침을 했다. 마구간으로 다가오는 병사들이 보인 것이다.

✝

"소문으로만 듣던 부대가 이 부대라니."

의병장 정석영이 표정 없는 얼굴로 말했다. 술시(밤 8시) 무렵, 우병사 최성연의 진막 안이다. 진막 안에는 장수들이 모두 모여 있었는데 방금 무갈에서 돌아온 이연호의 이야기를 들은 참이다. 이제 모두의 시선을 받은 정석영이 말을 이었다.

"몇 달 전부터 들었지요. 의병들은 그 부대를 귀신부대라고 불렀습니다. 죽은 시체에서 뭔가를 떼어가고 집어가기 때문에 그렇게 부른 것 같습니다."

누가 무슨 대답을 하겠는가? 진막 안에 꽂아놓은 초 두 개의 불빛만 일렁거리고 있다. 이것이 마치 혼불 같다고 이연호가 생각했을 때 우병사 최성연이 혼잣소리처럼 말했다.

"그렇다면 삼도도순찰사 임우재가 귀신부대장이란 말인가?"

"역적이오."

현령 박만홍이 외면한 채 말했는데 말끝을 떨었다.

"그런 역적, 간신을 총애하는 조정도 놈들과 다를 바 없소."

도사 고한주가 말했으므로 진막 안이 조용해졌다. 고한주는 과묵했고 감정을 거의 나타내지 않는 위인이다. 그때 정석영이 머리를 들어 최성연을 보았다. 촛불에 비친 주름진 얼굴이 지쳐 보였다.

"나리, 어찌하시렵니까?"

머리를 든 최성연에게 정석영이 한 마디씩 띄엄띄엄 말했다.

"부끄러운 말씀이나 제가 지금까지 죽을 때를 기다려왔습니다.

조상은 잘 모셨고 자식은 아들 셋을 낳아 네 명 손주까지 두었으나 이제 병으로 죽은 손주 하나까지 제하니 자식 하나에 손주 둘이 남았습니다."

숨을 고른 정석영이 말을 이었다.

"허락하신다면 제가 남은 자식과 손주, 그리고 자원한 의병을 이끌고 왜적을 치고 싶습니다."

"……."

"이 참상을 겪고 이 땅에서 대를 이어서 살아갈 뜻이 없소이다. 이 땅, 이 왕조에 만정이 떨어졌으나 반역은 못하겠고 왜적이나 치다가 죽게 해주십시오."

"……."

"제 조상도 저승에서 잘했다고 반기실 것 같소이다."

"가만."

어깨를 세운 최성연이 정석영을, 그리고 무관들을 차례로 보았다. 어느덧 최성연의 두 눈이 충혈되어 있다.

"며칠만 기다리도록 하십시다."

최성연이 말을 이었다.

"물론 이대로 있을 수만은 없지요. 한데 서두르면 안 됩니다."

이윽고 마음을 굳힌 듯 최성연의 눈빛이 강해졌다.

‡

"아니, 웬일이십니까?"

말복의 놀란 목소리가 들렸지만 대답은 이어지지 않았다. 대신 옆쪽에서 발걸음 소리가 들리더니 곧 냄새가 맡아졌다. 박성국에게는 익숙한 냄새다. 하나의 체취다. 여자에게는 독특한 냄새가 난다. 그것이 머릿기름 냄새 같기도 하고 젖 냄새인 것도 같다. 머리를 든 박성국도 마루 옆에 서 있는 하나를 보았다. 하나가 박성국을 바라보고 있었던 것이다.

"웬일인가?"

박성국도 그렇게 물을 수밖에 없다. 미시(낮 2시) 무렵, 아전골 배성규의 사랑채 안이다. 하나가 마루 끝에 비스듬히 앉으면서 대답했다.

"저 또한 나리님과 비슷한 처지가 되었습니다."

하나의 얼굴에 쓴웃음이 번졌다.

"당분간 저는 나리님 때문에 실종된 몸으로 지내야 합니다."

"네가 나에게로 돌아온 것을 네 주군도 아느냐?"

"짐작하고 계시겠지요."

외면한 채 이번에는 하나가 물었다.

"어젯밤에 또 둘을 죽이셨더군요. 맞습니까?"

"그렇다."

이번에는 성 밖에 주둔한 5번대 후쿠시마 마사노리의 장수 둘이다. 방심한 채 진영 근처의 민가에서 포로로 잡은 조선 여자와 음욕을 즐기던 둘은 방 안에서 살해되었다. 하나가 말을 이었다.

"번대장 회의에서 가토 님이 나리를 지목하셨다고 합니다."

"오늘 밤에 또 죽일 것이다."

"한양 도성 안에 있는 조선인들을 모두 끌어낼지도 모릅니다."

"도성 안에 남아 있는 조선인들은 모두 부역자나 향도야. 상관없다."

"어쩔 수 없이 부역자가 된 조선인이 많다는 것을 나리께서도 아시지 않습니까?"

"네가 조선인 역성을 드느냐?"

박성국이 실소를 머금었다.

"아니면 꿍꿍이가 있느냐?"

말복은 멀찍이 피했는지 인기척도 나지 않는다. 끝쇠는 바깥 행랑채에 있을 것이다. 배성규의 하인 넷은 처음부터 이곳 출입을 금지했기 때문에 얼씬도 하지 않는다. 그때 하나가 시선을 들어 박성국을 보았다.

"나리."

박성국은 시선만 주었고 하나가 말을 잇는다.

"시마즈 요시히로 님의 가신 가쓰라가 지휘하는 대마도대隊의 정보력이 강합니다."

"……."

"조선령 대마도에서 이번 전쟁에 역관 명목으로 오천 명을 징용해 온 것을 들으셨을 것입니다."

"……."

"고니시 님은 대마도대 중 이천을 쓰셨고 나머지 삼천을 수군부대까지 배분해주셨는데 모두 화살받이로 쓰거나 짐꾼으로 썼지만 시마즈 님은 달랐습니다."

"……."

"본대本隊 휘하의 정탐조로 편성해 삼백 명이 거의 손실을 보지 않고 모두 정탐 요원으로 양성되었습니다."

"그놈들이 나를 탐지했단 말인가?"

"그자들이 가장 위험합니다. 제 주변을 샅샅이 뒤질 것이고 곧 이곳도 드러날 것입니다."

박성국이 호흡을 골랐다. 그 말을 해주려고 온 것이다.

‡

서신을 내려놓은 광해가 머리를 들었다. 이연호는 광해의 두 눈이 번들거리는 것을 보았다. 청 안에는 우상 유홍과 이연호까지 셋이 둘러앉았다. 바깥 마루에서 별장 안남기와 차동신이 불안한 표정으로 안을 흘끔거리고 있다. 신시(낮 4시) 무렵, 갑자기 황해우병사가 보낸 전령으로 종사관 이연호가 광해에게 달려왔으니 모두 긴장하고 있다. 우병사의 곡산 진영에서 이곳까지는 삼백여 리. 이연호는 장교 하나만 달고 어젯밤부터 말을 달려왔다고 했다. 광해는 한동안 황해우병사 최성연이 보낸 서신을 손에 쥔 채 입을 열지 않았다. 유홍은 최성연이 광해의 경연 스승이었음을 안다. 최성연이 분조의 세자 옆으로 오고 싶어 했다는 것도 안다. 그것이 동인 세력에게 저지당했다는 것까지 안다. 이윽고 광해가 서신을 유홍에게 건네주었다. 그저 서신만 내밀 뿐 입도 열지 않는다. 이연호는 입안에 고인 침을 삼켰다. 이연호는 광해를 처음 알현했다.

우병사 최성연의 서신을 가져왔다고 고했더니 광해는 두말하지 않고 청 안으로 불러들였다. 종육품 종사관을 바로 앞에 앉힌 것은 아무리 비좁은 분조라고 해도 파격이다. 그만큼 최성연에 대한 광해의 그리움이 깊었기 때문일 것이다. 유홍이 서신을 읽는 동안 광해가 입을 열었다.

"우병사는 잘 계시느냐?"

"예, 저하."

납작 엎드린 이연호가 청 바닥에 대고 대답했다.

"저에게 직접 말씀은 안 했으나 저하를 그리고 계십니다."

"나도 그렇다고 전해라."

"예, 저하."

그때 서신을 다 읽은 유홍이 광해를 보았다. 두 눈이 부릅떠졌고 입술이 푸들푸들 떨리고 있다.

"저하."

유홍의 목소리가 떨렸다. 헛기침을 하고 난 유홍이 말을 잇는다.

"저하, 이 서신은 저하하고 소신만 알고 있는 것이 낫겠습니다."

"……."

"이 역적놈들의 뿌리는 행재소에 있기 때문입니다. 저하."

최성연은 '귀신부대'의 소문까지 낱낱이 적어 올린 것이다. 유홍의 시선이 이연호에게 머물렀다가 옮겨졌다. 더 물을 것이 없다는 표시 같다. 그때 광해가 이연호에게 말했다.

"서신에 앞으로 어떻게 할 것인지는 밝히지 않았다. 너는 아느냐?"

"모릅니다. 저하."

"내가 역적 무리는 꼭 토벌할 것이라고 전해라."

"예, 저하."

"방어사가 전에 서신을 보낸 이가 적임자라고 전하면 알 것이다."

"예, 저하."

"너희들이 충신이다."

그러더니 광해가 눈을 감았다. 가쁜 숨을 진정시키려는 것 같다.

‡

가쓰라는 은행나뭇잎 문장이 그려진 갑옷 차림이었는데 허리띠
는 금장식을 붙여서 화려했다. 옆쪽 의자에 앉은 가쓰라가 주위를
둘러보며 말했다.

"이런 요지에 성도 쌓지 않다니. 조선은 한 번도 전쟁을 치른 적
이 없는 것 같단 말이야."

가쓰라가 앉은 정자 위에서 삼면이 내려다보이는 것이다. 이곳
은 남산 중턱으로 남쪽 한강을 내려다보는 위치다. 신시 끝(오후 5
시경) 무렵, 3월 중순의 태양이 서산 위쪽에 걸려 있다.

"바쿠, 소문은?"

가쓰라가 물었을 때 박영철이 이맛살을 찌푸렸다가 대답했다.

"고니시 님의 밀정대장 하나코란 여자가 한양 도성에 있다는 소
문이 돌고 있소."

가쓰라는 이제 시선만 주었고, 박영철의 말이 이어졌다.

"가토군 장수를 벤 것은 고니시 님의 지시라는 소문도 났소. 고니시 님이 하나코를 시켜 박성국을 날뛰게 만들었다는 소문."

"그럴듯하군."

"또한 박성국 배후의 광해군과 하나코 배후의 고니시 님이 밀약을 맺었다는 소문도 있소."

"더 말해보라."

"두 분의 공동의 적인 가토 님을 약화시켜 이번 전쟁의 주역에서 제외시킨다는 작전이랍니다."

"도대체 누가?"

"향도들이 떠드는 소리를 들었소."

"조선놈들이란."

"말이 많습니다."

어깨를 올렸다 내린 박영철이 말을 잇는다.

"나도 조선인이지만 본토의 조선인이 이렇게 말 많고 생각이 많은지 놀랐습니다."

"……."

"조선 조정의 관리들이 그렇게 눈만 뜨면 싸우는 이유를 알 것 같습니다. 백성부터 이런데 배운 양반 관리라면 머릿속이 쓸데없는 말로 가득 차 있을 것 아닙니까?"

"과연."

"향도는 물론이고 부역자들이 모인 곳에 가면 두 패, 세 패로 나뉘어 소문을 쏟아냅니다. 대개 먹을 걱정이 없어지면 이러는 것 같습니다."

쓴웃음을 지은 박영철이 저 혼자 머리를 끄덕이고는 옆에 앉은 가쓰라를 보았다. 그 순간 놀란 박영철이 자리를 차고 일어섰다. 의자가 뒤로 확 넘어졌다. 가쓰라는 뒤쪽 바위에 머리를 기대고 앉아 있었는데 눈썹 사이에 깊게 화살이 박혀 있다. 두 눈을 부릅뜨고 입을 딱 벌린 것이 자신도 무슨 영문인지 모른 채 죽은 것 같다.

"아앗!"

뒤늦게 외침을 뱉은 박영철이 몸을 웅크렸다. 이곳은 남산 중턱의 정자 안이다. 삼면이 트여 있어 바위와 숲, 아래쪽 공터까지 내려다보였는데 진영 뒤쪽인 터라 한양성 안이 내려다보이는 위치다.

"호위무사! 호위무사!"

박영철의 입에서 외침이 터져나왔다. 아래쪽에 항상 가쓰라를 경호하는 호위무사 둘이 있을 것이다.

"아소! 아소!"

그중 이름을 아는 작달막한 체구에 코가 작지만 검술의 달인이라는 무사의 이름을 불렀다. 그러나 대답이 없다.

"이것 보시오!"

이제는 박영철이 바위 뒤쪽에 있을 시마즈군 초소를 향해 목청을 높인 순간이다.

"딱!"

충격음과 함께 화살이 얼굴에서 한 치 거리의 난간 기둥에 박혔으므로 박영철이 대경실색을 했다.

"딱!"

232

또 한 대의 화살이 날아와 얼굴 반대편 난간 손잡이에 박혔는데 이번에는 더 가까워서 화살 꼭지의 깃털이 얼굴에 닿았다. 입만 딱 벌린 박영철이 얼어붙었을 때 또 한 대의 화살이 박혔다.

"딱!"

이번에는 사타구니 사이의 마룻바닥이다. 화살은 사타구니에서 솟아 나온 것처럼 꽁지를 떨고 있다. 박영철은 입을 다물었다. 한 번 더 입을 열면 화살에 몸을 꿰일 것이다. 화살의 임자가 박영철을 일부러 살려두는 것이다.

‡

잠시 후에 아래쪽에서 두 사내가 다가왔다. 조선인이다. 요즘 향도 사이에서 유행하는 헝겊 두건을 썼고 다리에는 각반을 찼다. 앞장선 사내는 각궁을 쥐었는데 살이 메겨져 있다. 삼십 보쯤 거리지만 이쪽을 올려다보는 눈빛이 날카롭다. 건장한 체격인 사내 뒤로 날씬한 몸매의 사내가 따른다. 아직 날씨가 싸늘했으므로 개가죽 벙거지에 눈만 내놓은 채 조끼를 걸쳤고, 팔에는 검은색 헝겊을 동여맸다. 저것은 8번대 우키다 히데이에의 향도대 표시다. 둘은 순식간에 비탈길을 올라왔는데 그들을 주시하던 박영철은 숨을 삼켰다. 바위틈에서 삐져나온 다리 한쪽이 보였기 때문이다. 가쓰라의 호위무사다. 이미 둘은 죽어 있었다.

‡

　잠시 후에 셋은 그곳에서 이백 보쯤 아래쪽의 바위틈에 둘러앉
았다. 이곳은 남산에서 흘러나온 개천이 한강 지류와 섞이는 지점
이다. 바위투성이 지형에 잡목이 우거져서 산길도 나 있지 않았다.
사내가 앞쪽에 쪼그리고 앉은 박영철을 보았다. 사내는 박성국이
었다.

　"바른 대로 실토하면 살려줄 수도 있다."

　박성국이 두 걸음쯤 앞쪽의 박영철에게 말했다.

　"내가 향도는 물론이고 조선인 행세를 하는 밀정도 많이 겪었지
만 대마도민은 처음 만난다."

　"누구시오?"

　박영철이 갈라진 목소리로 물었다. 이곳까지 정신없이 따라오긴
했지만 아직 두려움은 지워지지 않았다. 사내의 눈빛과 분위기는
살인을 밥 먹듯이 하는 인간이다. 그때 박성국의 얼굴에 쓴웃음이
번졌다.

　"나는 조선 무장이다. 이제 직을 놓았으니 난중무사亂中武士라고
해두자."

　"혹시 세자의 측근 도순변사 나리가 아니시오?"

　그 순간 박성국의 눈썹이 치켜 올라갔다. 옆쪽 하나도 긴장한 듯
몸이 굳었다. 잡목 숲 안은 이미 어두워지고 있다. 그때 박성국이
물었다.

　"나를 아느냐?"

"소인이 나리의 명성을 모으고 있습니다. 그래서 조금 전에 죽은 시마즈 님의 측근 가쓰라에게 보고하는 중이었지요."

상체를 기울인 박영철이 말을 잇는다.

"나리께서 대마도민을 자주 보시지 못한 이유가 이렇습니다. 대마도 조선인 오천 명이 이번 왜군의 침공에 징용되었는데 대부분이 통역이나 진중 잡일, 점령지의 잡무를 맡았기 때문이오."

그때 하나가 머리를 끄덕이며 거들었다.

"대마도민은 향도와 달리 조선 백성에게 우호적이었습니다. 그래서 각 번대에서는 대마도민이 조선 백성에게 접근하는 것을 차단했고, 전투 시에는 선봉대의 화살받이로 소모했지요."

머리를 끄덕인 박성국이 박영철을 보았다.

"내가 남대문에서부터 너를 따라온 것이다. 네놈들은 시마즈로부터 정보원으로 양성되었다고 들었다, 나를 찾고 있었느냐?"

"그렇습니다."

박영철의 시선이 하나에게로 옮겨졌다. 조금 전 하나가 입을 열었을 때부터 박영철은 놀란 듯 얼굴이 굳어 있다.

"시마즈 님으로부터 지시를 받았지요. 두 분의 정보를 모아 오라는 말씀이셨는데 두 분께 잡히게 되었습니다."

"두 분이라니?"

"도순변사 나리와 고니시 님의 밀정대장 하나코 님 말씀입니다."

"이 사람이 하나코 같으냐?"

"두 분이 같이 계신다는 소문이 났습니다."

"……."

"저를 살려 보내주시지요."

박영철이 불쑥 말했으므로 박성국과 하나가 서로의 얼굴을 보았다. 남산 밑 주막에서 향도 틈에 끼어 있는 박영철을 주목한 것은 하나다. 박영철은 시마즈 가문의 붉은색 띠를 목에 두르고 있었는데 대마도민 징용병이라는 표시였다. 박영철이 말을 이었다.

"이제 시마즈 님이 측근 가쓰라를 잃었으니 나리에 대한 소문이 한양 도성에 다 퍼질 것입니다."

"네 입이 더 일조하겠지."

"소인을 보내주시면 가쓰라가 조선 결사대 십여 명의 기습을 받아 죽었다고 보고하지요."

박영철이 간절한 표정으로 둘을 번갈아 보았다.

"호위무사의 시체에 칼질을 하고 화살을 빼면 넘어갈 것입니다. 저대로 두면 나리께선 명궁으로 소문이 난 터라 영락없이 지목당할 것입니다."

그때 하나가 박성국을 보았다.

"맞는 말입니다."

‡

거지꼴을 한 차동신이 배성규의 행랑채 안으로 들어섰을 때는 술시(밤 8시) 무렵이다. 박성국이 가쓰라를 사살한 지 사흘째 되는 날이다. 조선군 결사대가 도성 안에까지 침입해 시마즈군의 장수까지 사살한 터라 도성 안의 분위기는 흉흉했다. 차동신은 어젯밤에 도성에 잠입하고 나서도 마포강변 폐가에 반나절 동안이나 숨어 있었다고 했다.

"나리."

박성국을 본 차동신이 마당에 납작 엎드리더니 눈물바람을 했다. 분조를 떠난 지 이십여 일이 지났을 뿐이지만 몇 년 만인 것 같다. 그러나 박성국이 서둘러 묻는다.

"네가 웬일이냐?"

박성국의 목도 잠겼다. 말복과 끝쇠도 뒤에 서서 주춤거리고 있다. 분조를 떠나면서 차동신에게 이곳 위치를 알려주었다. 위급한 때에는 달려가야 했기 때문이다. 그때 차동신이 품에서 비단에 싼 서신을 내밀었다.

"저하께서 보내신 서신이오."

놀라 일어선 박성국이 서신을 두 손으로 받쳐 들고 서 있는 차동신을 향해 마당에서 무릎을 꿇고 삼배를 올렸다. 그러고는 서신을 받아 폈다. 먼저 광해가 박성국에게 쓴 친필 서신이다.

"네가 떠난 지 보름이 넘었을 뿐인데 오래된 듯하니 생각을 많이 한 때문인 것 같다. 너를 보낼 수밖에 없는 현실이 분하지만 꼭 견뎌서 다시 만나도록 하자."

박성국이 흐르는 눈물을 손등으로 닦고는 마저 읽는다.

"내 경연 스승이며 너를 아끼던 전前 홍문관 직제학 최성연이 황해도 곡산에서 황해도 우병사를 맡고 있다. 그도 너와 마찬가지로 나와의 인연 때문에 내 옆에 있지 못하고 변방을 떠도는구나. 그런데 며칠 전 최성연이 나에게 서신을 보내왔으니 읽어보기 바란다. 추신: 최성연에게 네가 이 일에 적임이라고 말했으니 기다리고 있을 것이다. 부디 몸 보전하기 바란다."

다 읽은 박성국이 서둘러 다른 서신을 펼쳤다. 이것은 최성연이 광해에게 보낸 서신이다.

‡

"이동하고 있습니다!"

정찰에서 돌아온 장교가 소리쳐 보고했으므로 최성연이 자리를 고쳐 앉았다. 황해도 우군右軍으로 불리는 관민官民 혼성군은 곡산 외곽의 마을로 진을 옮겼는데 빈집이 많아서 팔백여 명을 수용하고도 남았다. 피란민이 아직 돌아오지 않은 것이다. 최성연이 물었다.

"어디로 말이냐?"

장교 셋은 가안벌의 왜군을 정찰하고 온 것이다. 먼지투성이의 장교가 대답했다.

"예, 동북방으로 갑니다."

"동북방이라."

최성연의 이맛살이 찌푸려졌다. 왜군 육백은 기동정찰군 형식이다. 소속은 3번대 구로다 나가마사 휘하의 선봉대 일부로 추측되었다. 그런데 이동하려면 본대가 위치한 동남방으로 가는 것이 정상이다. 동북방이면 이미 명군이 장악하고 있는 평양 방면이다.

"아니, 그러면."

그때 옆에 있던 의병장 정석영이 나섰다.

"함경도군軍 쪽으로 가는 것이 아닌가?"

"그건 모르겠소."

"동북방이면 바로 그쪽이야. 가안벌을 건너 멸악산맥 줄기를 타고 직진하면 바로 함경도군을 만날 수 있다."

장교들이 서로 얼굴을 보았고, 마침 청 안에 있던 이연호도 다가와 섰다. 과연 그렇다. 방향이 맞다. 이연호가 최성연과 정석영을 번갈아 보면서 말했다.

"지난번에 제가 갔을 적에 도순찰사가 곧 온다고 했으니 떠났을 것 같습니다."

"그 귀신부대가 전투를 피하려고 도순찰사 핑계를 댔을 수도 있지."

정석영이 말했을 때 최성연이 말했다.

"지휘관들을 다 부르게."

유시(저녁 6시) 무렵이니 저녁때가 다 되었다.

남대문 우측에는 허물어진 성벽이 많다. 지난번 왜군이 도성을 공략할 때 허물어버린 부분을 제대로 보수하지 않았기 때문이다. 해시(밤 10시) 무렵, 남대문에서 삼백 보쯤 거리의 허물어진 성벽을 하나씩 넘어 나가는 무리가 있다. 하나, 둘, 셋, 이렇게 검은 형체가 솟았다가 어둠 속으로 묻혔다. 다섯이다. 성벽을 넘은 일행은 곧장 북서쪽으로 방향을 잡았는데 한 시진(약 2시간)쯤이 지나 한

강변에 이르렀을 때 일행이 멈춰 섰다.

"나리, 몸 보중하시오."

어둠 속에서 허리를 굽혀 절하는 사내는 차동신이다. 이곳에서 차동신은 강을 건너 세자 광해가 있는 분조로 돌아간다.

"오냐, 저하께 말씀 올리거라."

"예, 나리."

소리쳐 대답한 차동신이 덧붙였다.

"마님 걱정은 맙시오. 소인이 목숨을 걸고 지키겠습니다."

"이놈아 저하를 지켜야지."

꾸짖듯 말한 박성국이 몸을 돌렸고, 차동신은 이제 넷이 된 그림자가 어둠에 묻힐 때까지 지켜보고 있다.

✠

한양 도성 북쪽은 왜군의 점령 지역에서 해방되었지만 오히려 기동대의 출몰은 더 거칠어졌고 빈번해졌다. 그것이 백성에 끼친 피해는 점령지로 있을 때보다 더 가혹했기 때문에 조선 땅은 황폐한 묘지로 변해갔다. 곡식의 씨를 뿌리지 못한 채 딱 한 해가 지난 터라 굶어 죽는 무리가 수만 명씩 생기는 상황이다. 새벽녘까지 황무지가 되어 있는 논밭을 가로지르고 나무뿌리까지 파헤쳐진 산야를 넷이 걷는다.

"나리, 저쪽에 민가가 있습니다."

앞쪽을 가리키며 끝쇠가 말했다. 이제는 끝쇠가 앞장을 섰고 박성국, 하나, 말복의 순서가 되었다. 인시(새벽 4시) 무렵, 이곳은 장흥 남쪽의 황야다. 한양 도성에서 팔십여 리는 온 것 같다. 박성국이 끝쇠가 가리키는 산기슭의 마을을 보았다. 아침 안개에 묻힌 민가가 대여섯 채 드러났다. 거리는 오백 보 정도, 전에는 마을에 다가가면 개 짖는 소리부터 들렸는데 지금은 무거운 정적만 흐르고 있다. 뒤쪽에서 말복이 혼잣소리처럼 말했다.

"이곳이 큰길과 가깝고 평지여서 마을에 주민이 남아 있을 것 같지가 않습니다."

과연 말복의 말대로 이십여 호 되는 마을은 텅 비었다. 불타거나 부서진 집도 없는 것을 보면 난리를 당하기 전에 피란을 떠난 것 같다. 왜군과 조선군이 번갈아 묵고 간 흔적이 있지만 오래 묵은 것 같지는 않다. 주위를 둘러본 박성국이 하나에게 물었다.

"네 생각은 어떠냐?"

"함정입니다."

바로 대답한 하나가 쓴웃음을 지었다.

"지금은 치마를 벗은 여인 꼴이 돼 있군요."

박성국이 머리를 끄덕이더니 마을 위쪽을 눈으로 가리켰다.

"저곳이 지휘부겠군."

"일단 마을 안으로 들어오면 빠져나가기가 쉽지 않겠습니다."

"두어 번 성공한 것 같다."

마을 안으로 들어선 박성국이 민가의 사립문을 흔들어보면서 말했다.

"두어 번 사립을 고쳤구나."

말복과 끝쇠는 시키지 않았는데도 좌우를 맡아 분주히 민가를 뒤지고 있다. 손에 칼을 빼 들고 긴장한 모습이다. 마을은 호리병 모양으로 꼭지가 위쪽이다. 중심 부분은 꺼져 있는 데다 위쪽에서는 아래가 다 보였고, 좌우는 개울과 꽤 높은 바위벽에 막혀 있다. 그러니 마을 입구를 막기만 하면 함정에 갇힌 꼴이 되는 것이다. 마을 입구의 민가에 들어간 박성국과 하나가 마루에 나란히 앉았다. 동쪽으로 지어진 집이어서 머리만 돌리면 좌우를 수색해 올라가는 끝쇠와 말복이 보인다.

"넌 앞으로 어떻게 할 생각이냐?"

박성국이 불쑥 묻자 하나가 시선을 똑바로 주었다.

"나리, 분조에 둔 아낙은 어떻게 하시렵니까?"

하나가 되물었으므로 박성국이 어깨를 들었다가 내렸다.

"난리 통이니 그만하면 잘된 것이다."

"어떻게 되었는데요?"

"종이품 도순변사 마님 대접을 받을 거야."

"부럽습니다."

"네 대답을 듣자."

"저한테는 후실 대접이라도 해주시지요."

"조선에 눌러살 것이냐?"

"갈 곳이 없습니다."

"전쟁이 끝나면 각각 영지로 돌아갈 것 아니냐?"

"제 역할은 이제 끝났습니다."

외면한 채 하나가 말을 이었다.

"맡은 소임은 다한 셈입니다."

"그럼 내 후실 되는 일만 남았느냐?"

"받아주시렵니까?"

고개를 든 하나가 정색하고 있었으므로 박성국이 자세를 고쳐 앉으며 말했다.

"밀정은 칼로 겨루는 것처럼 남정네한테 대드는군."

"왜녀라고 하시지 않아서 다행입니다."

그때 끝쇠가 다가오며 말했다.

"쥐 한 마리 없습니다. 나리."

그러자 좌측 위쪽에서 말복이 다가오며 말했다.

"너무 깨끗해서 수상쩍습니다."

밀정 출신의 말복이 더 예민한 것 같다.

‡

나뭇가지 사이로 아래를 내려다본 이연호가 어깨를 늘어뜨렸다.

"정예군이군."

진시(아침 8시) 무렵, 이연호가 장교 둘과 함께 산 중턱에서 아래쪽을 내려다보고 있다. 육백여 보쯤 앞에서 왜군이 진지를 걷는 중이었는데 질서가 정연했다. 기마군은 이미 장비를 갖추고 첨병이 달려갔다. 눈을 가늘게 뜬 이연호의 입꼬리에 웃음이 떠올랐다.

"오늘 저녁때쯤 귀신부대는 조선 땅에서 사라져 염라국으로 옮겨가겠다."

혼잣말이었지만 옆의 장교들은 들었다.

"나리, 치중대가 움직이지 않는 것을 보니 따라가지 않을 것 같소이다."

장교 하나가 말하자 늙수그레한 장교가 혀를 찼다.

"이봐라. 기마 치중대는 이미 기마군 대열에 붙었다. 저기, 보군이 풀어 쌓아놓은 장비가 보이지 않느냐? 보군도 속보로 진군하려는 것이다."

전장을 여러 번 겪은 중년 장교여서 눈썰미가 밝고 장비를 보면군의 움직임을 짐작할 수 있는 것이다. 이연호도 그것을 보았으므로 머리를 끄덕였다.

"돌아가자."

새벽에 정찰을 나온 것이다. 몸을 일으킨 이연호가 나뭇가지 사이로 하늘을 보았다. 진시 무렵이었으므로 이곳에서 귀신부대까지는 네 시진(약 8시간)이면 닿는다. 기마군이 이끈 기동군의 속도는 빠르다.

"이곳에서 귀신부대까지는 백 리가 조금 못 됩니다."

이연호의 마음을 읽었는지 나이 든 장교가 말을 매어놓은 곳으로 앞장서 가면서 말했다.

"먼저 기마군이 습격해 퇴로를 막고 보군과 돌격병으로 요절을 내겠지요."

이곳 풀 숲도 조용하다. 산새도 자취를 감춘 지 오래되었다.

이연호가 있는 곳에서 백여 리 떨어진 함경도군軍 진영 안이다. 그제야 아침밥을 먹고 난 병마만호 최인석이 진막 안으로 들어온 윤오준에게 물었다.

"무슨 일이오?"

"이동 명령은 언제 내려옵니까?"

다가선 윤오준이 물었을 때 최인석은 혀를 찼다.

"도순찰사께서 공무에 바쁘신 모양이오. 기다립시다."

"벌써 보름이 지났습니다. 아래쪽은 물론이고 동쪽에서도 왜군이 준동하고 있는데 이렇게 한곳에서만 허송세월하는 것이 불안합니다."

그러자 최인석이 눈을 부릅뜨면서 버럭 화를 냈다.

"그렇게 생각한다면 이번에 도순찰사께서 오시면 직을 바꿔드리도록 하지. 그대가 바라던 아래쪽 전장으로 가게 될 것이오."

"그렇게 해주시오."

마침내 윤오준도 언성을 높였다.

"그러실 것 없이 만호께서 내쳐주시지요. 직권으로 타他 부대에 파견하실 수도 있지 않소? 지금 당장이라도 해주시면 떠나겠소."

"그대 혼자는 보내주지."

"안 되오. 내 수하 기마군은 함께 행동하도록 되어 있소. 군율에 따라 같이 보내주시오."

둘이 언성을 높였을 때 밖에서 듣고 있었는지 종오품 판관 한재구가 들어와 말렸다.

"진정들 하시오. 밖에서 군사들이 듣소."

한재구는 오십대로 평안도 정주목에 있다가 함경도군에 편입되었는데 요령이 좋았다. 눈치가 빨라서 최인석과 한통속이 되어 있는 인물이다. 한재구가 성긴 수염을 손바닥으로 쓸면서 윤오준에게 말했다.

"며칠만 더 기다렸다가 결정하십시오. 그사이에 도순찰사께서 오실지도 모르지 않습니까?"

윤오준은 외면했다. 이 귀신부대의 지휘관들은 모두 이렇다. 한달 동안 귀신부대에 묵으면서 두 번 이동했고 전장을 피해 다니는 바람에 전투는 치르지 못했다. '수색전'이랍시고 주로 밤에 오륙십 명을 내보내 '전과'를 가져오는데 바로 행재소의 임우재에게 포획한 왜군 무기와 수급을 전리품으로 바쳤다. 그러면 전공으로 기록되고 포상이 내려지는 것이다. 몸을 돌린 윤오준이 잠자코 진막을 나가자 최인석과 한재구의 시선이 부딪쳤다.

‡

말복의 예상이 맞았다. 사시(오전 10시경) 무렵이 되었을 때 말굽 소리가 울리더니 기마군 한 무리가 나타났다. 위채에서 깜빡 잠이 든 박성국이 밖으로 나와 마을 입구를 보았다. 왜군 기마 정찰군이다. 여섯 기, 장거리 정찰대로 여분의 말이 다섯 필, 두 필에는 식량과 취사도구 등이 실려 있다. 그때 하나가 옆으로 다가왔다. 두 눈이 반짝이고 있다.

"이곳에 익숙한 것 같습니다."

기마군은 마을 안쪽으로 들어서더니 말에서 내려 제각기 흩어졌다. 대장은 마루에 앉았고 한 놈은 말에서 짐을 내렸으며 한 놈은 옆집 부엌으로 들어갔는데 마치 제집처럼 군다. 박성국이 조립해 놓은 각궁을 들더니 하나에게 말했다.

"곡산에 빨리 닿을 수 있을 것 같다."

그때 좌측 민가 부엌 옆에 서 있는 끝쇠가 보였다. 박성국의 지시를 기다리는지 시선을 떼지 않는다.

‡

"왜군을 뒤에서 칩시다."

마침내 최성연이 결정을 내렸다. 최성연이 둘러선 지휘관들을 차례로 훑어보고 나서 시선을 내렸는데 얼굴에 쓴웃음이 떠올라 있다.

"귀신부대를 돕는 것이 아니오. 왜군을 쳐서 백성을 구해내는 일이오."

짐작하고 있었는지 지휘관들은 대답하지 않는다. 사시 끝(오전 11시경) 무렵, 그들은 방금 정찰에서 돌아온 이연호로부터 보고를 받은 것이다. 심호흡을 한 최성연이 어깨를 펴고 말했다.

"출동 준비. 병약자는 빼고, 경장 차림으로 오시(낮 12시경)에는 출동이오."

$$\ddagger$$

"쌕!"

화살이 날았다. 거리는 사십여 보. 빗나갈 리가 없다. 하나는 화살이 왜군 척후대장의 목을 꿰뚫는 것을 보았다.

"쌕!"

각궁의 시위를 떠난 두 번째 화살, 부엌에서 나온 왜군의 가슴에 깊게 박힌다. 가슴을 움켜쥔 왜군이 앞으로 쓰러졌을 때 외침이 울렸다.

"에잇!"

끝쇠다. 옆쪽 민가 담장에 기대서 있다가 앞으로 달려가는 왜군의 등을 찔렀다.

"아아악!"

마을에 비명이 울렸다.

"쌕!"

이곳은 위쪽 민가 담장 옆이어서 사방이 다 드러난다. 말에게 건초를 먹이던 왜군이 칼을 빼 들고 끝쇠 쪽으로 달려가다가 뒤통수에 살이 박혔다. 삼십여 보 거리지만 하나는 숨을 들이켰다.

"에에익!"

이번에는 왜군이 기합 소리를 내며 이쪽으로 달려온다. 우물가에 있던 왜군이 박성국을 발견한 것이다. 한 손으로 칼을 치켜들고 눈을 부릅떴다. 맹렬한 기세다.

"쌕!"

하나는 오히려 시간이 지날수록 가슴이 가라앉는다. 이십 보밖에 안 되는 거리여서 화살이 눈 사이에 정확히 박히는 것이 보인다. 또 한 명은? 하나가 머리를 돌려 두리번거렸다. 그때 왼쪽 담장을 돌아 말복이 나왔다. 손에 피가 묻은 칼을 쥐고 있다. 끝났다. 그때 박성국이 머리를 돌려 하나를 보았다.

"가라."

그때 하나는 자신의 손에만 피를 묻히지 않았음을 떠올렸다.

‡

팔도도순찰사 한응인이 선조에게 말했다.

"전하, 지난달 함경도병마사 임우재가 지휘하는 함경도군軍이 왜적 수급 스물두 개, 왜검 서른두 개, 소총 열두 자루, 말 열네 필을 노획했다는 전공 보고가 와 있습니다."

"허어, 또?"

임금의 시선이 한응인 뒤쪽에 서 있는 임우재에게로 옮겨졌다. 이제 임우재는 삼도도순찰사다.

"함경도군의 무용이 가상하다."

"모두 전하께서 응원해주신 덕분이옵니다."

임우재가 허리를 굽혔다가 들고 간절한 시선으로 임금을 올려다보았다.

"함경도군은 전하께서 환향하시는 길목을 지금도 청소하고 있나이다."

"장하다."

임금이 머리를 크게 끄덕였다.

"전하, 소신이 곧 함경도군을 지휘해 평양성에 먼저 진입하겠소이다."

임우재가 말하자 임금이 다시 끄덕였다.

"그리 하라."

지금까지 진즉 수복된 평양성에 입성하지 않은 이유는 백관 모두가 안다. 백성 몰래 성을 빠져나가는 바람에 임금에 대한 원성이 높았기 때문이다. 만일 입성했을 때 백성이 들고일어나기라도 한다면 안팎에서 당한다. 임금이 말을 이었다.

"삼도도순찰사 임우재가 지휘하는 함경도군에 포상을 내리도록 하라."

‡

"오느냐?"

다나카 신자부로가 얼굴을 펴고 웃었다. 볼에 칼자국이 나 있지만 웃는 얼굴에 묻혀 주름투성이의 호인好人 표정이 된다.

"좋아. 꼬리는 길게, 중심은 굵게."

다나카가 딱 잘라서 그렇게 말하자 부장 우에노가 소리쳐 부대장들에게 지시했다. 정연하게 전진하면서도 명령은 신속히 전달됐고 곧 부대가 이동하기 시작했다. 미시(낮 2시)가 조금 안 된 시간이다. 왜군 육백은 거침없이 동진하고 있다.

"주장主將, 황해도군이 함정에 빠져든 것일까요?"

우에노가 소리쳐 물었다. 삼십대 중반의 우에노는 체격이 크고 기마전에 능했다. 지금까지 십여 차례 접전을 치렀는데 특히 지난 1월 말의 벽제관 싸움에서 눈부신 공을 세웠다. 우에노가 이끈 기마군 삼백 기가 명의 보군 이천 명을 격파한 것이다. 우에노의 시선을 받은 다나카가 짙은 턱수염을 흔들며 웃었다.

"최성연은 왕자 광해의 경연 스승이었다는 자 아닌가? 이런 인물은 대의를 위해 사심을 버릴 줄 아는 사람이지."

사십대의 다나카는 구로다 나가마사의 중신重臣이다. 이번 전쟁에서 주로 적전敵前 정찰, 기습, 별동군 역할을 수행했는데 이런 임무는 대개 가장 유능하고 신임이 두터운 신하가 맡는다. 그것이 바로 다나카다. 녹봉 천오백 석. 우에노는 벽제관 전투를 치른 뒤 녹봉이 삼백 석에서 오백 석으로 올랐다. 다나카가 앞을 향한 채 말을 잇는다.

"우리가 쥐 떼 무리를 치는 것을 보고 가만히 있을 위인이 아니지."

"역시 주장의 안목이 높으십니다."

"지피지기면 백전백승이야."

뱉듯이 말한 다나카의 얼굴에 쓴웃음이 번졌다. 황해도군과 반대로 지금 다나카군軍이 향하는 조선 함경도군은 군이라고도 부르지 않는다. 지휘관부터 졸병까지 그들을 '쥐 떼'라고 부르며 멸시했다. 조선군이 '귀신부대'라고 부른 것이 오히려 양반이다. 왜군은 그 '쥐 떼'가 조선군 시체의 목을 떼어서 왜군으로 보고해왔다는 것도 아는 것이다. 그사이에 뒤쪽에서 부대 이동이 이뤄지고 있다. 기마군 일대가 좌우로 달려나갔다. 다나카가 말을 이었다.

"결국 우리는 역적을 미끼로 충신을 잡는 셈이지. 물론 조선 측 입장이지만 말이야."

그들은 '쥐 떼'의 수령이 임우재인 것도 알고 있다.

‡

네 필의 말이 달려왔을 때는 신시(낮 4시경) 무렵이다. 진을 지키고 있던 장교 한 명이 호각을 불었고, 곧 종육품 수문장이 바지춤을 여미며 뛰어나왔다. 측간에 있었던 것 같다.

"누구냐?"

네 필의 말이 오백 보쯤 거리여서 기마인은 잘 보이지 않는다. 말굽 소리가 점점 크게 울렸다. 이곳 곡산의 황해도우병사 진영에 남은 군사는 백여 명, 대개 노약자, 부상자, 병자다.

"궁수! 살을 메겨라!"

진영의 임시 지휘관 격인 수문장이 소리쳤을 때 기마인과의 거리는 이백여 보로 가까워졌다.

"미복을 한 관리 같다."

누군가 말했을 때 다른 이가 소리쳤다.

"무슨 급한 일이 있는 것 같다. 전령이야!"

이제는 앞에 수십 명이 몰려 섰고, 네 필의 말이 백여 보로 가까워졌다. 말들은 달리는 속도를 늦추지 않았다.

"기다려!"

뒤늦게야 수문장이 궁수들을 향해 소리쳤다. 살이 날아가면 낭패다. 그때 십여 보 앞으로 다가온 말들이 일제히 멈췄으므로 먼지가 자욱하게 일어났다.

"우병사는 어디 계시느냐?"

그중 앞장선 사내가 소리쳐 물었는데 진영 안까지 목소리가 울렸다.

"나는 세자 저하께서 보낸 선전관이다! 우병사를 뵈러 왔다!"

소리친 박성국은 자신의 이름을 밝히지 못하는 서글픔에 잠시 목이 메었다.

‡

유시(저녁 6시경), 왜군과의 거리가 이십오 리로 좁혀졌다. 왜군의 전진 속도가 눈에 띄게 줄어들었기 때문에 거리가 갑자기 좁혀진 것이다.

"놈들이 눈치챈 것 같습니다."

의병장 정석영이 말하자 최성연은 얼굴을 일그러뜨리며 웃었다.

"함경도군도 눈치를 챘을까요?.

"그 머저리들이 눈치라도 챘으면 좋으련만."

대뜸 말을 받은 정석영이 하늘을 보았다. 3월의 하늘이 어두워지고 있다.

"지금쯤 이 종사관이 닿았을 것이오."

말을 몰아 옆으로 다가온 현령 박만홍이 최성연을 위로했다.

"이 종사관의 말을 듣고 나면 짐승이 아닌 이상 협력해줄 것입니다. 우리 황해도군이 저희를 구해주기 위해서 왜군의 뒤를 쫓는데 같이 협공하지 않겠습니까?"

"글쎄, 그것이."

정석영이 최성연 대신 대답했다.

"보통 사람이라면 당연히 그래야지요. 하지만 저들은 죽은 시체를 베어가 공功을 올리는 귀신부대 놈들입니다. 마음을 놓을 수가 없구려."

‡

"무엇이?"

눈을 치켜뜬 최인석이 숨을 들이마셨다. 그러더니 얼굴이 누렇게 굳어졌다.

"여기에서 삼십여 리 거리에 있단 말인가?"

"그렇습니다."

외면한 이연호가 말을 이었다.

"그래서 황해우병사께서는 왜군의 뒤를 쫓아오시고 있고. 지금쯤 왜군과 이십오 리 거리에 계실 것이오."

유시가 조금 지난 시간이다. 진막 안에는 병마만호 최인석과 도사 윤오준, 판관 한재구와 종육품, 정칠품 등 부장과 참군 등 지휘관급 장수 예닐곱 명이 모여 서 있는데 모두 놀란 듯 술렁거리다가 조용해졌다. 그때 이연호가 뱉듯이 말했다.

"왜적이 삼십 리 거리에 오도록 첨병이나 순찰군도 내보내지 않고 모르고 계시다니 참으로 딱하십니다."

이연호의 목소리가 진막 안을 울렸다.

"방법은 이제 하나뿐입니다. 함경도군이 전투 태세를 갖춰 동쪽에서 오는 왜군을 맞는 것이고, 황해도군은 이미 뒤를 쫓고 있으니 동서에서 왜군을 협격하면 승산이 있습니다."

자리를 차고 일어선 이연호가 최인석을 노려보았다. 평시라면 하극상으로 치죄하겠지만 지금은 왜군이 코앞에 온 상황인 데다 이연호는 원군의 지휘관 중 하나다. 감히 말대답을 못하고 있다.

"그런 줄 알고 가겠소."

소리쳐 말하고 진막을 나왔을 때 이연호는 뒤를 따르는 기척을 느꼈다. 그러나 잠자코 말을 매둔 곳까지 갔을 때 옆으로 도사 윤오준이 다가와 섰다. 윤오준은 이제 지난번처럼 주위에 신경을 쓰지 않았다.

"종사관, 만호 최인석이 왜군을 맞아 싸울 인간이 아니오."

거침없이 말한 윤오준이 번들거리는 눈으로 이연호를 보았다.

"종사관이 돌아가면 바로 제 휘하만 챙기고 도망칠 것이오. 그러니 우병사께 협력을 기대하지 말라고 전하시오."

"그렇게까지야 하겠습니까? 황해도군이 함경도군을 구하려고 왜군을 쫓는 것 아닙니까? 어찌 그럴 수가…."

그러자 윤오준이 쓴웃음을 지었다.

"이놈들의 상관 삼도도순찰사 임우재가 바로 그런 놈이오. 나는 또 임우재가 관군 삼천을 몰사시키고 도망쳤다는 소문을 이제야 들었소."

바짝 다가선 윤오준이 눈을 치켜뜨고 말했다.

"종사관. 진영 입구의 개울가에서 기다리시오. 내가 내 휘하 기마군 육십 기라도 끌고 합류하겠소."

그러더니 한 걸음 물러서면서 칼자루를 쥐었다.

"이젠 아무도 날 막을 수 없소."

‡

이제는 문관文官 최성연도 호락호락하지는 않다. 왜군과의 거리가 부쩍 가까워졌다는 척후의 보고를 받고나서 최성연은 황해도군의 추격을 멈추고는 개울을 앞에 두고 병력을 배치했다. 의병을 좌우에 두고 관군을 중심에 박은 포진처럼 보였지만 실상은 거꾸로다. 의병에게 관군 제복을 입혀 중심에 두었고, 관군을 백 명씩 나눠 좌우에 배치했다. 관군은 평안, 함경도 수水, 병사兵使 휘하에 있다가 합류한 전투 경험자가 많았고 장비도 제법 갖춰져서 평시에는 능히 한 사람이 왜군 한 명을 맞고, 기세를 타면 둘, 최대 일당 셋이라고 계산하고 있다. 유시 끝(저녁 7시) 무렵이다.

"궁수는 좌우측 선두에 매복하도록."

최성연이 지시하자 장교들이 서둘러 물러갔다. 황무지에 어둠이 덮이고 있다.

"나리, 오늘밤은 이곳에서 견뎌야 할 것 같습니다."

장교들에 이어서 지휘관들이 각자 맡은 위치로 흩어졌을 때 의병장 정석영이 말했다.

"나는 밤을 지낼 때마다 주위를 유심히 살피는 버릇이 들었지요. 그래서인지 오늘 밤 이곳에서 묻히게 될 줄 모른다는 생각이 드는구려."

"노인께선 별말씀을 다 하십니다."

"아니오. 내 나이가 칠십이 다 되었소. 오래 살았소."

"난리가 끝날 때까지는 견디시지요."

"그것은 덕담이 아닙니다. 나에겐 악담이오."

그때 서두르는 발걸음 소리가 들리더니 밖에서 외치는 소리가 났다.

"나리께선 진막에 계시냐? 분조에서 선전관이 오셨다!"

놀란 최성연이 자리에서 일어섰을 때 목소리가 다가왔다. 척후사령이다.

"나리, 세자 저하께서 보낸 선전관이시오!"

‡

진막 안으로 들어선 선전관이 최성연을 보았다. 둘의 시선이 마주쳤을 때 곧 선전관이 먼저 입을 열었다.

"제가 함경도에서 직제학께서 보내주신 세자 저하의 서신을 읽은 사람입니다."

그 순간 최성연의 입이 딱 벌어졌다. 그러더니 얼굴에 웃음이 번

졌다. 박성국이다. 세자의 측근 무장으로 종이품 도순변사에까지
올랐으나 홀연히 사라진 무장, 이제는 난중무사가 되어 떠돈다는
전설의 무장, 짧은 시간이었지만 박성국처럼 조선 땅 백성은 물론
이고 군, 관에 이르기까지 무용武勇과 이야깃거리를 남긴 무장이
없다. 최성연은 박성국과 초면이다. 그러나 박성국과 광해의 인연
을 만들어준 은인이기도 하다. 박성국의 눈빛이 강해지면서 깊게
가라앉고 있다. 진막 안은 조용해졌다. 박성국은 세자 광해가 보낸
선전관 구실을 하는 것이다. 그때 최성연이 말했다.

"오신다는 말씀을 듣고 기다리고 있었습니다."

그러자 박성국의 얼굴에 웃음이 떠올랐다.

"주위를 물려주시지요."

‡

문관이며 홍문관 직제학으로 광해의 경연 스승까지 지낸 최성연
이다. 지금까지의 전쟁 상황을 말하는 데 차 한잔 마시는 시간밖에
안 걸렸다. 박성국은 말주변은 없지만 요점은 놓치지 않는다. 난중
무사 신분이 된 상황을 다 요약해서 털어놓고는 말했다.

"이 싸움은 저한테 맡겨주시지요."

"그래 주신다면 얼마나 좋습니까?"

얼굴을 편 최성연이 어깨를 늘어뜨리며 길게 숨을 뱉었다.

"어깨에 걸린 천만 근의 짐이 내려갔습니다. 이제 미련 없이 목
숨을 버릴 수 있을 것 같소."

"나리께선 살아서 세자 저하를 도우셔야 합니다."

"도와주셔야 할 분은 도순변사이시오."

박성국은 전前 직함으로 부른 최성연이 또 한숨을 뱉더니 자리에서 일어섰다.

"지휘관들을 불러들일 텐데 도순변사는 분조에서 오신 정삼품 선전관 이공으로 하십시다."

‡

다시 지휘관이 모인 황해우병사 최성연의 진막은 활기에 찼다. 그것은 이번에 분조에서 세자 광해가 파견한 선전관 이공 때문이다. 선전관청은 왕명의 출납, 경호, 시위, 전령을 맡는 관청으로 정삼품 당상관으로부터 종구품 직까지 골고루 아우른다. 이공은 그중 당상관이다. 그러나 그것보다 지휘관들을 감동시킨 것은 이공의 작전 지시였다. 그동안 전장을 겪어온 지휘관들은 모두가 제각기 병법가가 되어 있었고, 경험과 연륜이 더해지면서 안목이 높아졌는데 이공의 거침없는 지시를 받고 대번에 승복했다. 옆에서 지휘권을 넘긴 채 듣던 최성연도 감복해서 머리만 끄덕였다. 최성연은 병무에 약하고 전장 경험이 적은 터라 무반인 지휘관들의 의견을 경청하고 전략을 세웠지만 이공은 뼈대에 의견을 붙였다.

"함경도군은 없는 것으로 치고 우회해서 왜군을 친다."

이공의 전략이다.

"왜군은 함경도군을 미끼로 우리를 유인할 것으로 봐야 옳다.

따라서 우리는 함정에 들어가는 시늉을 하면서 역습한다."

탁자 위에 놓인 지도를 단검 끝으로 짚으면서 이공이 말했을 때
모두의 시선이 단검 손잡이에 모아졌다. '세자 광해'라고 새겨져
있다.

‡

수선거리는 소음과 함께 진막이 젖혀졌을 때는 회의가 거의 끝
날 무렵이다. 안으로 종사관 이연호가 들어서는 뒤를 무반 하나가
따르고 있다.

"종사관, 인사 여쭤라. 분조에서 오신 당상관이신 선전관 이공이
시다."

먼저 최성연이 상석의 박성국에게 이연호를 인사시켰다.

"이번에 우리 군을 지휘하시게 되었다."

어리둥절하다가 곧 정신을 차린 이연호의 얼굴에 활기가 돌았
다. 최성연의 밀서를 품고 분조의 세자를 만나러 간 사람이 바로
이연호다. 그래서 세자가 정삼품 선전관을 보낸 것이다. 이연호가
박성국에게 먼저 인사를 마치더니 뒤에 엉거주춤 서 있는 무반을
소개했다.

"함경도군에서 이탈해 나온 도사입니다."

"도사 윤오준이 나리를 뵙습니다."

허리를 굽혀 절한 윤오준이 벌써 눈물이 고인 눈을 부라리며 말
했다.

"함경도군 수장인 병마만호 최인석은 지금쯤 동쪽으로 도망치고 있을 것입니다. 소인이 제 휘하 기마군 육십 기를 모아 빠져나올 적에 최인석은 수하 지휘관들과 앞장서 떠나는 중이었습니다."

지휘관들은 듣기만 했으나 진막 안의 열기는 뜨거웠다. 최인석의 말이 이어졌다.

"치중이나 기계, 병자들도 다 놓고 떠나고 있었습니다."

‡

"하하하. 침몰하는 배에서는 쥐 떼가 가장 먼저 도망치는 법이지."

소리내어 웃는 다나카가 머리를 돌려 우에노를 보았다.

"우에노, 기억해둬라. 전장에서 장수가 도망치는 군대는 군대가 아니다."

쓴웃음을 지은 우에노를 향해 다나카가 말을 이었다.

"자, 그럼 오늘은 푹 쉬고 내일은 동쪽으로 방향을 틀어 사냥을 시작한다."

"쥐 떼 사냥입니까?"

우에노가 묻자 다나카는 머리를 저었다. 이번에는 웃지 않는다.

"의병과 관군 칠백이지만 조선군이지. 적장 최성연은 문신이지만 내 상대로 적당한 인물이야."

"아침 일찍 쓸어버리고 귀대하십시다. 주장."

우에노가 지친 표정을 지으면서 말을 이었다.

"본대에서 너무 오래 나와 있었습니다."

"이번에 작년 가을의 빚만 갚으면 돼. 주군께서도 기뻐하실 거야."

작년 가을, 표면적으로는 조선군을 대파한 싸움이었지만 구로다 군도 큰 손실을 입었다. 이백여 명의 사상자를 낸 것이다. 칠백여 명이던 왜군이 오백 명이 돼서 돌아가자 구로다는 대로해서 부대장 아케지를 베려다가 본국으로 송환해버렸다. 그때 우에노가 자리에서 일어서며 말했다.

"내일 전투를 치르려면 일찍 쉬겠습니다. 주장께서도 쉬시지요."

"놈들과의 거리는 이십 리가 돼 있지?"

"예, 놈들도 개울가에 진을 치고 쉰다고 합니다."

허리를 굽혀 인사하는 우에노에게 다나카가 웃음 띤 얼굴로 말했다.

"놈들이 마지막 밤을 보내겠군."

"이곳까지 용케 잘 끌고 왔습니다."

우에노도 덕담을 하고 진막을 나갔다.

6장
무사의 길

깊은 밤, 자시(밤 12시경)가 넘었다. 산천은 깊은 정적에 덮여 있고 불빛 한 점 보이지 않는다. 바람결에 물비린내가 맡아졌다. 이곳은 산기슭의 개울가, 작은 물줄기가 자갈 사이로 흐른다. 그 물줄기 앞쪽 언덕 위에서 네 쌍의 눈이 반짝이고 있다. 박성국과 하나, 그리고 끝쇠와 말복이다. 넷은 모두 머리띠를 두르고 가죽 갑옷을 입은 보군 병사 차림이었는데 얼굴에는 숯 검댕을 발랐다. 어둠 속에 묻힌 넷은 눈만 드러나 있다.

"본진은 대개 이중으로 경비를 세우고 주장은 중심에 있지요."

하나가 목소리를 낮추고 말했다.

"주장 주위에도 친위무사가 배치되어 있는 것이 정상입니다."

박성국이 머리를 끄덕였다. 이곳까지 접근하는 데도 초소 두 곳을 거쳤고 기찰대 두 개를 피했다. 그러나 아직 숙영지 외곽이다. 육백 명도 안 되는 왜군 숙영지가 수천 명의 조선군 진지보다 더 견고하게 느껴졌다. 그때 하나가 말했다.

"왜군 진지는 숙영할 때 길게 늘어놓는 것이 보통입니다. 그러니 옆구리가 비지요. 그래서 산간 지역에서는 좌우가 험한 골짜기를 선택합니다."

박성국이 숨을 들이켰다. 좁은 골짜기가 위쪽 산마루로 이어져 있다. 마치 산줄기 한 곳의 중심 부분을 칼로 길게 찢은 것 같은 지형이다.

✝

"털썩."

밖에서 뭔가 떨어지는 소리가 들렸으므로 잠깐 잠에서 깬 우에노가 돌아누웠다. 눈은 뜨지 않았다. 깊은 밤, 사방은 무거운 정적에 덮여 있다. 뒤쪽에 서 있던 경비병이 뭔가를 떨어뜨린 것 같다. 우에노의 의식이 희미해지면서 다시 잠으로 빨려들었다. 그 순간.

"찌익!"

소가죽으로 만든 진막이 갈라지는 소리처럼 들렸기 때문에 우에노는 눈을 떴다. 찬바람이 휘몰려 들어왔으므로 우에노는 벌떡 몸을 일으켰다. 그러고는 입을 벌린 순간이다. 목에서 이런 소리가 났다.

"서걱."

목을 얼음이 스치고 지나간 것 같다. 그것이 순식간에 뜨거운 느낌으로 변했다. 그리고 이 소리는…. 우에노는 눈을 치켜떴지만 아무것도 보이지 않았다.

‡

단칼에 우에노의 목을 벤 박성국이 칼을 쥔 채 밖으로 뛰쳐나갔다. 목표는 사십여 보 거리에 위치한 또 한 곳의 소가죽 진막. 가장 높은 곳이다.

"누구냐?"

앞에서 왜말 외침이 울린 것은 그 순간이다. 발각되었다. 심장이 철렁 내려앉는 느낌이 들었지만 박성국은 위쪽을 향해 달려 올라갔다.

"으아악!"

이어서 골짜기를 울리는 비명.

"나리!"

끝쇠의 외침이 따라 울렸다. 장애물을 제거했다는 신호다. 그 순간 진막 안에서 사내 하나가 뛰어나왔다. 진막 주인일 것이다.

"누구 없느냐! 우에노!"

사내의 목소리에 메아리까지 울렸다. 그 순간 삼십여 보 앞으로 다가간 박성국이 등에 멘 각궁을 잡아채듯 쥐고는 살을 메겼다. 달리면서 메긴 것이다.

"침입자다!"

사내가 다시 소리쳤는데 손에 쥔 칼이 번쩍이고 있다. 박성국이 그 순간 멈춰 서면서 시위를 보름달처럼 당겼다가 놓았다. 거리는 삼십여 보.

"퉁!"

화살이 튕겨지는 소리가 난 순간.

"억!"

사내가 허리를 굽혔다. 배에 살이 깊숙하게 박힌 것이다. 갑옷도 걸치지 않은 터라 살이 등을 뚫고 나왔다.

"퉁!"

또 한 발이 그 순간 다시 발사되었다. 옆쪽에 서 있던 사내, 호위 병일 것이다.

"퉁!"

이제는 이쪽을 보고 있는 사내가 맞았다.

"가자!"

활을 목에 걸친 다음 뒤로 젖힌 박성국이 소리쳤다. 이제 넘어온 좌측 골짜기 위로 넘어가야 한다. 말복과 하나가 골짜기 위에서 기다리고 있을 것이다.

‡

"아앗!"

옆에서 누군가 소리친 순간 최성연은 머리를 들었다. 검은 하늘에 불덩이가 솟아오르고 있다. 앞쪽 산마루 근처다. 짙은 어둠 속이어서 그 불덩이는 혜성처럼 보였다.

"됐다!"

옆에 서 있던 정석영이 벽력처럼 소리쳤는데 최성연은 노인이 그렇게 크게 소리 지르는 꼴을 처음 보았다. 정신을 차린 최성연이 상반신을 세우면서 버럭 소리쳤다.

"공격!"

허리에 찬 칼을 빼 든 최성연이 앞으로 내달리면서 다시 악을 썼다.

"왜장이 죽었다! 왜장이 죽었다!"

"공격이다!"

지휘관들의 외침에 그때까지 숨을 죽이고 있던 조선군이 일제히 악을 쓰며 진군했다. 축시(새벽 2시경) 무렵, 조선군은 왜군의 숙영지 앞 일 리 거리까지 접근해 숨어 있었던 것이다. 다나카는 거의 비등한 병력의 조선군이 기습 공격을 해오리라고는 전혀 예상하지 못했다. 예상했더라도 이 골짜기의 진용은 최선이기도 하다.

"와아아아!"

왜장이 죽었다는 고함에 용기백배한 조선군은 해일이 밀려오는 것처럼 골짜기를 향해 쇄도했다.

"선전관 나리께서 왜장을 죽이셨소!"

가쁜 숨을 헐떡이며 정석영이 최성연 옆에서 뛰면서 소리쳤다.

"참으로 영웅이오!"

그때 참을 수가 없어진 최성연이 정석영에게 소리쳐 말했다.

"노인! 그 선전관이 바로 세자 저하의 측신인 도순변사 박성국이오!"

"아아!"

감동한 정석영이 뛰면서 주먹으로 가슴을 쳤다. 숨이 벌써 막히는 모양이다.

"과연! 과연!"

정석영도 박성국이 간신들의 모함을 받아 세자 곁을 떠난 것을 알고 있다.

"탕! 탕! 탕! 탕! 탕!"

놀란 왜군이 그제야 조총 사격을 시작했지만 조선군의 함성은 더 높아졌다.

‡

혼전混戰이 곧 난전亂戰이 되었다. 지시를 받으려고 달려 올라온 왜장들은 주장과 부장이 모두 암살당한 것을 보더니 도로 내려갔지만 이리 뛰고 저리 뛸 뿐 골짜기에서 헤어나지 못했다. 조선군이 입구와 좌우를 막고 있을 뿐만 아니라 적극적으로 밀고 들어왔기 때문이다.

"탕, 탕, 탕, 탕, 탕."

조총의 발사음도 산발적으로 들렸지만 끊기지는 않았다.

"왔는가?"

정상 부근의 산비탈 위에서 기다리던 박성국이 다가오는 도사 윤오준에게 소리쳤다.

"나리, 왔소이다."

가쁜 숨을 헐떡이며 다가선 윤오준이 허리를 굽혀 절했다. 윤오준이 휘하의 부하 육십 명을 데리고 온 것이다. 기마군이었으므로 말은 모두 놔두고 이제는 보군이다. 아래쪽 골짜기의 난전은 더욱 격렬해졌다. 조총 소리에 이어 비명과 고함, 부르고 답하는 소리가 위로 뿜어져 올라왔다.

"자, 준비되었느냐?"

칼을 빼 든 박성국이 소리쳤을 때다.

"나리!"

윤오준이 부르는 바람에 박성국이 멈칫했다. 벌려 선 부하들도 칼을 빼 든 채 시선을 준다. 그때 윤오준이 소리쳐 말했다.

"나리께서 종성 병마만호이셨을 때 소인은 회령의 별장이었소이다!"

박성국이 눈만 부릅떴을 때 윤오준이 칼을 치켜들고 몸을 돌려 부하들을 보았다.

"회령군軍 군사들아! 아느냐! 이분이 바로 세자 저하의 무장, 도순변사 박성국 나리시다!"

"와아!"

놀란 가슴이 감동으로 변하면서 외침이 터져 나왔다. 그때 윤오준이 소리쳤다.

"회령군사들아! 이제 북방군답게 목숨을 바칠 기회가 왔노라!"

"와앗!"

이윽고 격정을 참지 못한 박성국이 소리쳤다.

"죽여라!"

박성국이 앞장서 골짜기를 뛰어 내려갔고 함성을 지르면서 회령
군이 뒤를 따랐다. 이쪽은 위에서부터 쓸어 내려가는 것이다.

‡

바람결에 피비린내가 맡아졌다. 골짜기에 이제 함성과 외침은
들리지 않는다. 그러나 다른 소음으로 가득 차 있다. 신음과 두런
거리는 말소리, 나뭇가지가 부러지는 소리, 어지러운 발걸음 소리,
아직 어둡다. 골짜기 안으로 어떤 빛도 들어오지 않았지만 아무도
횃불을 만들 생각은 하지 않는다. 모두 밤에 밝은 짐승이 다 되었
다. 바위에 앉아 날이 다 빠진 칼을 땅바닥에 박고 그것을 두 손으
로 눌러 쥔 박성국이 앞쪽을 본다. 그러나 눈에 초점이 없다. 이곳
은 골짜기 중턱. 전투는 끝났다. 처절한 싸움이었다. 지휘관을 잃
고 수세에 몰렸지만 왜군은 정예다. 나중에는 다섯, 열 명씩 무리
를 지어 대항했는데 잘 싸웠다. 한 시진이 넘는 전투에서 왜군 육
백은 전멸했다. 그러나 아군 또한 치명적인 해를 입었다. 칠백 명
중에서 부상자까지 포함 백 명 정도만 살아남은 것이다. 조선군 지
휘관들도 예외가 아니다. 먼저 의병장 정석영이 골짜기로 진입한
후에 희생된 첫 지휘관이 되었다. 제대로 칼질도 하기 전에 왜군
이 내지른 창에 찔린 것이다. 언제나 옆을 따르던 아들 정창손과
손자 정이선, 정규선이 보기에는 창끝으로 다가가 스스로 꿰인 것

같았다. 그러나 그것이 제삿밥이 되었는지 아들과 손자 둘은 살았
다. 언제나 묵묵했던 종오품 도사 고한주가 왜군을 맞찌르고 죽었
다. 종육품 종사관 이연호는 이리 뛰고 저리 뛰며 군사들을 독려하
다가 왜군들에게 둘러싸여 난도질을 당했다. 정오품 현령 박만홍
은 어깨를 베이고 팔을 찔렸지만 살아서 지금 아래에서 군사를 모
으는 중이다. 회령군을 이끈 도사 윤오준도 잘 싸웠다. 북방군답게
악착같았고 몸이 빨랐다. 박성국 뒤를 받치면서 왜군 여섯까지 베
어 죽이는 것을 보았다. 그러나 골짜기 중턱에서 보이지 않더니 조
금 전 처참한 시체로 발견되었다. 그리고 말복이 총에 맞았다. 그
래서 지금 하나가 옆을 지키고 있다. 박성국이 칼을 짚고 자리에서
일어섰다. 어깨와 등, 허리까지 세 군데 칼을 맞고 찔렸지만 견딜
만하다. 발을 뗀 박성국이 바위 밑으로 다가갔다.

‡

"도순변사."
최성연이 세자 광해와 함께 있을 때의 직위로 박성국을 불렀다.
종이품 도순변사는 당상관이다. 정삼품 병마사인 최성연보다 직
위가 높다. 박성국이 최성연의 옆에 앉았다. 지금 최성연은 왜군의
칼에 가슴과 배를 찔려 누워 있는 것이다. 상처는 헝겊으로 눌러
막았으나 가망이 없다. 최성연이 어둠 속에서 번들거리는 눈으로
박성국을 올려다보았다.
"앞으로 어찌하시려오?"

죽어가는 사람이 산 사람에게 그렇게 묻는다. 그것을 깨달은 박성국의 얼굴이 일그러졌다. 조선 땅에서 믿고 존경한 또 한 사람의 충신이 이렇게 떠난다. 떠나는 사람이 남은 사람에게 어찌할 것이냐고 묻다니, 자신의 거취는 아랑곳하지 않는구나. 박성국이 상체를 숙여 최성연을 보았다. 간병하던 병사가 떠났으므로 바위 밑에는 둘뿐이다. 최성연에게 무엇을 속이랴?

"간신을 처단하고 떠나겠습니다."

"어허 세자 저하를 어찌할 거나."

"나리, 편히 가시지요."

"저하, 뵙지 못하고 갑니다."

최성연이 손을 들어 무언가를 잡는 시늉을 했다. 박성국이 그 손을 잡아주었지만 곧 힘이 풀렸다. 눈동자의 초점이 멀어져 있다. 한동안 최성연을 내려다본 박성국이 몸을 일으켰다.

‡

하나는 말복을 내려다보고 있지만 말복은 외면한 채였다. 끝쇠가 말복이 누워 있는 발치에서 왔다 갔다 하고 있다가 박성국이 다가가자 얼른 옆에 붙었다. 말복은 조총에 가슴이 뚫렸다. 처참하게 부서진 가슴을 갑옷으로 덮어놓았을 뿐이다.

"말복아, 장하다."

하나 옆에 앉은 박성국이 말하니 말복이 대답했다.

"박… 박말복이올시다."

"그래, 박말복이."

숨을 들이켠 박성국이 입을 닫았을 때 이번에는 하나가 나섰다.

"박말복이, 미안하다."

"이것 참."

말복이 얼굴을 일그러뜨리면서 대답했다.

"내가 원 없이 죽는 것 같네."

박성국과 하나는 입을 다물었다. 소백정 출신으로 천민에 한이 맺혀 왜군 밀정에 자원했던 말복이다. 그러다 박성국에게 잡혀 성씨도 받고 별장 벼슬까지 살았으니 조선, 왜국에서 할 건 다 했다. 그러니 원이 없다고 한 것인가? 그때 뒤에 서 있던 끝쇠의 목소리에 둘은 생각에서 깨어났다.

"저 자식이 나한테는 인사도 않고 갔네."

말복은 어느새 굳어져 있다.

‡

"뭐라고."

놀란 최인석의 목소리가 높아졌다. 미시(낮 2시) 무렵, 무갈 서북방으로 팔십여 리 떨어진 수안 근처의 야산에 함경도군은 임시 진막을 설치해놓았다. 어제 오후에 정신없이 도망쳐 이곳까지 온 것이다. 그러나 안심할 수는 없었으므로 정탐군을 보냈더니 날벼락같은 소식을 가져왔다. 조선, 왜군 양군兩軍이 전멸했다는 것이다. 헛기침을 한 최인석이 정탐장偵探長에게 호통부터 쳤다.

"이놈, 눈이 뒤집혀 있는 것을 보니 헛것을 보았구나. 양군이 전멸했다니? 그것이 무슨 말이냐?"

"아니오. 소인이 직접 보았습니다."

눈을 치켜뜬 정탐장이 손까지 저었다.

"그리고 살아남은 조선군한테서 직접 이야기도 들었소."

"직접 이야기를 들어?"

숨을 들이켠 최인석이 진막 안을 둘러보았다. 급하게 쳐서 엉성한 진막 안에는 지휘관 셋이 모여 있다. 정탐장이 돌아오자 궁금해서 따라온 것이다.

"말해라, 처음부터."

최인석이 재촉하자 정탐장이 말했다.

"어젯밤 황해도군 칠백여 명이 미족산 골짜기에서 숙영하는 왜군을 기습했다고 합니다. 먼저 골짜기 위쪽의 왜군 대장들을 기습해 죽이고나서 사방으로 쳐들어가 몰사시켰다는 것이오."

"……"

"이 전투에서 왜군은 왜장들과 함께 육백여 명이 모두 죽고 황해우병사가 지휘하는 조선군도 칠백여 명 중 백여 명만 살아남았다고 하오."

"……"

"하지만 대승이지요."

"어떻게 되었느냐?"

최인석이 갈라진 목소리로 묻자 머리를 든 정탐장이 잊었다는 표정을 짓고 대답했다.

"다 죽었다고 합니다."

"누가?"

"예, 병마사, 도사, 의병장까지 다 죽은 터라 현령 하나만 남아 군사를 수습했는데 살아남은 백 명 중 몸이 성한 군사는 수십 명 뿐이라 하오."

"……."

"지금도 미족산 골짜기는 천여 명의 시체가 덮여 피비린내가 진동합니다."

"……."

"제가 그렇게 많은 시체가 쌓인 것은 임진강 싸움 이후로 처음 보았소."

‡

바위 앞에서 인기척이 들리더니 바람막이로 쳐놓은 소가죽이 걷혔다. 왜장의 진막에서 가져온 가죽이다.

"나리."

안으로 들어오면서 하나가 부른다. 바위틈 안은 두 사람이 누울 만큼은 공간이 있다. 바닥에도 가죽을 깔아서 아늑했다. 박성국이 누운 채 눈만 떴고 하나가 다가와 옆에 누웠다. 밤 해시(밤 10시경) 쯤 되었다. 이곳은 골짜기 아래쪽의 개울 상류 근처다. 개울 오른쪽은 골짜기에서 흘러내린 핏물이 지금도 섞여 흐르고 있다. 하나가 박성국의 가슴에 얼굴을 붙이더니 하반신을 바짝 밀착시켰다.

그러더니 길게 숨을 뱉는다. 살육전이 끝난 지 아직 하루도 되지 않았다. 아직도 골짜기에는 시체가 쌓여 있다. 지휘관들의 시체만 먼저 매장했기 때문이다. 하나의 더운 숨결이 박성국의 턱에 닿았다. 하나가 머리를 들었기 때문이다.

"나리, 언제까지 여기 게실 것입니까?"

"내일이면 떠나게 되겠지."

하나의 어깨를 당겨 안으면서 박성국이 말했다. 바위틈 안에 더운 열기가 감돌았다. 그때 하나가 박성국의 바지끈을 풀기 시작했다. 거침없는 손길이었으므로 박성국의 얼굴에 쓴웃음이 번졌다.

"생사를 초월한 것 같구나."

"나리하고 함께 있을 때는 살아 있다는 느낌이 옵니다."

박성국의 바지를 벗겨 내린 하나가 스스로 제 바지를 벗더니 어깨를 당겼다.

"나리, 어서요."

‡

"독하다."

코를 잡는 시늉을 한 최인석이 눈썹을 모으고는 골짜기를 올려다보았다. 짙은 어둠 속이었지만 냄새는 살아 움직이는 것 같다. 바람이 불지 않는데도 스멀스멀 콧속으로 파고들었다.

"시체가 저기도 있소."

옆쪽에 선 판관 한재구가 손으로 앞쪽을 가리키며 말했다. 떠들썩한 목소리다.

"저건 왜적이오. 투구까지 있네."

"과연."

서둘러 그쪽으로 다가선 병마평사兵馬評事 조두선의 목소리가 밝아졌다.

"아이구, 셋이나 있네. 칼까지 있어!"

"때맞춰 잘 왔습니다."

종사관 강석주가 최인석에게 말했다. 몇 걸음 더 나갔더니 시체의 산이다. 최인석이 가슴이 벅찬 바람에 숨을 들이켰다가 피비린내를 가득 들이켰지만 이제는 견딜 만했다.

"자, 서둘러라!"

최인석의 목소리가 골짜기를 울렸다.

"왜놈 목 중에서 머리가 제대로 된 놈부터 고르고 갑옷과 칼은 따로 모아라!"

"나리, 구분해서 모으는 것이 낫겠소!"

강녕군수 오극동이 말하자 최인석이 머리를 크게 끄덕였다.

"김 판관, 강 종사관, 안 참군은 머리를 맡게! 조 평사, 오 군수는 장비를 맡고! 자, 어서 서두르게!"

최인석의 목소리가 다시 울렸다. 함경도군 일행은 백여 명. 모두 기마군으로 예비마 백여 필까지 끌고 온 것은 전리품을 실어 가려는 것이다. 어느덧 함경도군은 골짜기의 중턱까지 올라가 사방을 둘러보았다.

"과연, 이 정도면 조선군 제일가는 공이다."

사방에 널린 조선군과 왜군의 시체를 둘러보면서 최인석이 웃었다.

"자, 서둘러라!"

최인석이 소리친 순간이다.

"타악!"

위쪽 바위 위에서 벽력 치는 소리가 울렸으므로 함경도군은 대경실색을 했다. 화약이 터진 것이다. 다음 순간.

"와악!"

이곳저곳에서 비명이 일어났다. 함경도군의 비명이다. 최인석도 놀란 입을 딱 벌렸다가 돌부리에 걸려 뒤로 넘어졌다. 시체가 벌떡벌떡 일어났기 때문이다.

"으아악!"

놀란 외침은 곧 비명과 신음으로 바뀌었다. 시체들이 칼을 휘둘러 함경도군을 살상하기 시작한 것이다.

‡

한 식경(약 30분)도 지나지 않았을 때 미족산 골짜기의 소동은 가라앉았다. 백여 명의 함경도군 중 십여 명만 살아남았고 나머지는 모두 지난밤의 시체와 섞여졌다. 살아남은 십여 명 중 지휘관은 다섯, 종육품 이상으로만 여덟 명이 미족산으로 전리품을 주우러 왔다가 셋이 죽고 다섯이 남은 셈이다. 썩어 넘어간 나무등치에 걸터앉은 박성국에게 현령 박만홍이 다가왔다. 박만홍은 어젯밤 싸움에서 부상했지만 오늘도 한쪽 팔만으로도 둘을 베어 죽였다. 오늘은 조선군이다.

"나리, 아래쪽에서 말을 지키고 있던 놈들도 한 놈도 놓치지 않고 다 죽였습니다."

박만홍이 소리쳐 보고했을 때다. 부상한 채 한쪽으로 몰려 서 있던 함경도군 무리에서 최인석이 나섰다.

"우리가 함경도 병마사 겸 도순찰사 임우재 대감의 수하인지 아시는가?"

목청껏 소리를 쳐서 메아리가 울렸다.

"우리를 왜적으로 잘못 보신 것이 아닌가? 나는 병마만호 최인석이다."

그때 박성국이 옆에 서 있던 끝쇠에게 말했다.

"왜검을 하나 가져오너라."

모두 박성국을 주목하고 있어서 끝쪽 군사까지 그 말을 들었다. 말복이 왜장이 쓰던 왜검을 건네주자 박성국이 칼을 세워놓더니 눈을 가늘게 뜨고 검날을 보았다.

"네놈들에게는 조선검이 아깝다."

검날에 대고 한 말이지만 모두 들었다. 바람결에 다시 피비린내가 맡아졌다. 왜검을 어깨에 걸친 박성국이 함경도군 지휘관들에게 다가가 섰다. 그러고는 땅바닥에 앉아 있는 그들을 훑어보며 말했다.

"쉽게 죽일 수는 없다. 네놈들은 처형되어야만 한다. 그것도 왜검으로."

말이 끝난 순간 왜검이 후려쳐졌고 왼쪽 끝에 앉아 있던 병마평
사의 머리가 몸통에서 떼어졌다. 베어진 목에서 피가 다섯 자 높이
로 솟아올랐고 머리 없는 몸통이 움칠거리다가 넘어졌다.

"이 역적놈들!"

한 발짝 앞으로 다가간 박성국의 왜검이 또 날았다. 이번에는 종
사관 강석주 머리가 떨어져 바위틈에 박혔다.

"이 천인공노할 놈들!"

옆쪽 김 판관의 머리 반쪽이 떼어지면서 흰 뇌수가 쏟아졌다. 그
다음에 앉아 있던 최인석은 입만 딱 벌리고 있는데 눈동자에는 초
점이 없다.

‡

한낮, 큰길 옆쪽의 야산에 말을 매놓고 나그네 행색의 셋이 점심
을 먹고 있다. 아침 겸 점심이다. 평안도 중화군, 북쪽으로 오십여
리 거리에 평양성이 있다. 말고기를 말린 것이어서 오래 씹어야 하
는 바람에 하나는 한 조각밖에 먹지 않았다. 끝쇠가 잠자코 일어나
아래쪽 개울로 물을 뜨러 갔을 때 하나가 박성국에게 말했다.

"나리, 이곳은 왜군이 물러갔어도 아직 피란민이 돌아오지 않은
것 같습니다."

하나가 먹다 남긴 말고기 조각을 박성국에게 내밀었다.

"아니면 모두 평양성으로 모였을까요?"

지금까지 큰길을 따라왔으나 큰길가의 민가가 텅 비어 있었던

것이다. 미족산에서 함경도군 지휘부를 몰살한 박성국은 함경도군을 현령 박만홍에게 맡기고 북상하는 길이다. 하나한테서 받은 고기를 입안에 넣은 박성국이 쓴웃음을 지었다.

"나리, 왜 웃으시오?"

"네가 요즘은 밀정 노릇을 안 하더니 세상 물정을 모른다."

"조선말이 비슷합니다. 밀정이고 물정이라니요?"

"너는 네 고향과 자꾸 멀어지는데 심란하지도 않으냐? 갈수록 말이 길어지는구나."

"나리가 옆에 계시기 때문이오."

하나가 눈웃음을 쳤다.

"고향은 만들면 되겠지요. 집 짓고 낭군하고 살면서 아이 낳는 곳이 새 고향이 되는 것입니다."

그때 물을 뜨러 갔던 끝쇠가 빈손으로 헐레벌떡 산을 올라왔다. 심상치 않은 기색이어서 박성국은 등짐부터 끌어당겼다. 각궁이 분해돼 넣어져 있기 때문이다. 다가온 끝쇠가 가쁜 숨을 뱉으며 말했다.

"나리, 기마군 십여 기가 아래쪽 개울가에서 멈췄습니다."

박성국의 시선을 받은 끝쇠가 입맛을 다셨다.

"예, 그런데 포로를 끌고 가고 있습니다."

"왜군이냐?"

"왜군이라면 제가 이렇게 호들갑을 떨 리가 없지요. 그런데 기가 막힌 꼴을 보았습니다."

"이놈, 무슨 일이냐?"

박성국의 안색이 조금 변했다. 그러자 끝쇠가 쓴웃음을 지었다.

"나리, 명군이 포로를 끌고 갑니다."

"그런데 왜 웃느냐?"

"포로가 조선군입니다."

"무엇이?"

"관복 차림의 무반 하나와 장교 여덟입니다. 모두 묶여 있습니다."

박성국이 등짐을 들고 자리에서 일어났고 하나가 뒤를 따른다. 끝쇠가 말 매놓은 곳으로 가는 것을 보면 말들을 숨기려는 것 같다.

‡

이때 명군의 대장인 제독 이여송은 벽제관에서 왜군에 대패한 후에 전의를 상실한 상태였다. 다행히 개성 이북을 수복한 터라 사만여 명의 명군이 평양을 중심으로 주둔하고 있었지만 심유경을 시켜 고니시와 계속해서 휴전을 타진하는 중이다.

"과연, 잡아가는군."

개울가의 자갈밭에서 쉬는 명의 기마군은 열두 기. 명군의 복색은 독특해서 멀리서도 표시가 난다. 조립한 각궁을 손에 쥐고 등에는 삼십여 발이 든 살통을 멘 채 박성국이 개울에서 백여 보 거리의 야산에 엎드려 있다.

"조선군을 왜 잡아갈까요?"

옆에 엎드린 하나가 물었지만 박성국은 잠자코 시선만 주었다.

조선 무반은 홍띠에 가죽신을 신었으니 오품 정도는 된다. 그러나 머리는 흐트러졌고 관복 소매 한쪽이 뜯겨 나가 망측한 모습이다. 전에는 문반과 무반을 가리지 않고 저런 꼴을 당했을 때는 목을 매 자결했다. 양반 체면을 중히 여기던 시절이다. 그때 나무 뒤에서 끝쇠가 말했다.

"나리, 모두 묶인 데다 상처를 입은 장교들도 있습니다."

그때 박성국이 머리를 돌려 하나와 끝쇠를 보았다. 얼굴이 일그러져 있다.

"내가 가볼 테다."

‡

오십여 보 거리로 가까워졌을 때 이쪽을 주시하던 명군 세 명이 다가왔다. 둘 다 창을 쥐었는데 기마군용 단창이다. 창날이 칼날처럼 길고 밑동에 갈고리가 있어서 걸어 당기기 쉽다. 요동의 명군이다.

"서라!"

셋 중 맨끝의 명군이 조선말로 소리쳤다. 통역이다. 명군도 하나씩 통역사를 데리고 다니는 것이다. 박성국은 멈춰 섰다. 이곳은 큰길이다. 마차가 다닐 만한 다섯 보 간격의 길로, 이 길로 곧장 북상하면 평양성이다. 그때 통역이 소리쳐 물었다.

"손에 활을 쥐고 있는 이유가 뭐냐?"

"사냥꾼이다."

버럭 소리친 박성국이 개울가에 모여 앉은 관군에게 물었다.

"왜 잡혀가는 거요?"

"닥쳐라!"

통역사가 서둘러 말을 막았을 때 박성국이 시위에 살을 물렸다. 재빠른 동작이다. 그러고는 소리치며 달려들었다.

"말을 타지 못하게 막아라!"

사십여 보 거리가 되었을 때 박성국이 달려가면서 첫 화살을 쏘았다.

"쌕!"

깃털도 뺀 화살이 파공음을 내자마자 일어서 있는 명군 장수의 가슴에 박혔다. 명군 장수가 입을 딱 벌리면서 제 가슴에 박힌 화살을 바라보는 동안에 두 번째 화살이 메겨졌고, 당겨졌고, 날았다.

"쌕!"

가장 가까운 거리에 있던 명군이 배를 움켜쥐며 주저앉았다. 이제 박성국이 목표로 삼은 길가 느티나무에 몸을 붙이며 다시 소리쳤다.

"놈들이 말을 타지 못하게 해라!"

그제야 말뜻을 알아차린 조선 군사 서너 명이 벌떡 일어섰다. 제 각기 손은 묶였지만 발은 자유롭다. 그러나 달리는 것을 보니 넷이 한 묶음으로 묶였다.

"쌕!"

다시 세 번째 살이 날아 조선군 앞을 막으려던 명군의 머리에 박혔다. 그때 화살이 날아와 박성국의 얼굴 옆 나무둥치에 박혔다.

명군 궁수다. 화살을 메긴 박성국이 사십 보 거리의 궁수를 겨누었다가 주춤했다. 조선 관리가 갑자기 일어나 궁수에게 달려가는 바람에 궁수를 막아 섰기 때문이다. 과녁을 돌린 박성국이 이쪽으로 달려온 명군 하나를 겨냥하자마자 쏘았다. 이십 보 거리로 가까워진 명군이 목에 살이 꿰이자 사지를 비틀면서 쓰러졌다.

"와앗!"

조선군 서너 명이 함께 일어나 명군 하나를 덮쳐 눌렀다. 한 무리는 말 떼를 쫓아내고 있다.

"쌕!"

다시 박성국의 살 한 대가 날아가 명군을 누르고 있는 조선 관리 뒤로 다가간 명군의 등판을 꿰었다.

"쌕!"

또 한 명의 명군이 가슴에 살을 맞고 뒤로 넘어졌다.

"아이고오! 살려주시오!"

조선말 비명이 개울가를 울렸다. 명군 통역사가 넘어져 지르는 비명이었다. 이제 포승을 푼 조선 군사가 통역사를 돌로 내리치고 있다. 앞쪽을 둘러본 박성국이 느티나무에서 몸을 뗐다. 이제 끝났다.

‡

"누구시오?"

얼굴에 피칠을 한 관리가 먼저 물었으므로 박성국이 그 앞에 다가가 섰다.

"나는 분조의 정사품 선전관 최모요! 귀공은 누구시오?"

그러자 관리가 몸을 세우더니 허리를 굽혀 절을 했다.

"성천군수 정일손이올시다. 문반이어서 추한 꼴을 보였습니다."

군수면 종사품에서 정사품이다. 사십대 중반의 정일손이 손바닥
으로 얼굴의 피를 닦더니 갑자기 눈물바람을 했다. 얼굴의 피는 명
군을 돌로 찧다가 튀겨 묻은 것이다.

"내가 오늘 처음 사람을 죽였소. 그것도 명군을 죽였소그려."

그때는 끝쇠와 하나도 다가와 뒤처리를 하고 있었는데 분조 선
전관청 소속 별장 행세를 했다. 개울가 바위에 마주 보고 앉은 정
일손이 말을 이었다.

"군사들에게 먹일 양식을 내간다고 명군 진영으로 끌려가는 중
이었소. 성천 관아의 창고는 모두 명군에게 압류된 상태였기 때문
에 밤에 몰래 빼내다가 발각된 것이오."

정일손이 길게 숨을 뱉었다.

"군사들이 반발하자 이십여 명이 현장에서 대항도 못하고 참살
당했습니다."

명군은 이제 조선군까지 지휘하는 입장이다. 조선 임금까지 명
군의 지시를 받아야 하는 것이다. 아니, 기를 쓰고 지시를 받으려
고 한다. 명군의 품안에 들어가야 산다고 생각하기 때문이다. 그래
서 의주까지 단숨에 도망쳐 올라간 임금이 명으로 들어가게 해달
라고 애걸하지 않았던가? 명은 조선 임금이 왜군을 달고 들어 올
까봐 입국을 거절했다가 결국 임금을 포함해 백 명으로 입국자를

제한한다는 조건까지 내걸었다. 머리를 든 정일손이 눈물과 피로 범벅이 된 얼굴로 박성국을 보았다.

"분조에서는 겪어보시지 못했을 것이오. 명군은 하급 지휘관도 조선 관리들을 종 부리듯이 하고 당상관도 만인 앞에서 매질을 당합니다. 백성 보기 부끄러워 쉬쉬하지만 명군의 횡포와 약탈, 부녀자 강간은 왜군보다 더 악랄하고 심합니다."

"……."

"왜군은 규율이 강해서 만행의 자정 기능이 있는 편이나 명군은 굶은 개 떼 같습니다. 부녀자들을 닥치는 대로 겁탈하고 죽입니다. 벽제관 싸움에서 대패한 후에 명군 장수들이 군사들의 불만을 조선 백성에 대한 약탈과 겁탈로 해소시키고 있습니다."

"군수는 어찌하시려오?"

박성국이 불쑥 물었더니 어깨를 늘어뜨린 정일손이 길게 숨을 뱉었다.

"성천으로 돌아가야지요."

"……."

"선전관께서 죽이신 명군 장수는 왕필적의 수하 비장 위종상이란 하급 관리인데 악독해서 지난달에는 행재소에 온 전라병사 김천우를 채찍으로 쳤습니다."

외면한 박성국이 쓴웃음을 지었다. 명군의 총대장인 이여송의 벼슬은 제독이다. 지방의 일개 병마사 격인 신분이지만 대국 원군의 총사령관인 것이다. 이여송은 조선 임금을 당연히 발아래에 두었으니 그 휘하 장수들의 처신은 말할 것도 없다. 정일손이 말을 이었다.

"위종상은 왜군의 기습을 당한 것으로 보고하겠습니다."

"괜찮겠소?"

"나리 덕분으로 목숨을 구한 셈이니 군사들도 입을 열지 않을 것입니다."

"잘 지내시오."

"도순변사께서도 몸 보중하십시오."

정일손이 불쑥 말했으므로 박성국의 얼굴이 굳어졌다.

"어떻게 아셨소?"

"도순변사께서 명궁이시라는 것은 왜군까지 다 알지 않습니까?"

"활을 쏠 수밖에 없었소."

"나리 같은 명장께서 이름을 숨기시고 떠돌아다니시게 되다니 참으로 절통한 일입니다."

정일손의 눈이 번들거렸고 이가 악물려졌다.

"왜적은 말할 것도 없고 명의 개 떼까지 끌어들여 조선 천지가 지옥 마당이 되었는데 조정에는 간신이 들끓고 임금은 공을 세운 장수를 의심하고 시기하다니요."

"……"

"분조로 세자 저하를 내놓고 요부의 치마폭에 감겨 세자를 내칠 궁리나 하면서 나리 같은 장수를 버리는 임금이 과연 조선 땅 임금이 맞습니까?"

마침내 정일손의 눈에서 눈물이 떨어졌다. 박성국도 어금니를 물고 시선을 들었다. 눈물이 넘치려고 했기 때문이다.

"부디 군민郡民을 잘 돌보시오."

겨우 그렇게 말한 박성국이 몸을 돌렸다가 뒤에 서 있는 끝쇠와 하나를 보았다. 둘이 서둘러 외면한 것이 모두 들은 모양이다.

‡

다시 북상해 평양성에 들어섰을 때는 다음 날 술시(밤 8시)경이다. 어두워질 때를 기다려 성안으로 들어간 것이다.

"폐허가 되었네요."

대동문 근처의 길가에 붙어 섰을 때 하나가 말했다. 이미 주위는 어두워져 옆에 선 하나의 눈만 보였다. 바람이 세고 흐린 날이다. 바람결에 시체 썩는 냄새가 맡아졌다. 3월 말이었으나 차다. 명군에 의해 평양성이 함락된 것이 지난 1월 7일이었고 파죽지세로 남하하던 이여송의 명군은 1월 27일, 벽제관 싸움에서 고바야카와 다다가케가 이끄는 왜군 6번대를 맞아 대패했다. 이여송은 물론이고 동생 이여백, 이여매는 겨우 목숨만 건져 도망쳤다. 그러고는 이여송은 개성에서 평양으로 다시 올라와 왜군과 화의和意 협상을 진행하고 있다. 옆쪽에서 떠들썩한 한어가 들렸으므로 그들은 긴장했다. 명군이다. 순찰대도 아니고 대여섯 명이 무리를 지어 다가오고 있다. 웃음소리도 들린다. 대로 옆 골목에 붙어 서 있는 그들 앞쪽으로 명군이 지나갔다. 흐트러진 모습이다.

"우리가 있었을 때는 주민이 제법 보였는데 지금은 거의 보이지 않는군요."

하나가 주위를 둘러보며 말을 이었다.

"약탈과 겁탈을 일삼는다는 말이 맞는 것 같습니다."

박성국은 대답하지 않았다. 성천군수 정일손의 말을 듣기 전에 분조에서도 소문을 들었던 것이다. 조선 땅은 쓰러진 짐승의 시체처럼 느껴졌다. 시체 위로 썩은 고기를 뜯어 먹는 짐승들이 덮치고 있다.

‡

그 시간에 행재소가 위치한 안주에서 삼도도순찰사 임우재가 눈을 부릅뜨고 앞에 앉은 사내를 보았다. 이곳은 임우재의 첩 유향의 집으로 전前 참판 장선재의 본가다. 사랑채, 행랑채가 다 구비되었고 대문, 중문이 온전해서 임우재는 하인들과 사병처럼 부리는 장교 십여 명까지 호위무사로 숙식시키고 있다. 이윽고 임우재가 입을 열었다.

"황해도군에도 다녀왔지?"

"예, 대감."

사내가 어깨를 늘어뜨리고는 목을 움츠렸다. 사내는 무관 관복을 걸치고 방바닥에는 환도를 내려놓았다. 사내가 머리를 들고 임우재를 보았다.

"대감, 최 만호는 싸움이 끝난 것으로 안 것 같습니다. 그래서 측근과 믿을 만한 장교들만 데리고 목과 장비를 주우러 간 것입니다."

한두 번 있던 일도 아니었으므로 임우재가 어서 말하라는 듯 시선만 주었다.

"최 만호가 진영에 남은 도사 배석동한테 미족산에 시체 주우러 간다고 했다는 것입니다. 정탐병을 보냈더니 황해도우병사 최성연이 지휘하는 황해도군과 왜군 시체가 산더미처럼 쌓여 있었다고 했답니다. 황해도군과 왜군이 싸우다 같이 전멸한 것 같다고 말입니다."

사내의 이마에서 진땀이 배어나왔다. 사내의 이름은 조병수. 정육품 별장으로 함경도군의 지휘부가 몰사한 내막을 들으려고 함경도군과 황해도군의 지휘관을 만나고 온 것이다. 조병수가 말을 이었다.

"대감, 최 만호와 지휘관 대부분이 무족골로 떠났지만 그중 단 한 명도 진영으로 돌아오지 않았습니다."

"……."

"시체는 황해도군이 모두 태웠다는군요."

"황해도군에서 전공 보고가 왔어."

마침내 임우재가 입을 열었다.

"황해도군 지휘관 중에도 살아남은 무반武班은 명주현령 박만홍 하나야. 우병사 최성연, 의병장 정석영도 다 죽었어."

"……."

"어제 박만홍이 왜군의 귀 칠백여 개와 왜장 여섯 명의 머리, 왜검 사백오십여 개, 거기에다 노획한 장비까지 수레 세 채에 실어 행재소로 보내왔다. 대공大功을 세운 거야."

"……."

"주상께선 박만흥을 정삼품 황해우병사에 봉하시고 죽은 최성연은 정이품 충용공忠勇公에 올리셨다. 싸우다 전사한 최인석과 다른 무반들도 모두 승급이 되었다."

임우재가 숨을 길게 뱉었다. 박만흥의 보고에 의하면 최인석과 부하들은 무족골에 진입해 싸우다가 장렬하게 전사한 것이다. 외면한 임우재가 혼잣말을 했지만 조병수는 들었다.

"어쨌든 시체 목을 주우러 갔다가 싸우다 죽었다니 함경도군도 용명勇名을 세웠다."

‡

다음 날 사시(오전 10시경) 무렵, 임우재가 들어선 곳은 안주에서 오십여 리 남쪽의 숙천군이다. 이곳 관아는 명군의 지휘부로 쓰이고 있었는데 병부주사兵部主事 원황의 부대다. 원황은 명군의 병력과 장비, 군수품 공급을 책임진 장수로 후방군사령이다. 따라서 이여송의 휘하에는 있지만 명 본국의 병부兵部, 황실과 직접 연결되어 있다. 임우재와 역관이 안으로 들어서자 원황이 말했다.

"어서 오게."

사십대의 원황이 표정 없는 얼굴로 임우재를 보았다. 옆에 부복하고 선 통역사가 하대로 통역했지만 원황의 표정과 맞는다. 임우재도 인사하고 역관이 통역했다.

"대감, 건강하십니까?"

허리를 깊게 꺾어 절을 한 임우재가 두 손을 모으고 서자 원황이 턱으로 앞쪽 의자를 가리켰다. 앉으라는 시늉이다. 임우재가 청 바닥에 내려놓은 비단 보자기를 힘들게 들어 올려 탁자 위에 놓았다.

"대감께 드릴 것이 있소이다."

원황은 시선만 주었고 임우재가 웃음 띤 얼굴로 보자기를 풀었다. 보자기가 풀렸을 때 원황의 흐린 눈빛이 강해졌다. 누런 얼굴도 붉어졌다. 탁자 위에는 어른 머리통만 한 금덩이가 놓여 있었기 때문이다. 앉아 있는 금부처상인데 모두 금덩이다. 방 안이 환해졌고 통역사도 놀라 입을 쩍 벌리고 있다. 그때 임우재가 말했고 역관이 통역했다.

"대감, 빈 마마께서 드리는 선물입니다."

"귀한 물건이군."

눈을 가늘게 뜬 원황이 금부처를 보았다. 그러더니 상체를 굽혀 금부처를 손으로 쓸었다. 이 금부처는 선조가 준비해준 것이다.

"난 대국에서도 이런 물건은 본 적이 없어."

"금을 쪼아서 만든 것입니다."

"오오."

"대감, 광해는 분조를 맡기 위해 임시로 세자 대행을 한 것입니다."

"알고 있어."

"대명에 복속하고 은혜를 잊지 않으려면 정원군으로 대를 잇는 것이 적합합니다, 대감."

"알겠어."

"그것이 조선 임금의 뜻이라는 것도 전해주시지요."

역관이 땀을 흘리며 통역을 마쳤을 때 임우재가 목소리를 낮췄다.

"빈 마마께서 다시 사례하실 것입니다, 대감."

원황의 시선이 또 금부처에게로 옮겨졌다. 인사를 마치고 나온 임우재의 얼굴에 쓴웃음이 번졌다. 금부처를 받았으니 원황은 이 여송의 작전이 원활하게 운용되도록 군수품을 차질 없이 공급해 줄 것이다. 명군 고위 장수 대부분은 뇌물을 먹어야 움직인다. 일거삼득이다. 말에 오르면서 임우재의 머릿속에 떠오른 생각이다. 금부처를 줌으로써 첫째 명군의 작전이 원활하게 운용될 것이며 둘째, 임금이 마련해준 금부처로 인빈 김씨의 아들 정원군의 후계 체제를 굳혀놓았다. 조선왕이 되려면 대명의 승인을 받아야만 하는 것이다. 승인을 받지 못하면 조선왕이 못 된다. 그리고 셋째는 명에 임우재라는 조선 대신의 위치가 단단하게 굳어졌다는 것이다. 명이 배후에 있으면 조선 대신은 임금이라도 건드리지 못한다.

✝

"어이구, 아씨."

깜짝 놀란 사내가 주춤 물러서면서 비명 같은 외침을 뱉었다. 폐가의 마당 안이다. 이곳은 평양성 안 저잣거리 바깥쪽의 천민이 사는 지역이다. 하나를 본 사내가 놀라 외친 것이다. 술시(밤 8시경) 무렵, 부엌에서 흘러나온 희미한 불로 얼굴은 알아볼 수 있다. 다가선 하나가 사내에게 말했다.

"죽지 않고 있어서 다행이다."

"병든 노모를 모시고 있는데 먼저 죽을 수는 없지요."

진정이 되었는지 사내가 제법 길게 대답하더니 뒤에 선 박성국과 끝쇠를 보았다.

"명군 등쌀에 역증이 나서 언제 오시나 기다리고 있었습니다."

사내는 광대 첫손으로 하나의 밀정단 소속 정보원이었다. 박성국과 끝쇠를 밀정 일행으로 보는 것 같다.

"아이고, 내 정신 좀 봐."

첫손이 혀를 차더니 안채를 가리키며 앞장섰다.

"안으로 드시지요. 찬은 없지만 밥을 차리겠습니다."

"굶지는 않느냐?"

뒤를 따르면서 하나가 묻자 대답이 돌아왔다.

"지난번 일본군이 퇴각할 때 양곡을 가져와 숨겨놓았지요."

‡

늦은 저녁을 마치고 나서 상을 치운 첫손이 방으로 들어왔다. 여전히 하나가 밀정단 두목 행세를 하고 있었으므로 첫손은 하나를 상대한다.

"평양성이 무덤처럼 되었구나. 어찌된 일이냐?"

하나가 묻자 첫손이 기다린 것처럼 대답했다.

"조선군이 수복한 것이 아니올시다. 일본군에 이어서 명군이 점령한 꼴이 되었습니다."

"그런가?"

말을 받았더니 첫손의 목소리에 열기가 띠어졌다.

"오히려 명군의 횡포는 일본군보다 더 지독합니다. 일본군은 향
도를 키우고 부역자는 돌봐주었는데 명군은 닥치는 대로 죽이고
약탈하고 겁탈합니다."

첫손의 얼굴이 붉어졌다. 광대 출신이어서 그런지 첫손은 빼어
난 미남이다. 눈을 치켜뜬 얼굴도 곱다.

"한낮에도 대로에서 강간을 하고 집을 뒤져서 사람을 죽이고 여
자 때문에 서로 칼부림을 합니다. 조선 관리가 와 있지만 거치적거
리면 명군 병사한테도 매를 맞아서 아무 소리도 못합니다."

군수郡守가 제 창고에서 양곡을 꺼냈다고 매를 맞고 끌려가는
세상이다. 셋이 잠자코 있는 것이 더 분한지 첫손의 목소리가 높
아졌다.

"오늘 낮에는 조선 관리들을 목에 밧줄을 매어 줄줄이 끌고 가
는 것을 보았소. 명군에 공급할 양곡이 늦었다고 그런답니다. 이게
조선 땅이오? 이게 나라요?"

첫손의 부릅뜬 눈이 박성국도 스치고 지나갔다.

"왕인지 개똥인지 그놈이 평양성에 들어오지 못하는 것은 백성
들이 이를 갈고 있는 것을 알기 때문이오. 백성들한테 평양성을 지
키겠다고 하고는 야반도주를 하고나서 명으로 들어가려고 기를
썼지 않습니까?

"……."

"차라리 명이든지 일본이든지 속국이 되면 좋겠다고들 하는 판입니다."

그때 박성국이 헛기침을 했고 하나가 입을 열었다.

"오늘은 먼 길을 와서 피곤하다. 쉬자."

‡

"어떻게 하시렵니까?"

요 위에 누웠을 때 하나가 박성국의 가슴에 얼굴을 붙이며 물었다. 첫손은 안방을 하나에게 내주었지만 박성국과 둘이 들자 놀란 것 같았다. 아마 하나의 정부情夫쯤으로 생각할지도 모른다.

"평양을 거쳐 행재소에 들를 거다."

천장을 향한 채 박성국이 억양 없는 목소리로 말했다. 당겨 안는 박성국의 품으로 파고들면서 하나가 다시 묻는다.

"행재소에 들른다고 하셨습니까?"

"그래."

"그럼 또 어디로 가십니까?"

불을 끈 방 안은 어둡다. 천장을 향한 채 박성국은 입을 열지 않았으므로 기다리던 하나가 생각난 것처럼 제 바지끈을 풀기 시작했다. 방 안에 부스럭거리는 소리만 들리고 있다. 이어서 가쁜 숨소리가 이어졌다.

✝

    동문 앞 광장에 선 명군 중랑장中郎將 요경이 앞에 꿇어앉은 백여 명의 조선인을 보았다. 사시 끝(오전 11시경) 무렵, 조선인 앞쪽에는 예닐곱 명의 관리와 조선군이 피투성이가 된 채로 모여 있었으며 나머지는 백성들이다. 백성들은 집을 뒤져서 끌어냈는데 곧 군의 사역병으로 끌고 갈 참이다. 집을 뒤져 찾아낸 젊은 여자들은 이미 진陣으로 끌고 갔으므로 끌려 온 백성은 모두 남자다.

    "모두 칠십육 인이오."

    앞으로 다가온 비장 종개리가 말했다.

    "어떻게 나누리까?"

    "오늘 잡은 놈들은 모두 치중대로 보내. 거기가 제일 시급하다."

    "예, 저놈들, 관리들은 어떻게 합니까?"

    "감히 대명의 군을 가로막고 방해했다. 목을 베어서 장대 끝에 매달아 명군의 위엄을 보여주도록."

    단호하게 말한 중랑장이 어깨를 편 순간이다.

    "엇!"

    외침 소리는 중랑장을 쳐다보고 있는 비장 입에서 터졌다. 목에 살이 꿰인 중랑장은 성대가 관통되어서 소리가 나오지 않는다.

    "아앗!"

    이번 외침은 주위에 둘러섰던 명군의 여러 입에서 터졌다. 비장의 뒤통수에 박힌 화살이 눈 사이로 뚫고 나왔다.

    "으아악!"

세 번째 화살이 조선 관리 옆에 서 있던 군사의 한쪽 눈에 박혔다. 이제는 제대로 된 비명이 터졌다.

"악!"

등판에 깊숙하게 살이 박힌 명군 하나가 서너 걸음을 달리다가 엎어졌다. 그제야 명군이 사방으로 흩어져 내달렸고 백성들도 뛰었다. 앞장서 뛰던 명군이 뒤로 처졌다가 다시 앞장서 도망친다.

‡

한낮, 오시(낮 12시경)가 조금 넘었다. 동문 근처 주막을 차지한 삼영장三營將 중 하나인 장세각의 부하 장수 곽평이 소리쳤다.

"뭣하느냐! 술을 가져와라!"

"예엣!"

대답은 호기 있게 했지만 주방에서는 아직 돼지가 삶아지지 않았다. 술만 가져갈 수는 없는 것이다.

"하는 수 없다. 술병부터 올려라."

곽평의 부하 연귀가 서둘렀을 때 주방 안으로 조선인 둘이 들어왔다. 그런데 제각기 손에 칼을 쥐었다.

"뭐냐?"

눈을 치켜뜬 연귀가 물었을 때다. 한 걸음 앞으로 다가온 사내하나가 칼로 깊숙이 배를 찔렀으므로 연귀는 입만 딱 벌렸다. 소리도 뱃심이 있어야 나온다. 칼이 쑤욱 빠져나갔을 때 격심한 고통이 밀려왔지만 소리는 뱉어지지 않았다.

"아앗!"

짧은 비명은 아궁이 앞에 앉아 있던 주막 주모의 입에서 터졌다. 그러나 몸을 굳힌 채 눈만 치켜뜨고 있다. 주방 안에서 일을 거들던 연귀의 부하는 이미 다른 사내의 칼에 목이 반쯤 잘린 채로 넘어져 있다.

‡

"술부터 가져오너라!"

다시 방 안에서 소리를 친 곽평이 문이 열리자 시선을 들었다. 조선인 하나가 뛰어들고 있다.

"아니."

눈을 치켜뜬 곽평이 옆쪽 벽에 세워놓은 검에 손을 뻗쳤지만 늦었다.

"악!"

곽평의 입에서 신음이 터졌다. 뻗친 팔이 팔꿈치 근처부터 싹둑 잘려나간 것이다. 다음 순간 곽평은 칼날이 목을 향해 날아왔으므로 이를 악물었다. 광주도위 곽평이 조선 땅 주막에서 죽다니, 하는 생각으로.

‡

미시 끝(오후 3시경) 무렵, 그곳에서 성안 거리를 일 리쯤 직진하면 평양성 주재 감독관 사호준의 청사가 있다. 불타고 부서진 평양 부청사 중에서 온전한 건물 중 하나로 본래 영빈관으로 쓰던 곳이다. 청에 앉은 사호준의 안색이 하얗게 굳어 있다. 긴장하고 있는 것이다. 곽평이 피살된 후부터 평양성 부근은 전시 상태로 돌입했다. 진무장군 사호준은 이여송의 직계로 삼영장인 이여백, 장세작, 양원과 동급이다. 지난 1월 말 벽제관 패전 후로 총대장인 제독 이여송이 평양성으로 회군해 있는 터라 위쪽 평양감사 사저는 사령부가 되었다. 사건은 이여송에게도 보고된 상황이다. 사호준이 방금 들어온 낭장 황경에게 물었다.

"어떤 놈들인지 찾았느냐?"

"찾고 있습니다. 장군."

"이 병신놈들!"

사호준이 발을 굴렀다. 사십대 초반의 사호준은 이여송과 동향이다. 요동에서 산서山西, 선부宣府, 발배족 토벌까지 같이 수행한 심복이다.

"제독 각하의 코앞에서 그런 일이 벌어지게 하다니! 당장 오늘 밤 안으로 범인을 잡아내라!"

"장군 아무래도 왜군 암살대 소행 같습니다."

"왜군이 활을 쏜단 말인가?"

"부역자들 사이에 그런 소문이 났습니다. 가토군 암살대가 성 안에 진입했다는 것이오."

"가토군 암살대?"

"예, 고니시와의 화평을 깨뜨리려고 대명의 장군들을 암살한다는 소문이오."

사호준이 숨을 들이켰다. 그럴듯한 소문이다. 그때 청 안으로 비장 하나가 뛰어 들어왔다.

"장군 숙소에서 나오던 유격장 오대청이 화살을 맞고 죽었습니다!"

눈만 부릅뜬 사호준에게 비장이 이어서 소리쳤다.

"호위하던 비장 둘, 군관 둘이 화살에 맞아 죽었습니다."

"그래서?"

사호준이 버럭 소리치자 비장이 움칫했다. 그러더니 어깨를 늘어뜨렸다.

"범인을 쫓고 있소이다."

"……."

"근처에 골목과 민가가 많아서 화살이 날아온 방향을 찾지 못했기 때문에…"

사호준이 머리를 돌렸고 청 안에는 숨이 막힐 것 같은 정적이 덮였다.

‡

해시(밤 10시경) 무렵, 첫손이 번들거리는 눈으로 하나를 바라보았다. 어둠 속이었지만 오늘은 맑은 날씨다. 하늘의 달이 환했고 별무리가 반짝이고 있다.

"아씨, 소문은 순식간에 퍼졌습니다. 한 마디씩 뿌리고 다녔더니 백성들이 기를 쓰고 퍼뜨려주는군요."

하나는 잠자코 시선만 준다. 뒤쪽 토방에 앉은 하나의 기둥서방 구실인 박성국은 외면한 채 들었다.

"백성들은 물론이고 조선 관리들도 믿는 것 같습니다."

"그래?"

하나의 목소리에 만족감이 묻어났다.

"모두 네 덕분이다. 그럼 다음에 만나기로 하자."

하나가 발을 떼었고 토방에서 일어선 박성국이 뒤를 따랐다. 끝 쇠는 맨 뒤에 섰다. 그때 하나의 등에 대고 첫손이 말했다.

"아씨, 말복한테도 안부 전해주십쇼."

‡

"불이야!"

외침 소리에 이여송이 눈을 떴다. 깊은 밤이다. 그때 어지러운 발걸음 소리가 들리더니 문밖에서 호위대 부장이 소리쳤다.

"각하! 불이 났습니다. 피해야 합니다."

"시끄럽다!"

호통을 쳐 진정을 시킨 이여송의 이맛살이 찌푸려졌다. 심상치 않은 것이다. 오늘 하루에 십여 명의 장수가 피살되었다. 소문은 가토의 암살대가 고니시와 명군과의 화의 회담을 방해하려고 평 양성에 침투했다는 것이다. 이 화재는 방화일 가능성이 많다. 자신 을 밖으로 끌어내려는 수작이다. 밖의 소음은 더 커졌고 매캐한 불냄새도 맡아졌다.

"각하! 호위대장 광천석입니다!"

이제는 호위대장까지 부른다.

"알았다, 나간다."

옷을 걸친 이여송이 어금니를 물었다. 왜군에게 얕보인 것이다. 비록 아비 이성량의 후광을 받아 입신立身했지만 작년에는 발배족을 토벌해 도독都督 벼슬까지 오르는 동안 수많은 역경을 거친 이여송이다. 밖으로 나온 이여송이 눈을 치켜뜨고 말했다.

"본진을 개성으로 옮긴다."

성안에 박혀 있으면 백 명 군사로 한 마리 쥐를 잡기도 힘들다.

"예에."

건성으로 대답한 광천석이 앞장을 섰다. 밖으로 나오자 불기운이 느껴졌고 연기가 코를 메웠다.

"각하, 이쪽으로."

광천석이 뒷문으로 이여송을 안내했다.

‡

예상한 대로 한 무리의 명군이 한 덩어리가 되어 뒷문으로 몰려가고 있다. 불길도 좌측 행랑채에서 번져오고 있었으므로 퇴로는 이곳뿐이다. 우측 창고 지붕 위에 엎드린 박성국이 각궁의 시위를 힘껏 당겼다. 각궁이 만월처럼 둥그렇게 되면서 살촉이 손끝에 닿았다. 과녁까지는 칠십여 보, 이 거리에서 실수한 적은 없다.

"쌕!"

소음 속이었지만 화살이 바람을 가르는 소리가 박성국의 귀에 울렸다.

"억!"

옆쪽 호위무사 하나가 신음을 뱉으며 넘어지면서 앞쪽 군사를 잡았고 뒤쪽 군사는 발이 걸렸다.

"이런!"

저도 모르게 신음을 뱉은 광천석이 외쳤다.

"화살이다! 더 좁혀라!"

잘 훈련된 호위군이 이여송을 중심으로 와락 좁혔을 때 다시 신음이 일어났다.

"으악!"

그러나 단단하게 조여진 호위군은 살에 맞은 군사까지 끌고 간다. 넘어질 여유가 없기 때문이다.

"악!"

또 비명, 한 명이 더 맞았다. 삼십여 명이 한 덩이가 되어서 뒷문을 향해 달려가는 것이니 과녁이 크다. 눈 감고 쏴도 맞힐 것이다. 광천석이 다시 악을 썼다.

"각하! 머리를 숙이소서!"

"아악!"

군사 하나가 또 맞았다.

"아악!"

뭉쳐진 진 바깥쪽 군사 한 명이 등이 뚫려 땅바닥으로 떨어졌다.

그러나 진은 단단하다.

✟

평양성 북쪽으로 십 리쯤 떨어진 큰길가에 작은 암자가 있다. 옆에 대동강 지류가 흐르고 있어서 풍광이 좋은 곳이지만 지난해 왜군이 불을 질러버려서 승려들이 머무는 요사채 한쪽만 남고 폐허가 되었다. 인시(새벽 4시) 무렵, 암자를 향해 다가오는 두 개의 그림자가 있다. 달빛에 드러난 두 그림자는 끝쇠와 박성국이다. 둘이 기둥만 서 있는 암자 앞마당으로 들어섰을 때 요사채 안쪽에서 또 하나의 그림자가 나왔다. 하나다. 하나가 이곳에서 기다리고 있었던 것이다. 하나가 다가와 잠자코 박성국을 보았다. 시선만 주었을 뿐 입을 열지 않는다. 그때 뒤에서 끝쇠가 말했다.

"그럼 소인은 먼저 가겠습니다."

"알았다."

짧게 대답한 박성국을 향해 머리를 숙여 절을 한 끝쇠가 몸을 돌렸다. 주위는 짙은 정적에 덮여 있다. 4월 초, 나무에 새순이 돋고 풀이 자라는 시기건만 산천은 아직 메말랐다. 그러니 벌레 울음소리도 끊겼다. 요사채의 무너진 마루 끝에 앉았더니 도로로 내려가는 끝쇠의 모습이 보였다. 끝쇠는 먼저 행재소로 떠난 것이다. 하나가 박성국의 옆에 붙어 앉더니 어깨를 기대었다.

"이여송을 죽이셨어요?"

"중심 부근에는 쏘지 않았어."

"중심 부근이라뇨?"

"이여송이 있는 곳."

잠시 말이 끊겼고 희미하게 개울물 소리가 났다. 하나가 추운 듯 어깨를 움츠리더니 박성국의 팔짱을 끼었다.

"행재소에서도 그러실 건가요?"

박성국은 큰길 쪽만 보았고 하나의 말이 이어졌다.

"임금 주변에다만 활을 쏘실 것이냐고요."

"……."

"먼가요?"

박성국이 머리를 돌려 하나를 보았다. 하나가 팔짱을 더 세게 끼 었고 어깨를 바짝 붙였다.

"우리가 갈 곳 말입니다."

박성국이 대답 대신 북으로 뻗은 큰길을 보았다. 날이 밝아서 멀 리까지 드러났지만 어느덧 끝쇠의 모습은 보이지 않았다.

‡

이여송은 조선인 혈통이지만 조부가 죄를 짓고 명으로 도망친 후에 성공한 집안이다. 이러니 조선조祖에 대해서 호감을 가질 이 유가 없고 동족이라는 의식도 없는 위인이다. 따라서 부하 장수, 명군은 조선 관리와 백성을 거침없이 다루었다. 명군의 진주 이후 로 명군이 회복한 평안도 지역의 아사자가 가장 많이 발생했다. 임 금이 있는 곳으로 찾아온 백성이 많았기 때문에 피해도 더 증가했

다. 행재소 주변에서 굶어 죽는 백성이 더 많아진 것이다. 임우재
가 행재소 내궁을 나왔을 때는 신시(낮 4시경) 무렵이다. 오늘도 인
빈 김씨를 만나고 온 길이다. 임우재와 함께 인빈을 만난 문윤봉이
웃음 띤 얼굴로 말했다.

"대감 덕분에 빈 마마를 뵙고 왔소이다."

"앞으로 자주 부르시게 될 것이오."

거드름을 피우면서 임우재가 대답했다. 문윤봉은 이번에 만포첨
사滿浦僉使에서 평안우병사로 승진했다. 특별한 전공이 없는데도
요직을 맡고, 공이 있는데도 눈 밖에 나면 한직으로 보내진다. 당
파가 나뉘어 평시平時에도 죽이고 살리던 행태가 난리가 일어나자
더 혼탁해진 것이다. 관민官民이 뭉쳐서 난리를 극복해야 했으나
난리를 틈타 패권 다툼이 더 심해졌으니 피해는 백성의 몫이다.

"대감, 그럼 저녁때 뵙겠습니다."

임우재에게 허리를 굽혀 보인 문윤봉이 몸을 돌렸다. 오늘 저녁
에 만나기로 한 것이다.

‡

"저기 좌측으로 갈라져 간 이가 이번에 평안우병사가 된 문윤봉
이란 놈이오."

복돌이가 끝쇠에게 말했다. 둘은 이제 임우재의 뒤를 따라가는
중이다.

"임우재는 거리 끝쪽 사가에다 첩을 하나 들어앉혔습니다. 지금

도 그쪽으로 갈 겁니다."

복돌이 말을 이었다.

"본가는 이 좁은 안주목의 반대편에 두고 두 집 살림을 하지요. 이 난리 통에도 관직을 청탁하려는 놈이 많아서 첩의 사가 창고에는 귀물이 넘쳐난다고 합니다."

행재소가 위치한 터라 평안도 안주목은 조선의 임시 도성 구실을 하고 있다. 좁은 거리가 피란민과 조선병, 명군으로 들끓는데 이곳에서는 명군의 행패가 드물었다. 끝쇠가 보기에는 조선군 숫자가 월등하게 많기 때문인 것 같다.

"별장 나리."

복돌이 불렀으므로 끝쇠가 머리를 들었다. 둘은 거리 끝 쪽으로 다가가고 있다. 잘 씻긴 말을 타고 앞뒤로 호위 기마 군사 셋씩을 둔 임우재의 행차는 대단했다. 가끔 마주치는 조선 관리들이 모두 길을 비키면서 머리를 숙여 보이고 있다. 복돌이 물었다.

"도순변사 나리는 언제 오시오?"

복돌은 깔끔한 장교 복색으로 허리에 칼을 찼다. 허리춤에는 내궁을 출입할 수 있는 상아패까지 차고 있으니 대감이라도 건들지 못한다. 인빈 김씨가 나눠준 몇 개 안 되는 패다. 복돌의 시선을 받은 끝쇠가 머리를 기울였다.

"글쎄, 곧 오실 걸세."

"상궁께서 꼭 알아 오라고 했소."

"내가 바로 알려줌세."

"오늘 밤이라도 오시면 백씨 가게에 알려주시오. 내가 내일 미시(낮 2시)경에 한 생원 집에 들르기는 하겠소."

"알았네. 그런데 임우재 첩의 집이 저곳인 모양이군."

끝쇠가 눈으로 앞쪽을 가리키며 말했다. 복돌이 알려주고 자시고 할 것도 없다. 대문이 높아서 말을 탄 채 임우재가 들어가고 있다. 담장은 열 자(약 3미터) 정도로 높았고 안채의 기와지붕이 보였다. 대문 앞에 장교 두 명이 번을 서고 있는데 하인들이 수시로 들락거리고 있다. 끝쇠와 복돌이 함께 대문 앞을 지나면서 안을 들여다보았다. 마당도 넓고 안채로 향하는 대문이 또 있다.

"역적놈이 난리 중에도 호사를 하는군."

마침내 끝쇠가 참지 못하고 투덜거렸지만 복돌은 일부러 못 들은 척했다.

‡

끝쇠가 한 생원의 세 칸짜리 초가에 들어섰을 때 마루에 앉아 있는 박성국을 보았다.

"아이구, 오셨군요. 나리."

깜짝 놀란 끝쇠가 박성국을 반겼다. 평양성 위쪽 암자에서 헤어지고 오늘이 닷새째가 된다.

"백가 가게에 들리셨구먼요. 어떻게 한 생원 집을 찾으셨습니까? 백가는 잘 모를 텐데요."

"어젯밤에 왔다."

"예엣! 어제 오셨다고요?"

손을 들어 제지한 박성국이 목소리를 낮췄다.

"그렇다. 사람은 들끓었지만 좁은 바닥 아니냐? 임우재 사가까지 다 알아놓았다."

"소인도 방금 그곳에서 오는 길입니다. 임우재가 들어가더군요. 그런데…"

말을 그친 끝쇠가 주위를 둘러보는 시늉을 했다.

"마님은 어디 계십니까?"

"네가 마님이라고 했느냐?"

박성국의 얼굴에 슬쩍 웃음이 번졌다.

"북문 밖에서 기다리고 있을 것이다."

숨을 죽인 끝쇠에게 박성국이 말을 잇는다.

"바깥채의 한 생원이 저녁 내온다고 했는데 네가 나가서 그럴 필요 없다고 전해라."

끝쇠의 시선을 받은 박성국이 자리에서 일어섰다.

‡

술시(오후 8시)가 되었을 때 문밖이 떠들썩해지더니 집사가 문밖에서 아뢰었다.

"대감, 팔도도순찰사 대감께서 오셨습니다."

"무엇이?"

놀란 임우재가 벌떡 일어났고 술상에 둘러앉은 평안병마사 문윤봉, 순찰사 전기윤, 호조참판 전옥규도 따라 일어섰다. 한응인이 그중 좌장 격이다. 이윽고 방문이 열리더니 한응인이 들어섰다. 미복 차림이나 두루마기에 티 한 점 없고 비단으로 대님을 했다.

"내가 가만히 있을 수가 있어야지."

한응인이 웃음 띤 얼굴로 말하자 집주인 임우재가 먼저 인사를 했고, 모두 한 마디씩 덕담을 주고받은 후에 다시 자리에 앉는다. 상에는 산해진미가 놓였는데 술은 명에서 가져온 홍로주다. 난리가 난 지 만 일 년이 되어서 조선 팔도에 시체 썩는 냄새가 진동했고 행재소 주변에서도 하룻밤에 수십 명씩 굶어 죽고 있지만 이곳은 딴 세상이다.

"자, 이번 난리만 넘기면 새 세상이 될 것이오."

술잔을 든 한응인이 호기 있게 말하자 항상 뜻을 맞춰온 임우재가 말을 받았다.

"난리는 언젠가는 끝납니다. 그때까지 서로 합심하십시다."

그러자 이곳저곳에서 거들었다.

"지당하신 말씀이오."

"말씀대로 따르겠습니다."

"폭풍이 가시면 청명한 하늘이 보이지요."

모두 인빈 김씨와 정원군을 추종하는 세력이며 임금 선조의 충복忠僕들이다. 그때 뒤쪽 문이 열렸으므로 그중 한 명인 문윤봉이 머리를 들어 그쪽을 보았다. 뒷문이 정면으로 보이는 자리였기 때문이다. 그 순간 문윤봉이 입이 딱 벌어졌다. 괴한이다. 손에 장검을 쥐었다. 이게 웬일인가?

박성국은 먼저 시선이 마주친 문윤봉을 겨누었다. 역적은 모두
다섯 명.

"엣!"

뛰어오르면서 칼을 치켜들었고 상 위에 한쪽 발을 디디는 순간
내려쳤다.

"아악!"

문윤봉이 머리를 틀었기 때문에 칼날이 어깨를 비스듬히 후려쳐
반대편 옆구리까지 갈랐다. 치명상. 칼날이 빠져나오면서 단발마
의 비명을 뱉었지만 그것으로 절명.

"에잇!"

비스듬히 후려친 칼날을 치켜들면서 바로 옆쪽 사내의 가슴을
깊숙이 찌른다.

"으아악!"

등판까지 뚫고 나온 칼날을 발로 가슴을 밀면서 빼냈을 때 옆에
서 날아온 술병이 옆구리를 때렸다. 옆쪽 대신 하나가 엉겁결에 집
어서 던진 술병이다.

"여봐라! 살인이다!"

옆쪽 하나가 아우성을 쳤을 때 치켜든 칼이 날아 목을 쳤다. 이
번에는 잘 쳤다.

"쓰릭!"

목뼈까지 잘리면서 덜컥 머리가 가슴께로 떨어지더니 덜렁거린

다. 가죽으로만 머리통이 매달려 있다. 그때 한 명이 기어서 문밖으로 나간다. 이미 엉덩이만 방 안에 남았다. 그쪽으로 발을 떼려던 박성국이 상 밑으로 머리를 처박고 있는 대신을 보았다. 상이 좁아서 머리통만 들어갔고 등과 엉덩이가 뒤로 솟았다. 박성국은 등판 깊숙이 칼을 박았다.

"으아아악!"

사내가 황소처럼 머리로 상을 받아 넘겼지만 다시 날아간 칼날이 목을 쳤다. 몸을 세운 박성국이 피로 범벅이 된 칼을 세워 들고 가쁜 숨을 골랐다. 방 안에 시체 네 구가 놓였다. 한 놈은 밖으로 도망쳤다.

"안이다! 안에 있다!"

밖에서 아우성을 치면서 떠들었으므로 박성국은 몸을 돌렸다. 그러고는 뒤쪽 문으로 달려 나갔다.

7장
끝쇠야 가자

팔도도순찰사 한응인만 살았다. 문밖으로 기어 도망간 사람이
한응인이었다. 한응인은 도원수 김명원과 함께 임진강 전투에서
대패해 수만 군사를 잃었지만 문책 한 번 당하지 않고 승승장구했
다. 그러나 삼도도순찰사 임우재를 비롯해 평안우병사 문윤봉, 순
찰사 전기윤, 호조참판 전옥규는 무참히 살해되었다.

‡

"왜적이란 말이냐?"
임금 선조의 목소리가 떨렸다. 낯빛도 누렇게 굳어 있다. 그날

밤, 자시(밤 12시경) 무렵이다. 사안이 중대한 터라 한웅인이 직접 달려와 도승지 강현성에게 알렸다. 지금 임금의 침전 밖 청에는 한웅인과 강현성, 궐내에 있던 유성룡까지 둘러앉았다. 한웅인은 아직도 눈동자에 초점이 없다. 제 눈앞에서 처참한 살육이 일어났으니 그럴 만했다. 그때 눈동자의 초점을 잡은 한웅인이 말했다.

"조정에 반감을 품은 역도의 무리 같습니다, 전하."

"무엇이?"

눈을 치켜뜬 선조에게 한웅인이 말을 이었다.

"소신이 보기에 괴한은 조선인 무장 같았습니다. 기골이 컸고 눈썹이 굵었으며 검술이 뛰어난 자였습니다."

말을 그친 한웅인이 몸서리를 쳤다.

"전하, 역도가 충신들을 죽였습니다. 이를 어찌하면 좋습니까?"

‡

"박성국입니다."

다시 침전으로 돌아온 선조에게 인빈이 말했다. 인빈이 청 밖에서 다 들었던 것이다.

"임 순찰사, 한 대감한테 원한을 품은 자는 박성국뿐입니다. 전하."

인빈 김씨의 얼굴도 파랗게 굳어 있다.

"어허, 확실치가 않거늘."

선조가 이맛살을 찌푸렸지만 크게 나무라지는 않았다.

316

"한응인도 박성국의 얼굴을 모르지 않는가?"

"용모파기容貌疤記를 그려 대조해보면 되지 않겠습니까? 분조에서는 다 알 테니까요."

눈을 치켜뜬 인빈이 말을 이었다.

"아니, 이곳에서도 박성국 얼굴을 아는 사람이 있을 것입니다."

인빈의 목소리가 떨렸다. 바로 오늘 오후에 임우재와 문윤봉이 들어와 인사를 하고 간 것이다. 문윤봉의 승진 인사였지만 충성을 약속하는 자리나 같았다. 그런 둘이 처참하게 살해된 것이다. 이윽고 선조가 단호한 목소리로 말했다.

"역도는 반드시 잡아낼 것이다."

‡

"한 대감이 보았다고는 하나 그 경황 중에 자세히 볼 수 있었겠소?"

좌의정 윤두수가 유성룡에게 말했다. 다음 날 사시(오전 10시경) 무렵 청 안 분위기는 뒤숭숭해서 다시 피란길에 오른 것 같다. 이곳저곳에서 당상, 당하관을 가리지 않고 모여서서 수군거린다. 어젯밤의 사건을 이야기하는 것이다. 유성룡이 길게 숨을 뽑고 말했다. 둘도 청 안에서 마주 보고 서 있다.

"박성국은 세자 저하의 측신이었어요."

"저하께서 내보내셨다고 해도 박성국을 거론하면 세자께 큰 누가 됩니다."

윤두수는 머리만 끄덕였고 유성룡이 말을 이었다.

"한응인이 경솔하게 박성국과 세자를 이으려고 하는 시도는 위험합니다. 범인 용모파기를 일부러 박성국과 유사하게 작성할지도 모르니 주의해두어야 하겠소."

"그렇소."

윤두수는 이제 예순한 살. 유성룡보다 아홉 살 연상이다. 숨을 길게 뱉은 윤두수가 유성룡을 보았다. 윤두수는 서인이다.

"대감께서 부르시지요."

유성룡은 지난해에 하루 만에 영의정에서 파직당했지만 아직 정승의 대접을 받고 임금을 보좌한다. 한응인은 이때 서른아홉의 청년인 데다 유성룡은 동인의 거물이다. 말을 들을 것이다.

‡

박천에서 구한 말 한 마리가 절름거리기 시작했으므로 일행은 회천 북쪽의 산비탈에서 쉬었다. 행재소를 떠난 지 사흘째 되는 날 오후, 일행은 청천강 상류를 따라 동북방으로 나아가고 있다. 박성국의 고향 같았던 전前 임지, 함경도 국경으로 향하는 것이다.

"나리, 저놈은 버려야겠소."

말을 보고 온 끝쇠가 투덜거렸다.

"굽 안쪽에 상처가 나서 걸리면 안 됩니다."

하나가 타고 온 말이다. 금 두 냥씩을 주고 산 말이어서 박성국은 입맛만 다셨지만 하나가 일어나 말을 보러 갔다.

"나리, 어떻게 하시려오?"

옆에 쭈그리고 앉은 끝쇠가 물었지만, 박성국은 앞쪽 개울을 응시한 채 대답하지 않았다. 그러나 끝쇠는 말을 잇는다.

"대신들을 다 죽였으니 조선 조정은 난리가 났을 것이오."

"……."

"내 속이 다 시원합니다."

"한 놈을 놓쳤어."

박성국이 불쑥 말하고는 깊게 숨을 뱉었다.

"재빠르게 도망치더군. 명이 긴 놈이다. 지금 생각하니 가장 높은 신분인 것 같은데…."

"……."

"다섯 중 넷은 죽였다. 내가 눈여겨본 집주인 임우재는 물론이고."

"그런데 어찌하시려오?"

다시 끝쇠가 물었다. 지금까지 박성국은 끝쇠에게도 목적지를 밝히지 않았다. 이윽고 박성국이 머리를 돌려 끝쇠를 보았다.

"누르치에게 간다."

"끝쇠가 숨을 들이켰다가 길게 뱉었다. 누르치가 누구인가? 무르키 족장 호리타다. 박성국에게 잡혔다가 풀려난 후에 누르치로 개명한 여진 족장. 그때 하나가 다가오면서 말했다.

"말은 놓아줘야겠어요."

박성국의 시선을 받은 하나가 이를 드러내고 웃었다. 끝쇠가 옆에 있었지만 거침없었다.

"풀려나는 것이지요. 잘된 것입니다."

‡

광해가 머리를 돌려 차동신을 보았다.

"차 별장, 가까이 오라."

"예."

차동신은 광해의 호위역이다. 선전관청 소속의 정육품 별장으로 승급이 되어서 휘하에 호위 장교 여섯을 거느렸다. 이것이 분조의 세자 경호군이다. 뒤쪽으로 두 걸음 거리까지 다가간 차동신이 거리를 좁혔을 때 광해가 다시 말했다.

"더 가까이."

유시(저녁 6시)경, 여주에서 온 의병장 오선일의 일행이 멀어져가고 있다. 오선일에게 검을 하사한 광해가 분조 앞 벌판까지 늙은 의병장 오선일을 배웅하고 헤어진 참이다. 우두커니 서서 오선일 일행의 뒷모습을 보던 광해가 불렀으므로 차동신은 의병 이야기를 하려는 줄 알았다. 그때 광해가 물었다.

"들었느냐?"

"무엇을 말이옵니까?"

되물은 차동신의 얼굴이 금방 굳어졌다. 시선을 내린 차동신이 호흡을 가누었다. 광해가 차동신을 신임해 묻는 것이 아니겠는가? 주저할 것이 없었다.

"예, 저하."

"어떻게 들었느냐?"

"행재소에서 온 장교가 떠들고 다니는 통에 분조에 모두 알려졌습니다."

차동신이 저도 모르게 세자 쪽으로 상반신을 굽혔다. 호위 장교
와 관리 서너 명은 십여 보 뒤쪽에 서 있다. 그때 광해가 말했다.

"나는 우의정에게서 들었다. 행재소에 난리가 났다는구나."

차동신은 숨을 죽였고 광해의 말이 이어졌다.

"우상은 오늘 오후에 온 병조참의에게서 들었다고 했다. 삼도도
순찰사가 된 임우재, 평안우병사 문윤봉, 순찰사 전기윤과 호조참
판 전옥규가 참살을 당했는데, 다행히 팔도도순찰사 한응인은 목
숨을 건졌다는 것이다."

"......."

"그런데 한응인이 그 범인으로 박 순변사를 지목했다는 거야."

차동신은 광해의 시선이 볼에 닿는 것을 느꼈지만 기를 쓰고 머
리를 들지 않았다. 모두 알고 있는 이야기였다. 장교는 박성국이
라고 단언했다. 역적을 처단했다고도 했다. 다시 광해가 말을 이
었다.

"그런데 윤 정승과 유 정승이 제지했다는구나. 확실치도 않은데
박 순변사를 지목하면 내가 시킨 일처럼 되지 않느냐는 것이다."

그것도 들었다. 그래서 한응인과 인빈 김씨가 기를 쓰고 박성국
을 잡으려고 한다는 것도. 그때 광해가 숨을 길게 뱉었으므로 놀란
차동신이 머리를 들었다. 그 순간 차동신은 숨을 들이켰다. 광해의
눈이 번들거리고 있었기 때문이다. 눈에 눈물이 고여 있다. 광해가
말을 이었다.

"나는 그 말을 듣고 이런 생각이 들었다."

눈물이 고인 광해의 눈동자에 초점이 흐려졌다.

"복면으로 얼굴을 가릴 수도 있었을 텐데 왜 얼굴을 드러냈는지…."

"……."

"박성국이 더는 이 조선 땅에 미련이 없어졌기 때문이 아닌가 하고 말이다."

이제는 광해의 입에서 박성국의 이름이 나왔지만 둘은 의식하지 못했다. 차동신도 놀라지 않는다. 그때 광해가 몸을 돌리며 말했다.

"박성국을 다시 보지 못할 것 같구나."

‡

이곳에서는 풀벌레 소리가 들린다. 함경도 땅으로 들어온 지 이틀. 이곳은 낭림고원 북쪽 땅이다.

"나리, 아마 내년이면 제가 아이를 업고 다닐 것 같사옵니다."

가슴에 얼굴을 묻고 있던 하나가 불쑥 말했으므로 박성국이 숨을 죽였다. 풀벌레 소리가 그쳤다가 다시 울렸다. 산 중턱의 화전민이 버리고 간 통나무집이다. 끝쇠는 부엌 건너편 방에 들어서 떨어져 있기는 했지만 박성국은 끝쇠를 의식한 듯 목소리를 낮춰 물었다.

"무슨 말이냐?"

"두 달이 다 돼갑니다."

하나가 박성국의 가슴에 다시 얼굴을 묻었다.

322

"함께 여진 땅에서 키워요."

"……."

"조선인 아비와 일본인 어미 사이에 난 자식이 여진인으로 자라겠습니다."

"……."

"잘난 자식이 될 거예요."

"……."

"조선말, 일본말, 여진말까지 배우게 해서 대망大望을 키우게 할 것입니다."

"딸이라는 생각은 안 해보았느냐?"

마침내 박성국도 하나의 분위기에 끌려들었다. 그것을 기다렸는지 하나가 박성국의 허리를 감아 안았다. 문지방 밖의 풀벌레 소리가 어느덧 그쳐 있었다.

‡

"의병입니다."

눈 위에 손바닥을 놓아 해를 가린 끝쇠가 앞쪽을 응시하며 말했다.

"기마군 백여 기, 보군은 이백, 뒤에 치중대가 따릅니다."

함경도 군병이다. 왈칵 그리움이 솟구친 박성국이 상반신을 세우고 앞쪽을 보았다. 군병은 이 리쯤 떨어진 곳에서 이곳으로 다가오는 중이다. 관군과 의병이 섞인 것 같다. 하늘을 본 박성국이 끝쇠에게 말했다. 그들도 이쪽을 본 것 같다.

"피해 가자."

이제 조선군을 만날 수가 없는 상황이다. 벌써 북쪽까지 행재소의 사건이 알려졌을 리는 없지만 굳이 얼굴을 보일 필요는 없었다. 말에 박차를 넣은 박성국이 말머리를 틀었다.

"앞장서라!"

"예!"

끝쇠가 고삐를 채어 달려 나갔다. 사시(오전 10시경) 무렵이다. 오늘 저녁에는 여진 땅으로 들어갈 수가 있다.

"장하다."

조선군을 등 뒤에 놓고 달리면서 박성국이 앞을 달리는 끝쇠에게 소리쳤다.

"이곳 국경에서도 끊임없이 의병을 모아 남쪽으로 보내는구나."

뒤에 붙어 앉은 하나가 두 손으로 박성국의 허리를 힘주어 안았다. 다친 말을 풀어준 뒤부터 하나는 이렇게 뒤에 탄다.

‡

말굽 소리가 들린 곳은 오른쪽이다. 앞장서 달리던 끝쇠가 놀란 듯 말고삐를 채어 주춤거리더니 말머리를 왼쪽으로 틀었다.

"기마군이요!"

박성국도 이미 보았다. 조선 기마군이다. 첨병 일곱이 달려오는데 둘이 앞장섰고 다섯이 뒤를 따른다. 심장에서 뭔가 울컥 솟는 느낌이 들었으므로 박성국도 어금니를 물었다. 자신이 훈련시킨 기마군 전술이다. 종성의 병마만호일 때 첨병의 기습 공격을 그렇게 가르쳤다. 그것이 함경도 북방의 기마군 교본이 되었던 것이다. 이쪽을 여진의 침입자로 본 것 같다.

"끝쇠야, 왼쪽으로 틀어라! 저쪽 산 뒤쪽에서 화살 신호를!"

박성국이 크게 소리치고는 오른쪽으로 고삐를 틀었다.

"나리!"

박성국의 허리를 감아 안은 하나가 불렀다. 등에 닿은 하나의 가슴이 따뜻하고 부드럽다.

"신분을 밝히시지요."

"안 된다."

말에 박차를 넣자 달리던 말이 더욱 속력을 내었다. 그러나 이대로 오래 갈 수는 없다. 그것을 하나도 아는 것이다. 뒤쪽의 말굽 소리는 더 가까워졌다.

"하나, 각궁을!"

박성국이 소리치자 하나가 등에 멘 각궁을 벗어 건넸다. 뒤를 따르는 말굽 소리는 넷, 끝쇠한테는 셋이 붙었다. 이쪽이 잡힐 것 같으니 집중하는 것이다. 잘 훈련된 기마군이다. 거리는 백오십 보 정도. 이 속도라면 숨 열 번 쉬고 뱉는 사이에 백 보로 좁혀진다.

"나리, 화살."

하나가 허리에 찬 화살통에서 화살 하나를 꺼내 건네주었다. 목소리가 밝다. 박성국은 고삐를 입에 물고는 살을 시위에 물렸다. 그러고는 무릎으로 말 배를 조이면서 방향을 틀었다. 말은 이제 황

야를 비스듬히 달려가기 시작했고 기마군과의 거리가 바짝 좁혀
지고 있다.

"쌕!"

몸을 비튼 박성국이 활을 겨누자마자 쏘았다.

"화살!"

내민 손에 하나가 재빨리 화살을 넘겨준다. 이제 거리는 백 보
정도.

"쌕!"

두 번째 화살이 날았을 때 첫 번째 화살에 맞은 말이 다리를 치
켜들며 땅바닥으로 뒹굴었다. 기마군이 함께 쓰러진다. 모두 말에
탄 사람은 노리지 않는다.

"휙!"

화살 한 대가 볼을 스치고 지났으므로 박성국은 빙긋 웃었다. 제
법이다. 그때 두 번째 화살에 맞은 말이 곤두박질쳤다. 다시 화살
을 넘겨받은 박성국이 비스듬히 달리면서 또 한 발을 쏘았다. 그때
화살 두 대가 날아왔다. 남은 기마군 둘이 거의 동시에 쏜 것이다.
거리는 이제 칠십 보. 박성국이 몸을 틀어 화살을 피하면서 시위에
물린 화살을 쏘았다.

"쌕!"

"아악!"

그 순간 하나가 신음을 뱉더니 박성국의 허리를 두 손으로 힘껏
쥐었다.

"하나!"

저도 모르게 버럭 소리친 박성국이 손을 뻗쳐 하나의 몸을 잡으려고 했으나 놓치고 만다. 그때 하나가 박성국의 허리에서 손을 떼더니 말에서 떨어졌다.

"하나!"

말에서 몸을 틀어 뛰어내린 박성국이 땅바닥에 뒹굴고 나서 하나를 보았다. 그때 기마군 한 명은 이미 말에 살이 박혀 쓰러졌고 남은 기마군 한 명도 맹렬하게 달려들었다. 거리는 삼십여 보. 박성국은 몸을 일으켜 세우고는 달려오는 기마군을 보았다. 조선군이다. 익숙한 관복, 눈을 부릅뜬 군사의 얼굴이 박성국 쪽으로 다가왔다. 기마군은 어느새 칼을 빼 들고 치켜들었다. 단칼에 베어버릴 자세. 잘 훈련되었다. 박성국도 이렇게 여진족을 쳤다. 그 순간 덮치듯이 다가온 군사가 칼을 내려쳤고 박성국은 몸을 비틀어 피하면서 말고삐를 잡아 팽개쳤다. 말이 땅바닥에 머리부터 부딪치면서 쓰러졌다. 조선군은 허공을 날아가 뒹굴었다. 달려간 박성국이 조선군의 머리를 잡아 비틀었다.

"우두둑."

목뼈가 부러진 조선군의 얼굴이 등쪽으로 돌려지면서 쓰러졌다.

‡

하나의 등에 박힌 화살이 심장을 뚫었다. 박성국이 하나를 안아든 채 바로 눕혔다. 무릎까지 차오른 잡초가 바람결에 흔들린다. 햇살은 환했고 하늘에는 구름 한 점이 없다. 하나가 박성국의 품에

안긴 채 웃었다. 입가에서 피가 흘러내리고 있었으므로 박성국이
손끝으로 닦았다.

"나리… 아이를 키우고 싶었는데….

하나가 웃음 띤 얼굴로 말했다.

"하지만… 기쁩니다."

"또박또박 말한 하나가 다시 웃었다.

"하나…."

박성국이 하나를 당겨 안았다.

"잘 가거라."

하나의 눈빛이 흐려지더니 긴 숨을 뱉었다. 마지막 숨이다. 그
러나 얼굴에는 여전히 웃음기가 남았다. 바람결에 풀냄새가 맡아
졌다.

‡

그로부터 서른네 해가 지난 1627년 1월, 후금의 장수 아민이 삼
만 기마군을 이끌고 압록강을 건너 파죽지세로 남하한다. 조선군
을 곳곳에서 격파한 후금군은 안주, 곽산, 평양을 점령하고는 황주
로 진출했다. 한 달도 안 되는 사이에 이미 조선 영토의 절반을 점
령한 것이다. 임금 인조는 황급히 강화도로 피신했고, 소현세자를
전주로 보내 의병을 모으게 하는 한편으로 후금 장수 아민과 강화
를 추진한다.

‡

네 해 전 1623년 3월, 인빈 김씨의 아들인 정원군의 장남 능양군이 정변을 일으켜 광해군을 폐위시키고 왕위에 오른다. 조선의 열여섯 번째 왕 인조다. 인빈 김씨가 아들 정원군은 임금으로 만들지 못했지만 정원군의 아들이 임금이 되었으니 소원을 성취한 셈이다. 인조가 된 능양군과 무력 정변을 일으킨 세력은 서인이다. 실로 끈질긴 기다림 끝에 왕위를 탈취한 셈이다.

‡

그보다 열다섯 해 전인 1608년 2월, 세자 광해는 마침내 조선의 열다섯 번째 왕위에 올랐다. 선조는 인빈 김씨의 아들 신성군, 정원군을 총애했지만 결국 분조를 떼어주면서 광해를 세자로 세웠다. 더욱이 왜란이 끝난 후인 1606년 새 왕후가 된 인목왕후가 영창대군을 낳자 임금 선조의 마음은 또 변했다. 영의정 유영경 등에게 영창대군에게 왕위를 물려준다고 공공연히 말하는 바람에 조정이 분란에 휩싸였다.

1608년 임금은 병이 깊자 마침내 광해에게 선위교서禪位教書를 내렸다. 그러나 교서를 받은 영의정 유영경은 교서를 집에 숨기고 내놓지 않았다. 이것이 결국 발각되었으나 선조는 유영경을 벌하지도 않고 죽었으니 조정이 혼란에 빠진 것은 당연했다. 결국 광해는 인목대비의 언문교지言文教旨를 받아 왕위에 올랐다. 실로 파란

만장한 과정을 겪은 셈이다. 열여덟에 세자가 된 지 열여섯 해 만인 1608년 서른네 살 때였다.

‡

그리고 광해는 열다섯 해의 임금 노릇을 끝내고 지금은 강화도에서 다섯 해째 유배 생활 중이다.

‡

아민이 조선의 개성 북쪽 평야에 거대한 진을 펴고 조선의 화의 사절과 담판을 한다. 기마군단의 진은 넓고 위풍이 당당하다. 진막도 수백 개가 쳐졌고 말 떼 달리는 소리가 지진이라도 난 것처럼 들린다. 아민의 진막은 넓어서 백여 명이 들어가도 부딪치지 않는다. 조선의 화의사는 이조참판을 거쳐 비변사에 오른 최명길이다. 부사는 훈련대장 정호성. 후금 측 협상 대표에게 조선의 입장을 말하는 최명길의 논조는 설득력이 있다. 대신 후금군 입장은 명군의 장수 모문룡이 조선 땅에 주둔하고 있다는 둥, 명과 은밀히 내통하고 있다는 둥 모호하다. 최명길은 인조반정의 주역으로 광해를 쫓아낸 일등공신이다. 당년 나이 마흔둘로 실리를 추구하는 인물이다. 이윽고 협상단의 보고를 받은 아민이 말했다.

"좋다. 앞으로 조선은 명의 연호를 사용치 말고 조공을 보내도록. 모문룡을 잡아 보낼 것이며 후금을 형의 나라로 대하도록 하는 것으로 합의하라."

이제 화의 협상이 궤도에 들어섰다.

‡

후금은 1616년, 여진족의 부족장 누르하치가 여진을 통일한 후
에 건국되었으니 이제 건국한 지 열두 해가 지났다. 떠오르는 태양
과 견줄 만하고 명의 기력은 쇠퇴하고 있다. 후금군 대장 아민은
오십대쯤으로 백발에 짙은 수염을 길렀고 장대한 체격이다. 범가
죽 의자에 앉은 모습을 보면 저절로 위압감이 느껴진다. 바로 후금
의 얼굴처럼 느껴졌다. 세 번째 회담이 끝났을 때 아민이 최명길의
인사를 받고 말했다.

"이제 양측의 합의가 가까워진 것 같으니 화의주를 마시도록 하
라."

누가 거절하겠는가? 부사 정호성의 입이 저절로 벌어졌다. 이것
은 곧 후금군이 물러간다는 말이나 같다.

‡

주연장에는 후금 측 고위 장수 십여 명과 조선은 최명길, 장호
성 등 화의 사절단 십여 명이 참석했는데 분위기가 부드러웠다. 그
러다 술이 서너 순배 돌았을 때 주연장의 후금군 장수들이 일제히
일어섰다. 대장 아민과 부장 유해가 들어선 것이다. 최명길과 정호

성 등 조선 측 관리들도 따라 일어섰다. 상석으로 다가간 아민과 유해가 자리에 앉았다. 이제 술시(밤 8시경)가 되어가고 있다. 그때 아민이 최명길을 바라보았다.

"그대가 조선왕 광해를 몰아낸 공신 중 하나인가?"

여진어로 묻자 역관이 서둘러 통역했다. 숨을 들이킨 최명길이 시선을 내렸다가 곧 어깨를 들고 아민을 보았다.

"예, 폐왕 광해는 무도했습니다."

역관의 통역이 끝나기를 기다려 최명길이 말을 이었다.

"형을 죽이고 전前 임금의 적자 영창대군을 죽였으며 또한 지금 임금의 아우 능창군도 죽였습니다. 이 어찌 무도하지 않습니까?"

조목조목 끊어 말했고 역관도 따라 말했다.

"지금의 임금은 불의를 벌하고 정의를 세운 것입니다."

그때 아민이 빙그레 웃었으므로 최명길이 심호흡을 했다. 기운이 났기 때문이다.

"지금의 임금은 성군聖君입니다."

통역이 끝났을 때 아민 옆에 앉은 부장 유해가 입을 열었다. 유해는 짙은 수염에 얼굴에 칼자국이 있다. 아민과 비슷한 오십대쯤으로 보였다.

"전前 임금 광해는 어디 있는가?"

역관의 말을 들은 최명길이 당황했다.

"예… 그것은….."

그 말은 역관이 통역하지 못했고 유해의 말이 다시 이어졌다.

"화의 조약의 첫 번째 조항에 이것을 넣어라!"

긴장한 최명길과 장호성은 숨을 죽였다. 유해의 호통 치는 것 같은 목소리가 이어졌다.

"전前 임금 광해가 천수天壽를 누리게 하라. 만일 독살되었거나 불의의 사고로 죽는다면 조선 왕가는 멸족될 것이다."

역관의 목소리도 높아졌고 다시 유해가 소리쳐 말했다.

"너희들의 내막은 우리가 다 안다. 물론 내가 한 이 말도 너희들 사초史草에는 기록되지 않는다는 것은 안다, 하지만."

유해가 통역이 끝나기를 기다려 손가락으로 최명길, 정호성을 칼로 찌르는 것처럼 가리켰다.

"너희들 머릿속에 박아놓거라. 네 임금 머릿속에도 박아놓으라고 전하라."

통역이 끝났을 때다. 아민이 자리에서 일어서면서 유해에게 말했다.

"끝쇠야 가자!"

조선말이다. 그래서 역관도 멍한 표정을 지었고 조선 측 모두 조선말을 들었지만 어리둥절했다. 그때 후금국 협상 대표인 장수 호강이 말했다.

"방금 말씀하신 내용을 화의 조약 첫 번째로 넣겠소."

‡

주연장에서 나온 협상단이 후금군 진영을 빠져나온다. 아민과 유해가 나간 후에 곧 주연이 끝났기 때문이다. 진영은 곳곳에 모닥불이 켜져 있어서 환했다. 진영의 중앙을 지나던 최명길이 문득 머리를 들어 커다란 진막 옆에 꽂혀 있는 장군기를 보았다. 옆을 따르던 부사 정호성이 아는 체를 했다.

"부장 유해의 진막인 것 같소."

최명길은 붉은색 장군기에 금박으로 수놓아진 커다란 글씨를 읽었다.

대호군 충무장군 강성진우군 동지절제사 유해 박국세
大護軍 忠武將軍 江城鎭右軍 同知節制使 維海 朴國世

최명길의 머릿속에 박국세가 박혔다.

"박국세."

‡

광해는 인조의 무력 반란에 의해 재위 열다섯 해 만에 폐위되었으나 유배되어 열여덟 해를 더 살았다. 그러고는 유배지 제주도에서 예순일곱의 나이로 죽었으니 천수를 누린 셈인가? 광해의 시신은 유언에 따라 어머니 공빈 김씨의 묘 아래쪽에 묻혔다. 경기도 남양주에 위치한 곳이다. 지금도 세인들은 조선의 열다섯 번째 왕 광해를 '광해군'으로 부른다.

　　　　　　　‡

　후금 대장군 아민과 부장 유해의 그 후 행적은 알려지지 않았다.
다만 조선 출신이라는 소문만 전해졌다.

　　　　　　　　　　　　　　　　〈난중무사 끝〉

난중무사 2

1판 1쇄 인쇄 2014년 8월 1일 | 1판 1쇄 발행 2014년 8월 11일

지은이 이원호

발행인 김재호 | **출판편집인 · 출판국장** 박태서 | **출판팀장** 이기숙
기획 · 편집 배상현 | **아트디렉터** 김영화 | **디자인** 이슬기
마케팅 이정훈 · 정택구 · 박수진
펴낸곳 동아일보사 | **등록** 1968.11.9(1−75) | **주소** 서울시 서대문구 충정로 29(120−715)
마케팅 02−361−1030~3 | **팩스** 02−361−1041 | **편집** 02−361−0858
홈페이지 http://books.donga.com | **인쇄** 코리아프린테크

ISBN 979−11−85711−15−7 04810 | **값** 12,800원